DIETER BÜHRIG

Brüllbeton

TÖDLICHES DOPING Pannen beim Bau der Ostseeautobahn: Der verwendete Beton, im Volksmund als »Brüllbeton« bekannt, verursacht einen solchen Lärm, dass die Arbeiter der Baufirma Müller, die ihn gelegt hatte, einen Teil wieder aufreißen müssen. Sie entdecken unter dem Beton eine Leiche, in deren Magen Dopingkapseln gefunden werden.

Kroll recherchiert in Müllers Firma und verhört den Chef, der nicht sehr beliebt ist. Er findet keine Anhaltspunkte. Es erscheint ihm jedoch merkwürdig, dass ausgerechnet die Arbeitspläne für die Woche, in der der Brüllbeton gelegt wurde, verschwunden sind. Bei Müllers Sekretärin hat er schließlich mehr Erfolg und erfährt von merkwürdigen Baustofftransporten von Lübeck über Landau/Pfalz nach Frankreich, wo demnächst die 100. Tour de France ausgetragen wird.

Kroll fährt nach Landau und wird während seiner Ermittlungen zusammengeschlagen. Ist er einer internationalen Dopingbande auf der Spur?

Dieter Bührig studierte an der Hochschule für Musik in Berlin. Mehrere Jahre war er als Tonmeister in Musikstudios und als Musikproduzent tätig. Dann absolvierte er ein Aufbaustudium an der Musikhochschule Lübeck für das Lehramt an Gymnasien. Seitdem unterrichtete er die Fächer Musik und Physik. In Büchern und Fachzeitschriften veröffentlichte er Beiträge zur Musikpädagogik sowie Chor- und Bandarrangements. 1994 promovierte er an der Hochschule für Musik und Theater Hamburg über das Thema »Schule in der Musik«.

Seit 2010 ist Dieter Bührig Autor von Kriminal- und anderen Romanen. Er ist Mitglied im Verband Schriftsteller in SH, im Lübecker Autorenkreis und im Syndikat.

Bisherige Veröffentlichungen im Gmeiner-Verlag:
Die verschollene Jungfrau (2012)
Schattenmenagerie (2012)
Der Klang der Erde (2011)
Schattengold (2010)

DIETER BÜHRIG

Brüllbeton

Kriminalroman

GMEINER *Original*

Besuchen Sie uns im Internet:
www.gmeiner-verlag.de

Im Ehnried 5, 88605 Meßkirch
Telefon 07575/2095-0
info@gmeiner-verlag.de

1. Auflage 2013

Lektorat: Claudia Senghaas, Kirchardt
Herstellung: Mirjam Hecht
Umschlaggestaltung: U.O.R.G. Lutz Eberle, Stuttgart
unter Verwendung eines Fotos von:
© iStockphoto.com / Robert Cameron
Druck: GGP Media GmbH, Pößneck
Printed in Germany
ISBN 978-3-8392-1418-3

Die Personen sowie die Handlung des Romans sind frei erfunden. Jede Ähnlichkeit mit lebenden oder verstorbenen Personen wäre rein zufällig.

VORSPIEL

Diese verdammten Nadelstiche – Als ob man mir den Unterleib abtrennt – Die Schmerzen rauben mir den Atem, benebeln mich – Ich muss dagegen ankämpfen – Die Faust ballen, tief Luft holen – Es riecht nach feuchtem Moos – Die Wolken rücken näher – Ich reite ihnen entgegen.

Ich wollte endlich ein besseres Leben führen – Nach all den Jahren des Verzichts – Jetzt hat man mir den Unterleib aufgebohrt – Doch ich werde es schaffen – Ich werde wieder lernen, zu fliegen – Wie die Drachen, die ich als Kind am Ufer steigen ließ.

Nicht so nahe ans Wasser, der Wassermann könnte dich holen! – Ach Mutter, du hast mir mit deinen Geschichten oft Angst eingejagt – Du wolltest mich beschützen, aber du hast es nicht geschafft – Jetzt bin ich gestrandet – Liege in diesem verdammten Straßengraben und darf nicht um Hilfe rufen.

Denn dann würde herauskommen, was ich geschluckt habe – Dann wäre all die Mühe vergeblich gewesen – Dann würden sie mir den Lohn verweigern – Mich werden sie bestrafen, weil ich jetzt hier liege und das Zeugs nicht ordentlich abgeliefert habe.

Wieder so eine Welle – Die Schmerzen ziehen nach oben in die Brust, als würde jemand einen Reißverschluss in mir öffnen – Ich darf nicht daran denken – Ich muss jetzt versuchen, hochzukommen – Mist, die Beine spüre ich nicht mehr – Ich werde einen Drachen steigen lassen, der wird mich emporheben, mich den Wolken näher bringen – Hauptsache, der Wassermann findet mich nicht.

Mirja, Schwesterherz, warum kommst du nicht? Ich weiß,

dass du in der Nähe bist – Hol mich hier raus – Ich verspreche dir, dass es die letzte Tour war – Du hast es schon lang geahnt, nicht wahr? – Du hast mit mir nie darüber gesprochen, du machtest mir nie Vorwürfe – Du wusstest, dass ich das Geld brauche.

Mirja – Du bist mir von allen die Liebste – Wie wir unter der Bettdecke verbotene Bücher lasen – Wie wir uns im Stall mit Stroh bewarfen – Wie wir uns gegenseitig die Jungs ausspannten.

Ilja, du Schurke – Die Nächte in Petersburg – Wild und grenzenlos in der Liebe – Warte, ich werde auch das hier überwinden – Ich komme bald wieder, und dann werden wir ein Paar.

Die Nadelstiche haben sich in ein Meer von Messerhieben verwandelt – Aber jetzt spüre ich sie nicht mehr – Die Schmerzen lassen plötzlich nach – Ich habe das Gefühl, als würde ich von der Schwere meines Körpers befreit werden – Der Drachen steigt auf – Die Wellen umringen mich – Es riecht nach Kirschblüten, wie in meiner Jugend, in den Ferien zusammen mit Mirja auf dem Bauernhof – Tief einatmen – Halte die Leine fest in der Faust – Eine riesige Welle kommt auf mich zu – Über den Schaumkronen glitzert ein Gesicht – Das Antlitz des Wassermanns – Er lächelt – Er macht mir keine Angst mehr – Seine himmelblauen Augen sind weit geöffnet und betörend schön.

*

Der Mann mit der Schiebermütze reichte einem seiner Kumpel ein Seziermesser. »Hier, habe ich mir aus dem Uniklinikum besorgt. Nimm das und schneid' ihr den Bauch auf!«

»Aber Boss«, stotterte der andere verlegen. »Wir können doch nicht einfach einer Toten …«

»Quatsch nicht herum, tu, was ich dir sage. Warst doch noch nie zimperlich, wenn es einem an den Kragen ging.« Der Mützenmann spuckte verächtlich ins Gras, das rings um den Straßengraben wucherte, in dem die tote Frau lag.

»Die ist tot. Mausetot. Die wird das wohl kaum noch merken. Eigentlich schade um die Schlampe. Viel zu schön, um zu sterben. Als Lebendige hätte sie uns noch so manchen Spaß bereitet. Aber an Toten vergeht man sich nicht.« Wieder spuckte er ins Gras. »Man hat ja schließlich seine Berufsehre.«

Eine der beiden anderen Gestalten, die breitbeinig danebenstanden, lachte zynisch auf. »Na los, gib ihr Zucker, Bruder!«

»Aber vorsichtig, Mann«, mahnte der Boss. »Die heilen Päckchen dürfen nicht beschädigt werden. Das ist unser Kapital.« Er kramte aus seiner Manteltasche ein Bündel Plastikhandschuhe heraus, die Ärzte bei Operationen benutzen, und warf sie einem der drei Männer zu. »Hier, zieht das über, damit ihr keine Fingerabdrücke hinterlasst. Damit dürft ihr in den Eingeweiden herumwühlen, bis ihr auch das letzte heile Päckchen gefunden habt. Und achtet darauf, dass ihr auch die Wanze erwischt, die könnte uns verraten. Wenn ihr fertig seid, zieht der Schlampe alle Klamotten aus, Schmuck und Schuhe, alles, was auf ihre Herkunft schließen lässt.«

Er holte sein Handy hervor und stieg die Böschung hoch. »Ich organisiere jetzt den Abtransport. In einer halben Stunde bin ich wieder da, dann müsst ihr fertig sein.

Und passt auf, dass euch niemand beobachtet! Wenn sich jemand nähert, dann tut so, als würdet ihr von einer Sauftour kommen.«

Der Mann mit dem Skalpell machte sich an die Arbeit. Es kostete ihn zwar Überwindung, den Bauch der Toten aufzuschlitzen, aber er war so hartgesotten, dass es ihn nicht ekelte. Auch er wusste genau, dass jedes heile Päckchen gutes Geld einbrachte.

Ein anderer half ihm, während der dritte Wache stehen musste. Nachdem sie etwa ein Dutzend blutverschmierter Plastikbehälter gesichert hatten, fanden sie die Wanze.

»Gute Idee vom Boss, die Kuriere einen GPS-Sender verschlucken zu lassen. Dann weiß er immer, wo die sich gerade aufhalten. Ohne das Ding hätten wir die Schlampe wohl nie gefunden.«

Als der Anführer nach einer halben Stunde mit einem Landrover zurückkehrte, waren die Burschen mit ihrem Job fertig. Er zählte die Päckchen. »Gute Arbeit, Leute. Es fehlt nur ein einziges. Das wird geplatzt sein und hat ihr den Rest gegeben. Werft sie jetzt auf die Pritsche. Die Kleidung verbrennt ihr irgendwo und den Rest schmeißt ihr in den Fluss.«

Er verstaute die Päckchen und den GPS-Sender in einem Rucksack und trieb die Männer zur Eile an. »Los, vorwärts. Die Kollegen auf der Baustelle warten schon.«

Mit einem zynischen Lacher fügte er hinzu: »Gratisbestattung und garantiert ohne Totenschein. Das erspart den Angehörigen viel Kohle und Behördenkram. Könnten uns dafür eigentlich dankbar sein!«

1. KAPITEL – BRÜLLBETON

»Geht das schon wieder los!«, schimpfte der Nachbar lautstark und stieß den Spaten mit einem kräftigen Ruck in die Erde. Dass er dabei eine Wurzel einer seiner geliebten Baccara-Rosen durchtrennte, bemerkte er nicht.

Michael Kroll schreckte hoch. Hatte er schon wieder etwas falsch gemacht? Neulich hatte er mit seinem Nachbarn einen heftigen Wortwechsel über den Knöterich, der auf das Nachbargrundstück herübergewachsen war, gehabt. So etwas gehöre nicht in einen ordentlichen Garten, wurde er ermahnt. Basta.

Aber das Thema war es diesmal nicht. »Schon wieder dieser Krach!«, kam es von drüben.

Aha, er meint meine Musikanlage. Immer wenn Kroll in seinem kleinen Garten herumpusselte, hörte er zur Entspannung Musik. Eben hatte der MP3-Player von den ›Beatles‹ zu ›Led Zeppelin‹ gewechselt. Das war seine Lieblingsband.

Pflichtbewusst eilte er zur Musikanlage und drehte sie leiser. »'tschuldigung!«, rief er seinem Nachbarn betont freundlich winkend zu.

»Nee, das meine ich nicht«, antwortete dieser. »Obwohl – Krach ist das ja auch. Basta.« Er deutete mit seinem Spaten über den Zaun. »Ich meine diesen verflixten Baulärm dort drüben bei der Autobahn.«

Erst jetzt realisierte Kroll das dumpfe Dröhnen der Presslufthämmer oben beim Autobahndamm, keine 500 Meter entfernt. Am liebsten hätte er die Musik lauter gedreht, aber ein Blick zum Nachbarn überzeugte ihn, dass das jetzt nicht die geeignete Form des Protests wäre. Er legte das Stecheisen, mit dem er den Löwenzahn aus dem Rasen entfernt hatte, auf den Gartentisch. Löwenzahnzupfen war ohnehin nicht seine Stärke, aber er machte es, weil er in der Siedlung nicht mit einem ›verwilderten‹ Rasen auffallen wollte. Dann entledigte er sich seiner Gartenarbeitsschürze, die er ohnehin hasste, griff zur Rosenschere und wischte sich die andere Hand an den Jeans ab.

Seinem Nachbarn fiel das sofort auf. Dieser Kroll, wie der rumläuft! Ewig in Turnschuhen, verwaschenen Jeans und dem lächerlichen Sweatshirt mit dem Aufdruck *I have a dream*. Und wenn er morgens zur Arbeit fährt, dann trägt er einen zerknitterten grauen Mantel, den er sich offenbar vom Titelhelden der Fernsehserie Columbo abgeguckt hat. Und so einer ist Polizist? Kein Wunder, dass es in unserem Land mit der Disziplin bergab geht.

Der Nachbar konnte nicht ahnen, dass Kroll die Sendung in der Tat liebte, denn da wusste er gleich von Anfang an, wer der Mörder war, selbst wenn man den Vorspann mit dem Tathergang verpasst hatte. Kroll war aufgefallen, dass der Täter stets die Person war, die Columbo als Erste die Hand schüttelte. Schade, dass sein Job nicht auch so ablaufen konnte.

Kroll hatte kürzlich sein Fünfzigstes vollendet. Das einst hippielange Haupthaar hatte einer Dreiviertelglatze weichen müssen. Er war im Grunde genommen eher ein Romantiker als ein Mann der Tat. Und so hatten seine von buschigen Brauen verdeckten tief liegenden Augen mehr den weichen Glanz eines Träumers als den harten Strahl eines Fernsehserienpolizisten. Er machte seine Arbeit mehr mit dem Herzen, weniger mit dem Hirn.

Sein Blick war das Jugendlichste an ihm. Wenn er mit jemandem sprach, funkelten die Pupillen, als wäre er ein

Maler, der in seinem Modell ein Motiv für ein Meisterwerk sucht. Er neigte dazu, beim Sprechen schnell hintereinander zu blinzeln. Gewöhnlich heftete er seinen Blick so lang auf seinen Gesprächspartner, bis dieser verlegen zur Seite schaute. Manche hatten den Eindruck, er könne bis tief in die Seele seines Gegenübers blicken.

Das spürte auch der Nachbar, als sich Kroll zu ihm an den Zaun gesellte und ihm direkt ins Gesicht erwiderte: »Sie sollten sich freuen, dass unser Bürgerbegehren gegen den Brüllbeton von Erfolg gekrönt ist.«

»Schon, aber so habe ich mir den Sieg nicht vorgestellt. Wollen die etwa eine neue Autobahn bauen? Womöglich gleich dreispurig – und das alles von unseren Steuergeldern.«

»Tja«, murmelte Kroll, »Fortschritt, Geschwindigkeit und Reisefreiheit haben eben ihren Preis.«

Sein Nachbar verstand offenbar Krolls Ironie nicht: »Was heißt hier Fortschritt? Unsere schöne Natur wird zerstört, und wir müssen Tag und Nacht die Fenster schließen, weil der Brüllbeton unsere Nerven kaputtmacht.«

Er rückte sich in eine selbstbewusste Positur und setzte die Kennermiene auf: »Wissen Sie was? Hier, einen halben Kilometer von der Autobahn entfernt, haben sie einen Schalldruckpegel von über 100 Dezibel gemessen. Zulässig sind nur 80! Nur weil die Leute mit über 150 an die Ostsee fahren müssen, und nur, weil man beim Bau der Autobahn gepfuscht hat.«

Kroll erinnerte sich, dass der Nachbar ein Wochenendhaus auf Usedom hatte und selber jedes Wochenende mit 150 km/h dorthin fuhr. Aber er sagte nichts, weil ihm der nachbarliche Friede wichtiger war.

Sein Gegenüber kam ihm kumpelhaft so nahe, dass Kroll den Kognakgeruch aus seinem Mund wahrnahm. »Sie sind doch bei der Polizei. Können Sie da nichts unternehmen? Oder sitzen Sie den ganzen Tag nur am Schreibtisch und bearbeiten die Knöllchen ehrsamer Bürger? Was machen Sie da eigentlich?«

»Nein, nein«, wehrte Kroll freundlich ab. »Ich bin bei der Mordkommission. Kapitalverbrechen. Tod durch Vergiftung, tödliche Schießereien und«, er spielte theatralisch mit der Klinge seiner Rosenschere, »letale Messerstechereien im Rotlichtmilieu«.

Der andere starrte ihn an und überlegte, was er darauf erwidern sollte. Da klingelte Krolls Handy. Laut und verzerrt: Da – dä – dä – da – dä. Der Gitarrenriff von *You really got me* von den ›Kinks‹, die Kroll ebenso bewunderte wie ›Led Zeppelin‹.

Der Nachbar erschrak sichtlich und trat einen Schritt zurück. »Sagen Sie mal, kann Musik eigentlich auch töten?«

*

»Hopfinger hier. Chef, wir haben einen neuen Fall. Tote Frau unter der Betondecke. Ich habe den Spurendienst gerufen und dann die Arbeiter weitermachen lassen. Die stehen unter Termindruck, und da ja alles klar ist, habe ich …«

»Nun mal langsam, Hopfinger. Eines nach dem anderen. Erstens: Wo sind Sie? Und zweitens: Wieso können Sie eine Tote unter einer Betondecke sehen?«

»Ja also, das ist so: Wir sind hier auf der A 20 im Bereich der Wakenitz-Niederung. Das müsste ganz in der Nähe von Ihrem Haus sein. Da könnten Sie doch schnell mal vorbeikommen. Obwohl, ich denke, dass ich bereits alle notwendigen Maßnahmen getroffen habe. Aber vielleicht wollen Sie sich selber von meinen Schlussfolgerungen überzeugen.«

»Tut mir leid«, log Kriminalkommissar Kroll, »ich bin gerade unterwegs in Sachen Bahnhofsmord. Sie werden das schon allein schaffen. Aber erklären Sie mir doch bitte das mit der Betondecke.«

»Gern. Klarer Fall. Sie werden wissen, dass man die Betondecke der A 20 wieder hat aufreißen müssen wegen der Fahrbahngeräusche. Dabei hat ein Baggerfahrer eine weibliche Leiche im Sandbett unter der Fahrbahndecke entdeckt. Nackt, ohne Identitätsmerkmale und übel zugerichtet. Verwesungserscheinungen und aufgeschlitzter Bauch. Klarer Fall von Sexualverbrechen. Ich denke, den werden wir schnell gelöst haben. Ich werde im Büro die Dateien unserer Sado-Maso-Sextäter durchforsten. Eine kurze DNA-Analyse, und unser Kunde ist im Netz.«

»Nun mal langsam mit den jungen Pferden. Warten wir erst den Obduktionsbericht ab. Währenddessen können Sie gern das machen, was Sie vorhaben, Dateien durchsuchen und die Alibis der Sexualtriebtäter überprüfen. Aber darüber hinaus möchte ich Sie bitten, festzustellen, wann und von welcher Firma der Brüllbeton gelegt wurde. Ich erwarte Ihren Bericht übermorgen im Büro. Und noch eins: Lassen Sie von unserem Polizeizeichner ein einigermaßen menschenwürdiges Bild vom Gesicht der Toten anfertigen. Das wird uns bei der Fahndung mehr helfen als ein reales Foto von der Leiche.«

Kroll legte auf. Er war während des Gesprächs ins Wohnzimmer gegangen. Heute am Sonntag hatte er keine Lust, am Tatort vorbeizuschauen. Sein Assistent Hopfinger würde das Wesentliche schon allein hinbekommen. Außerdem graute es ihm vor dem Anblick der Leiche. Trotz seiner vielen Dienstjahre hatte er es immer noch nicht gelernt, seine Opfer mit der notwendigen nüchternen Distanz zu betrachten. Stets fühlte er sich wie jemand, der erfolglos gegen die Seekrankheit ankämpft.

Er ließ sich in seinem Sessel nieder, von wo aus er seinen Nachbarn im Garten hantieren sehen konnte. Kann Musik töten?, waren dessen letzte Worte gewesen. Blöde Frage, ging es Kroll durch den Kopf. Extremer Schalldruck würde nur das Gehör schädigen, nicht töten. Musik kann allenfalls psychisch Kranke zum Suizid motivieren.

Aber töten im Sinne von morden? Unmöglich.

*

Eine Woche später.

Kriminalhauptkommissar Kroll fand, dass der Tag viel zu schön war, um ihn in seinem muffigen Büro im Behördenhochhaus zu verbringen. So war er schon recht früh am Vormittag in die Innenstadt, genauer gesagt in die Wahmstraße geflüchtet, wo er ab und zu in einem Café sein zweites Frühstück zu sich nahm. Ein Durchgang zwischen zwei Dielenhäusern mit ihren charakteristischen Renaissance-Giebeln führte in einen beschaulichen Innenhof. Er hätte sich dort niederlassen können. Platz war genug. Nur ein junger Mann saß dort einsam an einem der Gartentische und schenkte ihm einen kurzen, scheuen Blick. Während der Dienstzeit wollte Kroll nicht öffentlich in Erscheinung treten, also stieg er im Hinterhaus die steile Holztreppe hinauf, wo sich im ersten Stock das eigentliche Café befand.

Es roch verführerisch nach frischem Kaffee und selbstgebackenem Kuchen. Kroll setzte sich an einen der hinteren Tische, von wo er einen guten Blick auf den Hof hatte. Der junge Mann da unten kam ihm wie ein Schüler vor, der den Unterricht schwänzte. Er nippte nervös an einem Glas Cola und bewegte seinen Kopf unruhig hin und her, als warte er auf jemanden. Als er nach oben schaute, konnte Kroll für einen kurzen Moment seine Züge erkennen. Sein blasses, schmales Gesicht wurde von langen schwarzen Haaren umrahmt, die ihm bis zu den Schultern reichten und ihm die Ohren und fast die Augen verdeckten. Ab und zu strich er die Strähnen mit einer fahrigen Handbewegung zur Seite.

Höchstens 18 Jahre alt, vermutete Kroll. Was sucht der an einem Vormittag in einem gutbürgerlichen Café?

Die Serviererin unterbrach den Hauptkommissar in seinen Beobachtungen und brachte ihm einen Cappuccino und eine Schnitte Obstkuchen. Nach dem zweiten Bissen griff Kroll zum Handy und beorderte seinen Assistenten Hopfinger zu sich. »Und bringen Sie bitte alle Unterlagen zum Fall *Brüllbeton* mit.«

Kurz darauf erschien der junge Kriminalbeamte, der sich ein stilles Mineralwasser bestellte. »Ich bin Sportler», entschuldigte er sich bei der Bedienung. Er legte ein Bündel Akten auf den Tisch. Hauptkommissar Kroll griff zunächst zu der Bleistiftskizze, die der Polizeizeichner von dem Gesicht der Toten anhand der Beweisfotos angefertigt hatte.

»Muss eine schöne Frau gewesen sein. Eigentlich zu schade, um so jung zu sterben.«

»Genau«, fiel Hopfinger ihm ins Wort. »Und ich muss leider gestehen, dass ich meinen Anfangsverdacht, es handle sich um ein perverses Sexualdelikt, revidieren musste.«

Er reichte Kroll einen schmalen Aktenordner. »Hier, der Obduktionsbericht.« Hopfinger öffnete ihn und präsentierte seinem Chef die Fotos der entstellten Leiche.

»Danke«, wies ihn Kroll zurück. Er hatte schon immer Probleme mit den grausamen Polizeifotos. »Ich möchte keine Details hören. Es reicht, wenn Sie mir das Wesentliche zusammenfassen. Ich bin sicher, Sie werden mir den Kern der Sache darlegen.«

»Selbstverständlich«, ereiferte sich Hopfinger. »Sie können sich ganz auf mich verlassen.« Er klappte die Akte zu und fuhr selbstbewusst fort: »Hier handelt es sich eindeutig um ›Bodypacking‹ mit tödlichem Ausgang.«

Der Assistent schaute kurz zu seinem Vorgesetzten hinüber, um sich zu vergewissern, dass dieser ihm inhaltlich folgte. Kroll machte einen geistesabwesenden Eindruck. Er schaute zum Fenster hinaus. Ihn schien mehr zu interessieren, was sich draußen auf dem Hof abspielte.

Eine rothaarige Dame von elegant gepflegtem Äußeren hatte sich dem Tisch des vermeintlichen Schulschwänzers genähert. Ü 40, schätzte Kroll. Wohl seine Mutter. Oder gar seine Lehrerin? Doch die folgende Szene passte nicht dazu.

Der junge Mann sprang bei ihrem Anblick auf und umarmte sie stürmisch. Als hätten die beiden ihre Umwelt vergessen, küssten sie sich lang und leidenschaftlich. Dann setzten sie sich eng Seite an Seite und hielten sich die Hände unterm Tisch, was man von oben trotz der Entfernung deutlich sehen konnte.

Wie ein taufrisches Liebespaar, fand Kroll. Trotz des offensichtlichen Altersunterschieds. Aber warum nicht? Generationenübergreifende Liebe.

und Tief Müller GmbH bot sie in handelsüblichen Säcken an, die mit zwei gelben Querstrichen markiert waren. Kroll studierte ein Werbeblatt, aber die technischen Ausdrücke überforderten ihn. Dann legte er es mit den anderen zu einem exakten Stapel millimetergenau ausgerichtet parallel vor sich auf den Tresen. »Alles muss seine Ordnung haben«, fügte er hinzu, der Sekretärin unvermittelt in die Augen schauend. »Je eher und je umfassender, desto besser ist es für die Sicherheit der Arbeitsplätze in Ihrer Firma, verehrte Frau Brandinger.«

Die Sekretärin schien die Anwesenheit des Kripobeamten zu irritieren. »Ich werde sehen, was sich machen lässt. Einen Augenblick bitte.« Sie verschwand hastig durch eine Seitentür. Kroll nutzte die Zeit, um sich mit einem Blick auf den Hof zu vergewissern, dass sein Mini-Cooper inzwischen nicht durch eine andere Monsterwalze plattgemacht worden war. Doch sein Miniaturflitzer stand nach wie vor unversehrt mitten auf dem Bauhof. Er griff sich eines der kleinen Betonmusterstücke, die auf dem Fensterbrett lagen. Fühlt sich rau an, fand Kroll. Kein Wunder, dass sie brüllen, wenn ein Reifen darüberfährt.

»Verdammt, ich habe vergessen, das Licht auszuschalten«, entdeckte der Hauptkommissar plötzlich. »Hoffentlich startet er nachher wieder.« Schon wollte er nach draußen gehen, um die Scheinwerfer abzuschalten, da kam die Sekretärin zurück und holte ihn geistig zu seinem Dienstauftrag zurück.

»Herr Müller ist bereit, Sie zu empfangen.« Sie kam hinter dem Tresen hervor und führte ihn zu einer unscheinbaren Seitentür, die er bisher nicht bemerkt hatte. Die Frau war einen Kopf kleiner als er, fiel ihm auf, als er neben ihr

Hopfinger räusperte sich, weil er merkte, dass sein Vorgesetzter nicht so ganz bei der Sache war, und setzte die kleine Dienstversammlung in energischem Ton fort.

»Fassen wir zusammen, was wir bislang über den Fall wissen. Die Tote wurde nackt aufgefunden, was ihre Identifizierung erschwert. Alter etwa 30 bis 35 Jahre. Fundort im Kiesbett unter der Betondecke der A 20 im Bereich der Wakenitzüberquerung. Die Obduktion erbrachte folgendes Ergebnis. Todesursache: Überdosis des neuartigen Dopingstoffs AICAR. Mit hoher Wahrscheinlichkeit war die Tote ein Drogenkurier, der den Stoff in Beuteln verpackt geschluckt hatte.«

Hopfinger warf wieder einen kurzen Blick auf seinen Chef, um sicherzugehen, dass dieser ihm geistig folgte. Doch der schaute immer noch zum Fenster hinaus. Also betonte der Assistent: »Bodypacking nennt man das. Der Kurier muss das Zeugs in Plastikbeuteln verpackt schlucken. Wenn auch nur einer dieser Beutel im Magen aus welchen Gründen auch immer aufplatzt, endet das in der Regel tödlich«.

Kroll schien sich mehr für das Liebespaar im Innenhof zu interessieren. Dort hatte sich eine lebhafter Diskussion entsponnen, die sich, wie es aussah, zu einem handfesten Streit zu entwickeln schien. »Ja, ja«, meldete sich Kroll aus seinen Betrachtungen zurück. »Bodypacking. Ich weiß. Schlimme Sache, so was, wenn's schief läuft. Muss ein schmerzhafter Tod sein.«

»Genau«, bestätigte ihm sein Gegenüber. »Und in diesem Fall ist es sogar noch schlimmer. Man hat der Frau nach ihrem Tod den Bauch aufgeschlitzt, wahrscheinlich, um die intakten Beutel zu sichern.«

»Dann war es wohl kein perverses Sexualverbrechen, wie Sie anfangs am Telefon vermuteten?«

»Nein, Chef«, gestand Hopfinger kleinlaut. »Da war ich etwas voreilig.«

Er nippte an seinem Mineralwasser, rückte mit seinem Stuhl näher an den Hauptkommissar ran und offerierte ihm erneut die Bilder von der Leiche. »Aber möglich wär's ja gewesen. Hier, wenn Sie sich die Fotos mal anschauen. Man hat wirklich den Eindruck, als handle es sich um eine sadistische Tat.«

Kroll hatte nach wie vor keine Lust, die Aufnahmen zu studieren. »Mag sein, aber im Moment interessieren mich eher die Tatsachen aus dem Obduktionsbericht, weniger Ihre Eindrücke. Also, was gibt es sonst noch?«

Dennoch riskierte Kroll einen kurzen Blick auf das Foto der Toten. Er stutzte. Merkwürdig, ihr Gesicht hatte eine gewisse Ähnlichkeit mit dem der rothaarigen Frau dort unten am Gartentisch. Oder täuschte er sich?

»Sie hat Einstiche am Arm, die von Heroinspritzen kommen könnten und am linken Schulterblatt ein Tattoo«, plapperte Hopfinger in berufsmäßig sachlichem Ton weiter. »Ein Schmetterling mit gebrochenen Flügeln. Recht ungewöhnliches Motiv. Vielleicht hilft es uns bei der Identifizierung der Toten.«

Kroll machte sich über das nächste Stück Obstkuchen her. In der Tat, eine vage Ähnlichkeit zwischen der Frau dort unten und dem Foto konnte nicht geleugnet werden. Kroll überlegte, wie er unauffällig mit der Fremden in Kontakt treten konnte. Doch dafür war es zu spät. Er sah, wie die Frau ihre Hand von dem jungen Mann löste, in ihre Handtasche griff, einen Geldschein herausholte und ihn ihrem

Freund mit einer erregten Geste auf den Tisch knallte. Dann erhob sie sich brüsk und ging eiligen Schritts fort, ohne sich um seine Reaktion zu kümmern. Der Jugendliche rückte auf seinem Stuhl hin und her, als fühlte er sich ziemlich unwohl. Dann steckte er das Geld ein und rief die Bedienung. Nach wenigen Minuten war auch er verschwunden.

»Wo waren wir stehen geblieben?«, fragte Kroll in geistesabwesendem Ton seinen Assistenten. Doch dann war er rasch wieder bei der Sache. »Ach ja, Tattoo, Identifizierung. Das wäre eine geeignete Aufgabe für Sie, lieber Hopfinger. Das werden Sie bestimmt schnell gelöst haben.«

Hopfinger blühte angesichts des unerwarteten Lobs förmlich auf. Er hatte schon erste Überlegungen in diese Richtung angestellt. Doch ehe er sie vor seinem Chef ausbreiten konnte, fuhr dieser fort: »Ich kümmere mich derweil ein wenig um den Fundort. Haben Sie inzwischen festgestellt, wer für die Betonarbeiten dort zuständig war?«

»Aber sicher doch«, antwortete Hopfinger, sichtbar stolz auf seine zuverlässige Recherchearbeit. »Sämtliche Bauarbeiten werden von der *Hoch und Tief Müller GmbH* durchgeführt. Firmensitz im Gewerbegebiet Roggenhorst in der Nähe der Autobahnausfahrt Lübeck-Moisling. Inhaber ein gewisser Verdinand B. Müller, der wegen seines Bs im zweiten Vornamen auch Beton-Müller genannt wird.«

»Gute Vorarbeit, Hopfinger. Aber eines müssen Sie mir noch erklären. Was ist AICAR? Ich bin sicher, Sie können das einem Laien wie mir mit wenigen Worten erklären.«

»Gern, Chef. Ich habe mich da schlaugemacht.« Hopfinger holte einen Zettel aus der Akte hervor und zitierte. »AICAR steht für Aminoimidazol-Carboxamid-Ribonukleosid. Eine Dopingsubstanz, die man seit den Olympischen Spielen in Peking 2008 kennt. Sie sorgt für eine erhöhte Glukoseaufnahme in der Zelle. Dadurch können vermehrt phasische Typ-II-Muskelfasern – die sogenannten ›fast twitch‹ – in tonische Typ-I-Fasern – also die ›slow twitch‹ – umgewandelt werden, was die Ausdauerleistung der Muskulatur fördert.«

»Alles klar. Ihr Fachwissen beeindruckt mich, mein lieber Hopfinger. Aber ginge es auch eine Stufe populärwissenschaftlicher?«

»Selbstverständlich. Wir haben es hier mit dem sogenannten Gen-Doping zu tun. Das ist, polulärwissenschaftlich ausgedrückt, so, als würde man ein minderwertiges Gen durch ein leistungsfähigeres ersetzen. Bislang lagen für AICAR nur tierexperimentelle Befunde vor. Demnach rannten die als Marathonmäuse berühmt gewordenen gedopten Versuchstiere auf Laufbändern 44 Prozent länger als eine Kontrollgruppe unbehandelter Tiere. Neu in unserem Zusammenhang ist, dass die Anwendung dieser Dopingmethode illegal auch auf Menschen angewendet wird, vor allem auf Sportler, bei denen es weniger um die Sprintleistung als um die Ausdauerleistung geht.«

»Also beispielsweise Langstreckenläufer, Fußballspieler und Radfahrer, würde ich sagen«, unterbrach Kroll.

»Ja, genau. Sie haben es erfasst, Chef. In China existiert bereits eine zugelassene Gentherapie. In Europa ist man politisch noch zu vorsichtig. Aber es ist zu befürchten, dass die Unterwelt der Doping-Szene in dieser Beziehung keine Skrupel kennt.«

Kroll genügte der Bericht seines Assistenten fürs Erste. Er leerte seine Tasse und rief zur Bedienung: »Bezahlen bitte! Alles zusammen auf meine Rechnung.« Dann wandte er sich seinem Gegenüber zu: »Wie gesagt, gute Arbeit, Hopfinger. Also, wir gehen folgendermaßen vor: Sie kümmern sich um die Identifizierung und informieren die Kollegen vom Drogendezernat Hamburg, vor allem, was dieses AICAR betrifft. Vielleicht können die uns weiterhelfen. Ich werde Beton-Müller einen Besuch abstatten. Mal sehen, was er dazu sagt, dass man ihm eine Leiche unter die Decke gejubelt hat.«

Hopfinger schien von dem Vorschlag nicht begeistert zu sein. »Muss das gleich sein, Chef?« Er druckste ein wenig herum, bevor er weitersprach. »Haben Sie vergessen, dass ich bereits vor vier Wochen einen Urlaub ab nächstem Montag angemeldet habe? Das kann ich nicht verschieben. Der Flug nach Mallorca ist gebucht, und das Radsporttraining unter professioneller Leitung habe ich dringend nötig. Das ist alles schon bezahlt.«

Kroll überlegte kurz, dann antwortete er: »Machen Sie mal. Ich habe nichts dagegen, und das passt ja auch ganz gut in unser aktuelles Programm. Da können Sie in der Radfahrerszene schon mal ein wenig in Bezug auf Dopingmittel herumschnüffeln. Ich werde inzwischen mit den Kollegen von der Droge Hamburg reden.«

2. KAPITEL – BETON-MÜLLER

Der Bauhof der Firma *Hoch und Tief Müller GmbH* war nur wenige Minuten von seinem Büro im Behördenhaus am Berliner Platz entfernt. Kroll parkte seinen englischgrünen Mini-Cooper, das traditionelle Modell Baujahr 2000, direkt vor einer riesigen Tandemwalze, die bei der Asphalt-Verdichtung eingesetzt wird. Allein deren stählerne Vorderwalze überragte sein Auto deutlich an Höhe. Was, wenn sich dieses Monster aus Versehen in Bewegung setzen würde, überlegte der Hauptkommissar. Sein Auto würde platt wie eine Briefmarke sein.

Kroll liebte seinen Mini mit der Holzarmatur, dem typischen weißen Doppelstreifen auf der Motorhaube und den großen Nebelscheinwerfern an der Stoßstange. Als einzigen ›neumodischen‹ Luxus hatte er sich einen CD-Player samt Powerboxen einbauen lassen. So konnte er ›in aller Ruhe‹ seine Led-Zeppelin-CDs anhören. Aber nur, wenn er die Musik lauter machte als den Auspufflärm.

Ein staubiges Hinweisschild zeigte ihm den Weg zum Büro. Gerade wollte er die Tür öffnen, da stürzte ein breitschultriger Mann mit einer Schiebermütze auf dem Kopf aus dem Büro heraus und hätte Kroll beinahe umgerannt. Ohne sich zu entschuldigen, eilte der Mann zu der Straßenwalze und kletterte auf den Fahrersitz.

Einen Augenblick glaubte Kroll, das letzte Stündchen für seinen Mini-Cooper hätte geschlagen. Der Arbeiter rangierte jedoch geschickt das Ungetüm um sein Winzlingsauto herum und dirigierte es in eine der Fahrzeughallen. Wahrscheinlich muss man als Fahrer athletisch gebaut sein, um solch einen Riesen im Griff zu haben, dachte Kroll.

Erleichtert, dass seinem Auto nichts passiert war, betrat Kroll das Büro. Besonders einladend sah es hier nicht aus. Gleich neben der Eingangstür lagerten ein paar verölte Motorenteile neben einem Stapel staubiger Zementsäcke. An der gegenüberliegenden Wand lehnte eine Stelltafel mit technischen Einzelheiten über einen sogenannten Faserbeton, von denen Kroll nicht das Geringste verstand.

Ein mit Werbeprospekten und Musterstücken überladener Tresen versperrte den Zugang zum eigentlichen Bürotrakt. Dort saß, mit dem Rücken zu ihm, eine rothaarige Sekretärin an einem der Schreibtische und war so mit ihrem Computer beschäftigt, dass sie den Besucher nicht bemerkte.

Kroll wartete ein wenig, bis er sich durchrang, bescheiden zu fragen: »Entschuldigen Sie bitte. Ich würde gern Herrn Verdinand B. Müller sprechen«.

Die Dame am Schreibtisch hielt es nicht für nötig, ihre Arbeit am Computer zu unterbrechen. Unwirsch antwortete sie: »Wenn Sie von der Baubehörde sind, dann kommen Sie zu spät. Die Sitzung war bereits vor einer Stunde.«

»Nein, nein«, antwortete Kroll, jetzt mit festerer Stimme. »Ich bin von der Polizei. Es geht um die tote Frau unter der …«

Das Stichwort Polizei wirkte schlagartig. Die Sekretärin erhob sich, drehte sich um und eilte zum Tresen.

Kroll stutzte, als er ihr Gesicht sah, aber er versuchte, sich seine Verblüffung nicht anmerken zu lassen. Vor ihm stand genau die Frau, die er neulich im Hof des Cafés in der Wahmstraße beobachtet hatte. Ü 40 zusammen mit ihrem Liebhaber U 20.

Der Beamte holte seinen Dienstausweis hervor. »Hauptkommissar Kroll von der Regionalen Kriminalbehörde».

Den Begriff Mordkommission vermied er. »Wenn Sie nichts dagegen haben, Frau …«

»Brandinger, Mirja Brandinger. Ich bin die Sekretärin von Herrn Müller.« Sie machte einen fahrigen Eindruck. Ihr Blick wanderte unablässig hin und her. Mit hastigen Handgriffen schob sie die Werbeprospekte auf dem Tresen zur Seite, sodass einige herunterrutschen. Dann widmete sie sich dem Polizeibeamten, wobei sie es vermied, ihm für längere Zeit in die Augen zu schauen. »Herr Müller ist momentan in einer Sitzung. Vielleicht kann ich Ihnen weiterhelfen. Worum geht es, wenn ich fragen darf?«

»Um die Tote unter dem Brüllbeton«, antwortete Kroll ganz direkt. »Hat sich das in Ihrer Firma noch nicht herumgesprochen?«

Frau Brandinger fuhr sich nervös mit der Hand durchs Haar, um sich einige rote Locken aus der Stirn zu streichen. »Doch, schon. Aber der Chef, ich meine Herr Müller, hat uns angewiesen, den Fall als Betriebsgeheimnis zu behandeln. Er meinte, es würde der Firma schaden, wenn es in die Öffentlichkeit gelangt. Das könnte Arbeitsplätze kosten, so drückte er sich aus.«

»Sie können beruhigt sein, die Polizei hat nicht vor, sich an die Öffentlichkeit zu wenden. Jedenfalls im Moment nicht. Vielleicht gibt es ja auch andere Wege, um die Tote zu identifizieren. Vorerst würde ich allerdings gern von Ihrem Chef die näheren Umstände in Bezug auf den Fundort erfahren. Wenn Sie so nett wären, mich anzumelden?«

Kroll griff ein Bündel Werbeprospekte, in denen die Vorzüge des Faserbetons angepriesen wurden. Durch Beimischen von Stahl- oder Kunststofffasern sollten angeblich die Festbetoneigenschaften verbessert werden. Die Firma *Hoch*

stand. Attraktive Figur. Eine dezent erotische Duftnote ging von ihr aus.

»Wenn Sie bitte diese Tür benutzen würden.«

»Danke, Frau Brandinger«, erwiderte er und drückte ihr das Betonteil in die Hand. »Vielleicht hätten Sie nachher noch ein wenig Zeit für mich. Ich kann mir vorstellen, dass auch Sie zur Klärung des Falls beitragen können.«

Ohne auf ihren verdutzten Gesichtsausdruck zu achten, öffnete Kroll die Tür. Der Raum unterschied sich in seiner sachbetonten Nüchternheit nur wenig von dem Vorzimmer der Sekretärin. Auch hier stapelten sich Werbeprospekte und Materialproben. An den Wänden hingen schlecht ausgeleuchtete Fotos von Baustellen, Poster über die verschiedenen Straßenbautechniken und ein riesiger Arbeitsplan mit verschiedenfarbigen Fähnchen und Stecknadeln. An der Seite stand ein sperriges Stativ, das an die Staffelei eines Malers erinnerte. Darüber hatte man den komplizierten Lageplan eines offenbar aktuellen Bauabschnitts der Autobahn Lübeck-Wismar ausgerollt.

Der Firmenchef saß in einem altmodischen Ledersessel hinter seinem Schreibtisch mit dem Rücken zu einer Regalwand, die von Aktenordnern und Handbüchern überquoll. Persönliches wie Blumen oder gar Fotos von der Familie konnte Kroll auf den ersten Blick nicht entdecken, auch nicht auf dem Schreibtisch.

Es schien, als würde er kein Privatleben führen. Oder er versuchte, es mit allen Mitteln zu verheimlichen.

Der Mann war in irgendwelche Berechnungen vertieft und bat den Hauptkommissar, ohne aufzuschauen, mit einer fahrigen Handbewegung, in einer Sitzecke neben der Tür Platz zu nehmen. Dann murmelte er etwas, das sich anhörte wie: »Moment Geduld bitte. Stehe gleich zur Verfügung.«

Kroll nutzte die Zeit, um sein Gegenüber genauer zu studieren. Eigentlich hatte er auf dem Chefsessel einer Baufirma einen grobklotzigen, kahlköpfigen und verschwitzen Kerl erwartet, der es gewohnt war, auch mal beim Schleppen von Zementsäcken mit anzupacken.

Doch Herr Müller war das Gegenteil von all dem. Dem leicht grau melierten Haar und den deutlichen Sorgenfalten auf der Stirn nach zu urteilen, schien er sein Fünfzigstes bereits überschritten zu haben. Dennoch machte er auf den Hauptkommissar wegen seiner langen, nach hinten zu einem Zopf gebundenen Mähne und seiner exquisiten, jedoch lässigen Kleidung einen jugendlichen Eindruck. Sicherlich ein Frauenheld, mutmaßte Kroll.

Endlich schien Müller mit seinen Berechnungen fertig zu sein. Er erhob sich mit einem unüberhörbaren Seufzer, trat vor den Arbeitsplan und steckte ein Fähnchen auf eines der noch freien Felder.

»So, das hätten wir. 'tschuldigung, dass ich Sie warten ließ, aber das hier musste ich erst zu Ende bringen. Sie müssen wissen, bei den riesigen Baustellen, die wir zu verantworten haben, darf nicht der kleinste Fehler unterlaufen. Ich habe es mir angewöhnt, stets sofort meine Entscheidungen hier auf dem Monatsplan festzuhalten. Meine Sekretärin überträgt das dann in ihren Computer, und so weiß jeder, wo sein Platz ist und was er zu tun hat.« Müllers Stimme klang recht selbstbewusst. Vielleicht eine Spur zu überheblich, fand Kroll.

Müller setzte sich zu Kroll an den Seitentisch, ohne ihm die Hand zu geben. »Sie sind sicherlich hier wegen des bedauerlichen Vorfalls im Bauabschnitt A 20 Wakenitz-Niederung. Eine scheußliche Sache. Ich würde mich freuen, Ihnen bei Ihren Recherchen helfen zu können.«

Der Firmeninhaber schaute Kroll fragend an. Der Blick aus den tiefliegenden, dunklen Augen, die von kräftigen Augenbrauen beschattet waren, irritierte den Hauptkommissar. So eine Mischung aus sensibler Empfindsamkeit und kalter Berechnung hatte er in seiner Laufbahn noch selten erlebt. Offenbar war Müller kein einfacher, linearer Typ, überlegte Kroll. Irgendwie hatte er den Blick eines leidenschaftlich besessenen Künstlers, aber andererseits machte er den Eindruck eines knallharten, skrupellosen Geschäftsmanns. Sympathisch und abstoßend zugleich.

»Nun ja«, antwortete Kroll, während er seinem Gegenüber fest in die Augen schaute. »Für mich gibt es in diesem Fall noch ein paar Ungereimtheiten. Dem Zustand der Leiche nach zu schließen müssten wir davon ausgehen, dass es sich um ein perverses Sexualverbrechen handelt. Allerdings sprechen die Fundumstände eine etwas andere Sprache.«

Der Hauptkommissar bemerkte, wie Müller seinem Blick auswich. Nervös spielte er mit seinem Kugelschreiber. Nach einer kurzen Pause fuhr Kroll fort: »Erfahrungsgemäß finden derartige Gewaltdelikte in unzugänglichen Wäldern oder in abgeschlossenen privaten Wohnräumen statt, nicht jedoch auf einer weithin einsehbaren Baustelle. Außerdem scheint mir das nicht der geeignete Ort zu sein, um eine Leiche verschwinden zu lassen. Und dass die Frau dorthin zur Autobahntrasse erst nach ihrem Tode verfrachtet worden ist, dafür spricht eine Reihe von Indizien, die die Spurensicherung ermittelt hat.«

Der Firmenchef rutschte unruhig auf seinem Stuhl hin und her. Er schien sich in seiner Haut nicht besonders wohl zu fühlen, obwohl er versuchte, nach außen hin völlig emotionslos zu wirken.

Kroll nutzte die Nervosität seines Gegenübers und setzte mit forschem Ton nach: »Und genau an dieser Stelle wären mir Ihre Aussagen sehr wichtig. Sie werden verstehen, dass ich vom Autobahnbau nicht die geringste Ahnung habe. Wie laufen diese Arbeiten also in der Regel ab? Oder anders formuliert: Wie kann da eine entstellte, nackte Frauenleiche einfach so unter einer Betondecke verschwinden, ohne dass es den Arbeitern auffällt?«

Beton-Müller erhob sich, ging zum Schreibtisch zurück und gab seiner Sekretärin über die Gegensprechanlage eine Anweisung: »Mirja, suchen Sie doch bitte mal die Unterlagen vom Bauabschnitt Z 23 heraus und bringen Sie sie mir umgehend. Lagepläne, Bestellungen, Abnahmeberichte, Rechnungen, Arbeitspläne. Alles, was Sie finden können.«

Dann holte er sich eine Zigarre aus einem Kästchen, das auf einem Beistelltisch stand. »Auch eine?«, bot er dem Hauptkommissar an. Doch dieser winkte wortlos ab, obwohl er durchaus Lust gehabt hätte. Er wollte jetzt jeden Anschein von Vertraulichkeit vermeiden.

Sein Gastgeber zündete sich die Zigarre umständlich an, offenbar, um etwas Zeit für eine Antwort auf Krolls direkte Frage zu haben. Nachdem er den Rauch seines ersten tiefen Zuges ausgestoßen hatte, schien ihm eine Idee gekommen zu sein.

»Nun, um Ihnen das zu erklären, sollten Sie sich mal den Lageplan eines Bauabschnitts anschauen. Hier auf der Stelltafel habe ich einen. Vielleicht hilft Ihnen das, auch wenn er nicht genau den Sie interessierenden Bauabschnitt wiedergibt.«

Die beiden begaben sich zu der Staffelei. Der Hauptkommissar hatte Mühe, sich auf der Skizze zu orientieren. Ein Gemälde von Feininger zu entziffern, wäre ihm leichter gefallen, auch wenn der Plan eine gewisse Ähnlichkeit mit dessen Malweise hatte.

Müller lenkte Krolls Aufmerksamkeit auf eine Detailskizze am Rande der Hauptzeichnung. »Hier sehen Sie einen Querschnitt der Autobahntrasse mit den verschiedenen Bauschichten. Ganz unten befindet sich der anstehende Boden, der je nach den geologischen Bedingungen bearbeitet werden muss. An dieser Stelle mussten wir eine 50 cm dicke Aufschüttung vornehmen, um einen frostfreien Aufbau der Straße zu gewährleisten. Darauf liegt eine etwa 20 cm dicke Schottertragschicht. Dann kommt die 18 cm dicke Asphalttragschicht, gefolgt von einer acht Zentimeter dicken Aspahltbinderschicht. Erst hierauf baut sich der etwa fünf Zentimeter dicke Asphaltbeton auf, den man später als eigentliche Fahrbahn sieht. Diese letzten drei Schichten werden von einer speziellen Maschinenkolonne gewissermaßen wie am Fließband gelegt.«

Kroll musste einen etwas ratlosen Eindruck gemacht haben, da der Firmenchef skeptisch nachhakte: »Können Sie mir soweit folgen, Herr Polizeirat?«

»Hauptkommissar bitte. So schwer ist das nun selbst für einen einfachen Kriminalhauptkommissar wie mich nicht zu verstehen. Ist sicherlich eine komplexe Arbeit, die man als normaler Autofahrer überhaupt nicht ahnt. Aber was mich im Moment mehr beschäftigt, ist die Frage, wie die Leiche in dieser Schichtung gelegen haben muss, ohne beim Auftragen der untersten Asphaltschicht bemerkt worden zu sein.«

Müller schien auf diese Frage gefasst gewesen zu sein, denn er antwortete, ohne lang nachzudenken. »Meiner Meinung nach kann das nur im Bereich der untersten Frostschutzschicht passiert sein. Nur da hätte der Täter genug Raum gehabt, um einen Menschen verschwinden zu lassen.«

Kroll fuhr sich mit dem Fingernagel des linken Daumens über die Stirn. Das machte er gern, wenn er intensiver nachdachte. »Möglich wäre aber auch gewesen, dass bereits die Schotterschicht gelegen hatte, und dass der Täter diese Schicht nach dem Vergraben der Leiche wieder zurechtgerückt hat. Das würde sich mit den Ermittlungen der Spurensicherung decken. Jedenfalls können wir davon ausgehen, dass das passierte, bevor die Arbeiterkolonnen mit den Asphaltmaschinen anrückten.«

»Ja, das ist logisch«, führte Müller den Gedankengang fort. »Allerdings kommt es oft vor, dass zwischen der Fertigstellung des Unterbaus und dem Auftragen der Binderschicht ein Zeitraum von mehreren Tagen liegt, je nachdem, wie die Asphaltmaschinen zur Verfügung stehen. Wie das in dem uns interessierenden Bauabschnitt war, kann ich so aus dem Kopf nicht mit Sicherheit sagen. Da müssen wir warten, bis meine Sekretärin die Unterlagen gebracht hat.«

»Gut«, erwiderte Kroll. »Warten wir. Aber eine Frage habe ich noch. Warum wurde an dieser Stelle der gesamte Oberbau aufgerissen, obwohl es doch nur um die Beseitigung des Brüllbetons ging, also gewissermaßen um die oberste Haut der Fahrbahn?«

»Ach wissen Sie«, reagierte der andere etwas verärgert, »allein dieser Begriff ›Brüllbeton‹ geht mir auf die Nerven.

Typische Journalistenhetze. Die sollten mal eine Woche bei uns auf dem Bau arbeiten, dann wüssten sie, wozu ihre Hände gut sind.«

Na ja, sinnierte Kroll, deine Hände sehen eigentlich auch nicht danach aus, als wären sie jemals mit Zementsäcken in Berührung gekommen. Aber auf diese Diskussionsebene wollte er sich nicht begeben. Also hakte er nach: »Wie konnte es denn dazu kommen, dass die Anwohner einen Schallpegel von mehr als 100 Dezibel ertragen mussten, 20 Dezibel über der zulässigen Höchstgrenze?«

»Für einen Kriminalrat sind Sie gut informiert«, antwortete Müller mit einem ironisch-überheblichen Ton. »Dann werden Sie auch wissen, dass wir die Auflage hatten, die Festigkeit der Betondecke zu erhöhen. Wir mussten uns ganz auf die Empfehlungen der Techniker verlassen, Eisenspäne unter den Beton zu mischen. Um gleichzeitig die Griffigkeit der Fahrdecke zu verbessern, wurde der Beton durch den sogenannten Besenstrich quer aufgeraut. Dass sich dabei der Pegel der Rollgeräusche so enorm steigern würde, konnte niemand voraussehen. Wir hatten große Mühen und Kosten, um das dann wieder in den Griff zu bekommen. Eine ärgerliche Sache für das Image unserer Firma.«

»Das möchte ich auch nicht in Abrede stellen«, beschwichtigte Kroll. »Es beantwortet aber noch nicht meine Frage, warum dann die gesamte Betondecke bis auf die Unterschicht abgetragen werden musste.«

»Zunächst einmal: Dieser Aufbruch ist nur in einem kleinen Bereich beiderseits der Wakenitzüberquerung erfolgt, nicht auf der gesamten Strecke. Und dies allein auf Veranlassung der Baubehörde, die an diesen Stellen eine zu starke Umweltbelastung der geschützten Gewässer befürchtete.«

»Wenn ich das richtig verstehe«, schlussfolgerte Kroll, »haben wir die Tatsache, dass die Leiche überhaupt gefunden wurde, allein dem Nachhaken der Baubehörde zu verdanken. Ansonsten wäre die Fahrbahn nie aufgerissen worden. Die Tote hätte dort auf ewig ihre letzte Ruhe gefunden.«

Müller wollte antworten, wurde jedoch von der Sekretärin unterbrochen, die das Zimmer mit leeren Händen betrat. »Es tut mir leid, Chef, aber ich kann keine Unterlagen finden. Der gesamte Vorgang Z 23 fehlt, sowohl in den Aktenordnern als auch auf meinem Computer.«

»Das gibt's doch nicht!«, schnauzte Müller seine Sekretärin an. »Das ist ein Skandal. Ich bin es gewohnt, dass in meinem Betrieb Ordnung herrscht. Und das ausgerechnet dann, wenn die Polizei im Haus ist. Ich erwarte bis morgen entweder alle angeforderten Unterlagen oder einen schriftlichen Bericht, warum Sie nicht in der Lage sind, Ihre Aufgaben ordnungsgemäß zu erledigen, Frau Brandinger.«

Die Frau wurde kreidebleich und machte erschrocken einen Schritt zurück zur Tür. Offenbar fehlten ihr die Worte. Nervös spielte sie mit der Türklinke. Kroll war Müllers Wechsel bei der Anrede seiner Sekretärin sofort aufgefallen. Vorbei war es mit dem vertraulichen ›Mirja‹. Der Mann wollte vor seinen Augen wohl den starken Mann spielen und jede Schuld von vornherein auf andere schieben.

Kroll spürte ein ausgeprägtes Unbehagen hochkommen. »Vielleicht sind die Unterlagen ja auch gestohlen worden.«

»Nicht in meinem Betrieb«, polterte Müller weiter. »Wer hätte schon ein Interesse daran, langweilige Akten zu stehlen. Verbrecher gibt es bei uns nicht.« Mit einem scharfen Seitenblick auf den Polizisten fügte er hinzu: »Und schon gar keine Mörder, Herr Kriminalrat!«

Der Hauptkommissar hatte keine Lust, erneut auf seine korrekte Dienstbezeichnung hinzuweisen. Er fühlte, dass er beim Firmenchef nicht weiterkommen würde. Diplomatisch leitete er seinen Abgang ein: »Das, Herr Müller, hat auch niemand behauptet. Am besten, ich ziehe mich jetzt zurück. Das Gespräch mit Ihnen war sehr aufschlussreich, und ich danke Ihnen, dass Sie mir einen kleinen Einblick in Ihre komplexe Arbeit vergönnt haben. Wenn die Dokumente wieder auftauchen – und ich bin sicher, das werden sie in einer so ordentlich geführten Firma – dann schicken Sie mir bitte eine Kopie in mein Büro.«

Er warf eine Visitenkarte auf den Schreibtisch, murmelte undeutlich ein Adieu und ging zur Sekretärin. »Da fällt mir ein, dass ich vorhin mein Licht hab brennen lassen. Liebe Frau Brandinger, wenn Sie so nett wären und mich zum Auto begleiten würden, dann könnten Sie mir eine kleine Starthilfe geben.«

Er fasste die Frau, die immer noch verschüchtert an der Tür stand, unter den Arm und zog sie einfach aus dem Chefbüro heraus, ohne weiter auf Müller zu achten. »Mein Mini-Cooper ist federleicht, das wird selbst für Sie als zierliche Frau kein Problem sein.«

Beim Auto angelangt, öffnete Kroll die Beifahrertür und sagte: »Nett, dass Sie mir helfen wollen.« Damit meinte er weniger die Starhilfe, als vielmehr die eingangs angedeutete Hilfe bei seinen Recherchen. Doch Mirja Brandinger hatte der Vorwurf ihres Chefs so sehr getroffen, dass sie immer noch nicht in der Lage war, zu sprechen.

Kroll nahm einen Aktenordner, der auf dem Beifahrersitz lag, schlug die Seite mit der Polizeizeichnung vom Gesicht des Opfers auf und zeigte sie der Frau. »Hier. Das ist der Grund, warum ich vorhin meinte, Sie könnten mir in dem Fall weiterhelfen.«

Mirja zuckte zusammen und wurde noch eine Spur bleicher. Fast schien sie in sich zusammenzufallen. »Aber … das ist doch … woher …«, stotterte sie.

Der Hauptkommissar legte ihr den Arm um die Schulter, um sie zu stützen und redete in beruhigendem Ton auf sie ein: »Bitte reißen Sie sich zusammen. Ich bin sicher, dass Ihr Chef uns beobachtet. Ich habe den Eindruck, dass ich Sie vor ihm beschützen muss. Deswegen bitte ich Sie, sich so unauffällig wie möglich zu benehmen. Am besten, wir beide schieben mein Auto an. Sie hinten, ich neben der Fahrertür. Ich springe dann zum richtigen Zeitpunkt hinein und gebe Gas. Darin habe ich Übung. Ich schlage vor, wir treffen uns morgen Abend nach Dienstschluss um 18 Uhr in dem Hofcafé in der Wahmstraße. Dort, wo Sie sich vor ein paar Tagen mit Ihrem Liebhaber trafen.«

Wieder so ein Schlag für Mirja. Woher wusste der Polizist von ihrer Intimbeziehung zu Kevin? Sie kam nicht dazu, weiterzugrübeln. Kroll fing an, seinen Mini anzuschieben. Mirja blieb nicht anderes übrig, als schnell zur Heckscheibe zu stürzen und das bereits rollende Auto anzutreiben. Eine wirkliche Hilfe war sie nicht, wie Kroll feststellte. Aber das machte nichts. Er sprang beherzt auf den Fahrersitz – eine akrobatische Leistung, die nur derjenige beurteilen kann, der jemals hinter dem Steuer eines Oldtimer Mini-Cooper Baujahr 2000 gesessen hat. Der Motor sprang sofort an. Kroll gab Gas, und mit ohrenbetäubendem Lärm verschwand er von dem Bauhof der Firma *Hoch und Tief Müller GmbH*.

Im Rückspiegel sah er, wie die Sekretärin mit schleppenden Schritten in ihr Büro zurückkehrte. Hinter dem Fenster des Chefzimmers bewegten sich die Gardinen.

*

Als Kroll etwas verspätet den Hof des Cafés in der Wahmstraße betrat, saßen Mirja Brandinger und ihr jugendlicher Liebhaber bereits an einem Tisch in der Ecke. Sie tuschelten vertraut Kopf an Kopf gelehnt und hielten liebevoll Händchen. Am Nachbartisch hatte ein Ehepaar Platz genommen, offenbar Touristen, denn der Mann studierte den Stadtplan von Lübeck. Er trug einen gediegenen Herrenhut aus schwarzem Filz und eine stark getönte Hornbrille. Die Frau war in einen Reiseführer vertieft. Als der Hauptkommissar sich näherte, konnte er deutlich den Titel erkennen: *66 Lieblingsplätze und 11 Naturwunder in und um Lübeck*. Er kannte und schätzte das Buch sehr und überlegte für einen kurzen Moment, welchen Tipp er den Touristen geben sollte. Aber dann besann er sich eines Besseren. Schließlich war er dienstlich hier.

Er trat hinter das Liebespaar und räusperte sich. Als Mirja ihn erblickte, löste sie sich abrupt von ihrem Freund, als wäre sie in einer peinlichen Situation erwischt worden. Ihr Gesicht wirkte müde, ihre Augen flackerten nervös. Sie schien geweint zu haben. Heute war sie nicht so geschmackvoll geschminkt wie neulich im Büro, dennoch konnte Kroll ihr eine gewisse elegante Schönheit nicht absprechen.

Um die anfängliche Befangenheit zu überwinden, sagte Kroll in ruhigem Ton: »Ich wusste, dass Sie kommen würden, Frau Brandinger. Entschuldigen Sie bitte, dass ich mich etwas verspätet habe, aber ich wurde im Büro aufgehalten.« Er setzte sich ihr gegenüber und strich ihr flüchtig über den Handrücken, um sie zu beruhigen. »Erstens müssen Sie mir gegenüber Ihr Verhältnis zu Ihrem Freund nicht verbergen. Dass Sie beide ein Paar sind, weiß ich bereits, und es ist allein Ihre Sache. Und zweitens brauchen Sie keine Angst zu haben. Dies ist ein rein privates Gespräch, kein Verhör. Wir nennen das einen ›kommunikativen Einsatz‹. Niemand beschuldigt Sie. Wie ich schon neulich sagte, glaube ich, dass wir uns gegenseitig helfen könnten.«

Der junge Mann saß die ganze Zeit über in sich zusammengesunken und starrte auf sein Colaglas. Bei Krolls letztem Satz warf er einen flüchtigen Seitenblick auf den Hauptkommissar. Welches Interesse konnte der denn haben, ihnen zu helfen?

Mirja schien inzwischen mehr Vertrauen gefasst zu haben. »Als Sie mich neulich mit dem Bild meiner Schwester überraschten, war mir sofort klar, dass wir uns in aller Ruhe aussprechen müssten.« Sie rückte näher an ihren Freund heran und legt ihre Hand auf seinen Unterarm. Der junge Mann richtete sich auf und schmiegte sich an sie.

»Sie können mich Mirja nennen, das bin ich gewöhnt, auch auf der Arbeit. Und das ist Kevin, Kevin Müller. Wir lieben uns. Und deswegen haben wir beschlossen, gemeinsam auch diese Angelegenheit durchzustehen.«

Kroll, der inzwischen eine Schachtel Zigaretten aus der Jackentasche gezogen hatte, schob verdutzt den Aschenbecher zur Seite, der vor ihm stand. »Jetzt ist es an mir, überrascht zu sein. Nicht nur, weil Sie mir sagen, dass das Bild Ihre Schwester zeigt. Auch, weil ich den Namen Müller höre.«

»Ja, das auf dem Bild ist meine Schwester Nadja«, antwortete Mirja. »Und Kevin ist der Sohn meines Chefs.«

Als die Bedienung kam, unterbrach sich Mirja sofort. Sie wollte nicht, dass ein Dritter zuhörte. Die beiden Touristen am Nachbartisch waren nach wie vor in ihre Reiseliteratur vertieft. Kroll bestellte sich eine Weinschorle.

»Dann fangen wir doch einfach mit dem jungen Mann an.« Kroll neigte sich zu ihm hin, aber Kevin signalisierte keine Gesprächsbereitschaft. »Darf ich fragen, was Sie so machen, beruflich, meine ich?«

Wieder keine Reaktion. Der Hauptkommissar betrachtete ihn etwas genauer. Kevins offene Jeansjacke gab auf dem T-Shirt Teile eines Symbols frei, das Kroll sofort erkannte, eine Grafik über das an einem Turm zerschellende Luftschiff *Hindenburg*. »Oh, wie ich sehe, scheinen wir beide den gleichen Musikgeschmack zu teilen. Led Zeppelin, wenn ich mich nicht irre.« Kroll kam ins Schwärmen. »Das berühmte Cover von ihrer ersten LP. *Stairway to Heaven*, mein Lieblingssong. Und der Bandname soll davon herrühren, dass Mick Jagger angeblich gesagt hat, eine Chaotenband wie diese würde abstürzen wie ein ›bleierner Zeppelin‹.«

Da kam Bewegung in die zusammengesackte Gestalt. Kevin richtete sich auf und blickte Kroll selbstbewusst ins Gesicht. »Falsch informiert, Herr Polizist. Das war Keith Moon, der Drummer von den ›Who‹. Und außerdem ist *Stairway to Heaven* nicht auf der ersten, sondern auf der vierten LP.«

Kroll musste innerlich schmunzeln. Natürlich hatte er das alles schon vorher gewusst, aber immerhin reichte der kleine Trick, um den jungen Mann aus der Reserve zu locken. »Ach ja, jetzt, wo Sie das sagen, fällt es mir wieder ein. Ist nicht *Dazed and Confused*, diese geile Blues-Ballade, auf der ersten Scheibe?«

Kevin taute sichtlich auf. »Genau. Ich persönlich finde allerdings die 20-minütigen Liveaufnahmen besser. Da zeigt die Band, was sie an Improvisation drauf hat. Was Jimmy Page da mit seiner Gitarre veranstaltet, ist der echte Wahnsinn. Und dazu dieser unverwechselbare Gesang von Robert Plant, der so singt, als hätte er die Stahlsaiten einer Fender-Gitarre als Stimmbänder.«

Der Hauptkommissar nahm einen zweiten Anlauf, um das Gespräch auf eine persönliche Ebene zu bringen. »Machen Sie eigentlich auch selber Musik?«

»Nicht direkt«, antwortete der junge Mann. »Ich betätige mich in meiner Freizeit gerne als DJ oder mixe die Konzerte meiner Mutter.«

Mirja bemerkte Krolls fragenden Blick und mischte sich in die Unterhaltung ein. »Sie müssen wissen, dass Amelie – sie ist genauer gesagt Kevins Stiefmutter – als professionelle Geigerin in einem Streichquartett spielt, das sich neben der klassischen Literatur auf Crossover mit Popmusik spezialisiert hat.«

»Ja«, ergänzte Kevin. »Die sind genial, die müssen Sie mal auf der Bühne erleben. Plötzlich verwandelt sich ein Mozart-Quartett in einen Queen-Song, als wäre das das Logischste der Welt. Doch der Sound ist nicht einfach abzumischen, wie Sie sich vorstellen können.«

In seinem Gesicht spiegelte sich eine gewisse Wärme wider, die Kroll nicht entging. Der anfangs unzugängliche junge Mann war nach wenigen Sätzen ein anderer geworden. »Sie scheinen Ihre Stiefmutter zu lieben?«

Kevin lächelte und legte seinen Arm um Mirjas Schulter. »Nein, nicht ganz. Ich verehre sie. Ich bewundere ihre Musikalität. Aber lieben tu ich nur Mirja.«

»Und wie ist das Verhältnis zu Ihrem Vater?«, hakte Kroll nach.

Kevin brauchte eine gewisse Zeit, um sich die Antwort zu überlegen. Er löste sich sanft von Mirja, nahm sein leeres Glas in die Hand und drehte es gedankenverloren im Kreis. »Keine einfache Frage, die Sie mir da stellen. Meine Mutter starb sehr früh. Ich habe sie eigentlich gar nicht bewusst gekannt. Von da an war mein Vater immer das Zentrum meines Lebens. Er hat mich stets gefördert, und ohne seine konsequente Haltung stünde ich jetzt sicherlich nicht vor dem Abitur. Es gab Phasen, wo ich ihn wegen seiner Strenge und seiner bourgeoisen Geschäfte hasste. Noch bis vor Kurzem war ich dankbar, dass er mir geholfen hat, meinen eigenen Weg zu gehen. In den letzten Monaten jedoch …«

Er brach seinen Satz ab, stellte das Glas vor sich auf den Tisch, als wäre es ein ungebetener Begleiter, und strich sich mit einer nervösen Bewegung die Haarsträhnen aus dem Gesicht.

Mirja schien zu ahnen, was sich in seinem Kopf abspielte. Energisch ergriff sie das Wort.

»Ich denke, Herr Hauptkommissar, es wird Zeit, dass wir auf das Wesentliche zu sprechen kommen.« Sie schob Kevins Glas beiseite. »Wir haben uns hier nicht verabredet, um uns über unser Privatleben auszutauschen. Und ich fürchte, dass es genau jener Verdinand B. Müller ist, um den die ganze Geschichte kreist.«

Kroll atmete tief durch, griff in seine Aktentasche und legte einen Folianten auf den Tisch, durch dessen Klarsichthülle die Zeichnung der toten Frau unter der Betondecke hervortrat. In diesem Moment drehte sich der Tourist am Nachbartisch zu Kroll hin und fragte ihn in gebrochenem Englisch, auf den Stadtplan zeigend: »Sorry. Where is the Günter-Grass-Haus? *Blechtrommel*, you know? Very interesting.«

Den Hauptkommissar ärgerte es zwar, jetzt unterbrochen zu werden. Aber mit höflichen Worten erklärte er dem Mann, wie er in die Glockengießerstraße kommen konnte, wo sich das Museum und das Sekretariat des Nobelpreisträgers befanden. Währenddessen zog Mirja den Ordner zu sich herüber. Gedankenverloren strich sie über die Klarsichtfolie. Kevin legte seine Hand auf ihre und stoppte die Bewegung. Aus dem Augenwinkel heraus bemerkte Kroll, dass der Junge ihr etwas ins Ohr flüsterte, doch er konnte es nicht verstehen. Er gab dem Touristen noch ein paar Hinweise, und endlich zog dieser sich wieder an seinen Platz zurück.

Kroll war Mirja im Grunde genommen dankbar, dass sie endlich zum Hauptpunkt des heutigen Treffens zu sprechen kamen. Unbewusst hatte er bislang die leidige Pflicht herausgezögert, sie über den schrecklichen Tod ihrer Schwester aufzuklären. Er zog die Akte zu sich heran und räusperte sich. Er hatte sich ein paar passende Sätze zurechtgelegt, schaute Mirja fest in die Augen und wollte loslegen. Doch die Frau ließ ihn nicht zu Wort kommen.

»Sie müssen mir keine Erklärungen abgeben, Herr Hauptkommissar. Ich ahne, was Sie mir jetzt sagen wollen. Eigentlich war ich schon seit geraumer Zeit darauf vorbereitet. Ich wusste es schon seit Langem, dass es mit Nadja einmal böse enden würde.« Sie zog die Akte wieder zu sich und strich erneut mit dem Finger über das Bild, das hinter der Klarsichtfolie steckte.

»Als Sie mich neulich die Zeichnung von meiner Schwester sehen ließen, wusste ich sofort, dass *es* geschehen war. Wenn ein Polizist die Zeichnung statt des Fotos einer Person mit sich herumträgt, dann ist das für mich so etwas wie ein Todesurteil. Ein grausamer Tod, sonst hätte man sich nicht die Mühe gemacht, das Gesicht zu zeichnen.«

Kroll fühlte sich in seiner Haut recht unwohl. Obwohl ihm jetzt die üblichen Floskeln des Beileids erspart blieben, bedrückte es ihn, dass er so unsensibel mit den Gefühlen Mirjas umgegangen war. Vielleicht hätte er neulich besser das Spiel mit dem Bild vermieden.

Mirja ließ ihm keine Zeit zur Entschuldigung. Das war für sie jetzt nicht mehr wichtig. Sie schob die Akte ein wenig von sich weg und löste sich mit einem inneren Ruck von dem Anblick der Zeichnung.

»Ich denke, es ist am besten für uns alle, auch für Nadja, dass ich Ihnen zuerst erzähle, was ich weiß. Dann können Sie anschließend Ihre Fragen stellen und Ihre Schlussfolgerungen ziehen.«

Sie schaute kurz zu Kevin, der ihr fast unmerklich zunickte.

»Meine jüngere Schwester Nadja hatte längere Zeit erfolgreich für ein russisches Reiseunternehmen als Touristenführerin gearbeitet, weil sie sehr gut Russisch sprach. In erster Linie betreute sie die Pauschalreisen von Petersburg nach Paris und Nizza, weil auch ihr Französisch ausgezeichnet war. Ich weiß, dass sie in ihrer Arbeit aufging, dass sie gut verdiente. Ich weiß aber auch, dass sie, je mehr Geld sie hatte, immer tiefer in Kreise hineingeriet, die an einem touristischen Kulturaustausch wenig Interesse hatten. Irgendwann kam eine enttäuschende Liebschaft dazu, und plötzlich war sie in einen Drogensumpf geraten. Sie hat mir nie Details erzählt, aber ich habe es in ihren Augen, an den Einstichen in ihrem Oberarm und auch zwischen den Zeilen ihrer Briefe gelesen.«

Mirja legte eine Pause ein. In Gedanken versunken spielte sie mit ihrer Kaffeetasse. Kroll hütete sich, sie zu unterbrechen. Auch Kevin schwieg und starrte sie gebannt an.

»Vor einem Jahr erschien Nadja plötzlich in meiner Firma und wollte meinen Chef sprechen. Die beiden verbrachten längere Zeit in seinem Büro. Ich musste dann anschließend unsere Geschäftskontakte zu russischen und französischen Betrieben heraussuchen. Als Spezialist für modernen Straßenbau hat Müller überall seine Finger drin. Als ich Nadja auf ihren Besuch bei uns in der Firma ansprach, wich sie mir in einer Weise aus, die mich umso neugieriger machte. Außerdem vermied sie seitdem jeglichen Kontakt mit mir. Irgendetwas lief da ziemlich schief, hatte ich den Eindruck. Ich wollte dahinterkommen, um Nadja zu helfen. Schließlich ist sie – war sie meine Schwester.«

Mirja nahm einen kräftigen Schluck Kaffee. Dann holte sie ein Notizbuch aus ihrer Tasche und legte es Kroll auf den Tisch. »Das sind die Eintragungen eines ganzen Jahres. Hier eine Liste aller mir bekannten Reisen meiner Schwester. Und hier eine Auflistung aller Geschäftsverbindungen meines Chefs mit Russland und Frankreich, alle Kies- und Betontransporte sowie die Zwischenlager, vor allem, was das in Landau in der Pfalz betrifft. Der Standort Landau spielt für unsere Firma insofern eine wichtige Rolle, als uns die Tour de France jedes Jahr einen Haufen Neuaufträge einbringt. Wie Sie wissen, ändert sich die Route ständig. Da gibt es regelrechte Konkurrenzkämpfe zwischen den französischen Gemeinden. Jede will mit dabei sein und ein Stück vom großen Kuchen abhaben. Nicht selten lassen sich die Gemeinden ihre Verkehrswege neu asphaltieren, und dann ist unsere Firma zur Stelle.«

In diesem Moment beugte sich die Touristin vom Nachbartisch herüber und hielt Kroll den Reiseführer vor die Nase. »Lovely places in this guide. Castle of Eutin. I like it. Very romantic. Good old Germany. Where to go?«

Schon wieder diese lästige Störung! Kroll hätte der Frau das Buch am liebsten um die Ohren geschlagen, aber weil er dessen Verfasser persönlich kannte, hielt er sich zurück und empfahl der Dame: »Bitte wenden Sie sich an die Bedienung. Die wird Ihnen sicherlich weiterhelfen können. Please, don't disturb us anymore.«

Die Touristin lächelte ihn an und drehte sich weg. Sie tat so, als hätte sie nicht verstanden, was Kroll ihr gesagt hatte. Nach dieser kurzen Unterbrechung fuhr Mirja fort. »Wenn man die Listen miteinander vergleicht, bekommt man den Eindruck, dass sich Nadjas Tätigkeit mit den Aktivitäten unserer Firma deckt.«

»Wissen Sie eigentlich, wie Ihre Schwester ums Leben gekommen ist?«

»Nein. Aber ich fürchte, Sie werden mir schreckliche Dinge erzählen, die ich gar nicht hören möchte.«

»Ich verstehe. Die Einzelheiten möchte ich Ihnen ersparen. Nur soviel: Sie ist an einer Überdosis Dopingmittel im Magen verstorben, und ihre Leiche wurde von fremden Personen auf die Autobahnbaustelle der *Hoch und Tief Müller GmbH* gebracht und unter der Kiesdecke vergraben. Offenbar wollte man ihren Tod vertuschen. Für uns steht außerdem fest, dass Nadja ein Drogenkurier war. Nach dem, was Sie mir da eben gesagt haben, wird es unsere Aufgabe sein, nachzuforschen, ob Ihre Firma, genauer gesagt Ihr Chef darin verwickelt war.«

Kroll wandte sich Kevin zu. »Ich möchte Sie nicht verletzen, junger Mann. Aber trauen Sie das Ihrem Vater zu?«

Kevins Antwort ließ nicht lang auf sich warten. »Wissen Sie, Herr Hauptkommissar, Mirja und ich haben uns diese Frage inzwischen auch gestellt. Wie ich schon sagte. Er kann sehr herrisch sein und auch falsch und rücksichtslos. Auch meiner Stiefmutter gegenüber. Ich weiß, dass er sie mit anderen Frauen betrügt, wo er nur kann. Das hat mich immer sehr verletzt, denn ich mag Amelie sehr.«

Die Kellnerin brachte ihm ein neues Glas Cola. Er nippte gedankenverloren an dem Getränk, dann stellte er es vor sich hin. Kroll ließ ihn gewähren. Nach einer Zeit fuhr Kevin fort: »Und da ist noch etwas, was ihn für mich schon immer unheimlich gemacht hat. Er hat so ein merkwürdiges Verhältnis zur Musik. Bei Salsa und Popmusik kann er sehr ausgelassen und fröhlich sein. Auch meinen Umgang mit Punk- und Rockmusik toleriert er. Für Klassik interessiert er sich nicht besonders, allenfalls für Mozart. Wenn meine Mutter Mozart spielt, ist er immer ganz hingerissen. Aber als sie eines Tages irgendein Stück von Franz Liszt auflegte, rastete er wie aus heiterem Himmel total aus und trat den CD-Player so brutal in die Ecke, dass der seinen Geist aufgab.«

Kevin griff erneut sein Glas und hielt es in der Hand. »Ich kenne mich da nicht aus, aber ich fürchte, mein Vater hat irgendwie einen Knacks weg. Er ist dann überhaupt nicht mehr wiederzuerkennen. Wenn man ihn so erlebt, könnte man leicht auf die Idee kommen, es gäbe irgendeine dunkle Seite in seinem Leben.«

Der junge Mann trank die Cola fast in einem Zug aus. »Um auf Ihre Frage zurückzukommen. Ja, ich traue ihm durchaus zu, Böses zu tun. Aber als Drogenboss kann ich ihn mir nur schlecht vorstellen.«

Die drei schwiegen für eine Weile. Jeder war mit seinen eigenen Gedanken beschäftigt. Nach einer Weile winkte Kroll der Bedienung ein Zeichen zu, dass er zahlen wollte.

»Übrigens, Mirja, was ich Sie noch fragen wollte. Haben sich eigentlich die Unterlagen zu diesem fraglichen Bauabschnitt, wo man die Tote vergraben hat, wieder gefunden?«

»Nein. Es scheint so, als sei der Vorgang Z 23 aus der Geschichte unserer Firma ausgelöscht worden. Für mich ist das völlig unerklärlich. Ich kann nach alldem, was ich über die Firma weiß, den Eindruck nicht loswerden, dass mein Chef das bewusst so inszeniert hat, auch wenn er sich mir gegenüber ziemlich aufgespielt hat, als wäre ich schuld an dem Verschwinden der Unterlagen.«

Der Hauptkommissar wartete mit seiner Antwort ab, bis die Kellnerin abkassiert hatte, und steckte Mirjas Unterlagen ein. Dann sagte er: »Ehrlich gesagt, auch ich bin Ihrer Meinung. Mein nächster Schritt wird sein, die Spur nach Landau zu verfolgen.«

»Wenn Sie nichts dagegen haben, können wir uns dort treffen. Es wäre mir eine Genugtuung, Ihnen dabei helfen zu können. Der Vorgang Z 23 mag zwar für die Firma offiziell ausgelöscht sein, mein Andenken an meine Schwester jedoch nicht. Übrigens habe ich gestern meinen Chef um baldigen Urlaub gebeten, um Abstand von all seinen

Vorwürfen zu bekommen. Da käme mir eine Reise in die Pfalz ganz recht.«

Sie standen auf, und Mirja hakte sich bei Kevin unter. »Du wirst hier inzwischen die Stellung halten.«

Kroll gab Mirja seine Visitenkarte und konnte nicht umhin, ihr beim Verabschieden kurz den Arm um die Schulter zu legen, obwohl sich das aus beruflichen Gründen nicht ziemte. »Gut, rufen Sie mich morgen an. Ich stehe auf Ihrer Seite und bin froh, dass wir uns ausgesprochen haben.«

Nachdem die drei verschwunden waren, wurde das Ehepaar am Nachbartisch schlagartig aktiv. Reiseführer und Stadtplan verschwanden in den Taschen. Stattdessen holte der Mann sein Handy hervor, wählte eine vorprogrammierte Nummer und sagte in fließendem Deutsch: »Die Schlampe hat gesungen, Boss. Jetzt wissen die Bullen das mit der Lagerhalle in Landau. Sie wollen dort hinfahren und sich treffen. Ich werde die Nutte weiterhin überwachen.«

3. KAPITEL – DER SCHATTEN FÄHRT IMMER MIT

Jan Hopfinger kam mächtig ins Schwitzen. Gleich die erste größere Herausforderung, der Puig de Son Martí, kostete ihn so viel Kraft, dass er weit hinter dem Feld zurückblieb. Nicht nur die Steigung machte ihm zu schaffen. Hinzu kamen der peitschende Regen und die böigen Fallwinde, die ihm jeglichen Spaß am Urlaubsradeln verleideten. Das hier auf Mallorca war ganz was anderes als das gemütliche Tourenfahren durch die sanfte Hügellandschaft der Holsteinischen Schweiz, wohin er regelmäßig sonntägliche Ausflüge unternahm.

Klitschnass von Schweiß und Regen und wehmütig an das schöne Schleswig-Holstein denkend, trat er verbissen in die Pedale. In den schluchtartigen Innenkurven kamen ihm wahre Sturzbäche entgegen, die allerlei Geröll und Kiefernzapfen mit sich führten. Er musste höllisch aufpassen, um nicht auszurutschen. Und nicht nur das war gefährlich. Plötzlich wurde er von einem waghalsig den Pass herunterjagenden Auto an die Seite gedrängt. Er war wütend. Die saßen im Trockenen, hatten ihr Autoradio auf Begeisterungslautstärke gestellt und schienen auf Radfahrer überhaupt keine Rücksicht zu nehmen.

Ein paar Kurven weiter entdeckte er einen gestürzten Kollegen. Dessen Rad sah übel aus. Der Mann selber hockte auf einem Felsbrocken am Straßenrand und versuchte, notdürftig seine Schrammen zu behandeln.

Für Hopfinger war das ein Anlass, seinen ohnehin nicht sehr aussichtsreichen Kampf gegen den Bergpass zu unterbrechen und eine willkommene Atempause einzulegen.

»Sind Sie verletzt?«, rief er ihm zu und stieg vom Rad.

»Geht so. Nichts Ernsthaftes, aber das rechte Knie tut höllisch weh. Dieses verdammte Auto hat die Kurve so geschnitten, dass ich mich nur noch mit einem Schlenker ins Gebüsch retten konnte.«

»Ja, der ist mir auch entgegengekommen. Ich konnte ihm gerade noch ausweichen. Man hätte sich die Nummer merken sollen, aber das ging alles viel zu schnell.«

Der Verunglückte richtete sich ein wenig auf. Es tat ihm sichtlich gut, dass jetzt jemand bei ihm war. »Gott sei Dank, ist hier kein Abhang. Das hätte mich das Leben kosten können. Aber mein Handy habe ich bei dem Sturz verloren. Das muss hier irgendwo im Gebüsch liegen. Vielleicht können Sie bei unserem Reiseleiter anrufen, damit mich jemand abholt.«

Hopfinger reichte dem Mann seine Trinkflasche. Da hatte er heute Morgen heimlich Rotweinschorle eingefüllt statt des üblichen Energydrinks. »Hier, stärken Sie sich erst einmal. Ist meine Spezialmedizin für solche Fälle. ›Tinto de verano‹, Rotwein mit Casera.« Dann musste er eingestehen: »Mein Handy habe ich heute blöderweise im Hotel liegen lassen, weil es nicht aufgeladen war. Und dass das heute so eine Hammertour werden würde, hätte ich nicht vermutet. Wo der Tag in Peguera so sonnig warm begann.«

»Verdammter Mist, jetzt müssen wir warten, bis ein Auto kommt.« Der Mann seufzte auf. »Wenn es denn zur Abwechslung mal anhalten würde.« Er reichte Hopfinger die Hand: »Toni aus Stuttgart.«

»Jan aus Lübeck.« Hopfinger machte sich auf die Suche nach dem Handy, fand es jedoch nicht. Den beiden blieb nichts anderes übrig, als zu warten und sich gegenseitig Trost zu spenden.

Nach einiger Zeit kamen zwei Radfahrerinnen den Berg hoch, verhältnismäßig langsam, aber sichtlich nicht so erschöpft, wie Hopfinger es war. Elegant und geschmeidig hielten sie ihren Pedalrhythmus. Erst im letzten Moment stoppten sie.

»Na, Jungs, nicht unbedingt ein gemütlicher Platz zum Kaffeetrinken«, witzelte die vorneweg fahrende Frau, als sie das verbogene Fahrrad bemerkte. Sie stieg vom Rad, legte ihren Helm ab und begutachtete das blutverschmierte Knie des Verunglückten.

Als sie den Helm abnahm löste sich ihre blonde Haarpracht, umrahmte ihr Gesicht und fiel auf ihre Schultern. Jetzt erkannte Hopfinger sie wieder. Die betörende Schönheit, die ebenfalls in seinem Hotel logierte, die ihm auf den ersten Blick gefallen hatte, die er sich aber bislang nicht anzusprechen getraut hatte.

»Oh, geht schon klar«, versuchte er in möglichst harmlosem Ton zu erwidern. »Wir schaffen das auch allein. Nur ein paar kleine Schrammen. Das Blöde ist, dass wir beide im Moment kein Handy haben, um unseren Transporter zu rufen.«

Die Blondine schaute Hopfinger, der seine Verlegenheit nur schlecht verbergen konnte, direkt in die Augen. »Also braucht ihr uns doch. Wir können doch nicht mit ansehen, wie die Helden der Landstraße schlappmachen. Ich bin übrigens Julia.«

»Für starke Frauen wie uns kein Problem«, mischte sich ihre Mitfahrerin ein, ehe Hopfinger sich vorstellen konnte. »Schön, dass Radfahren keine reine Männersache ist, denn in Bezug auf die digitale Logistik scheinen wir die besseren Karten zu haben.« Sie zog ihr Handy aus der Gürteltasche und reichte es Hopfinger. »Wenn ich mich nicht täusche, sind wir nicht nur im gleichen Hotel, sondern auch bei der gleichen Reisegruppe. Die Nummer ist eingegeben«.

Nachdem das Problem gelöst war, stiegen die beiden Frauen wieder auf ihre Räder. »Man sieht sich dann wohl spätestens in Puigpunyent wieder«, meinte die Blondine augenzwinkernd. »Mal sehen, wer von uns zuerst da ist.«

*

Die Regenfront war durchgezogen, und die Dorfstraße von Puigpunyent dampfte in der heißen Sonne. Nur noch wenige Wasserpfützen funkelten in ihrem Licht, bis auch sie schnell verdunstet waren. Das Wetter auf Mallorca konnte blitzschnell umschlagen. Statt des Regens machte sich jetzt eine Hitzewelle breit. Die Einheimischen blieben dann lieber in ihren Häusern und zogen die hölzernen Fensterläden zu.

Die kleine Bar im Ortszentrum konnte die vielen Gäste kaum fassen. Die Besitzerin hatte einen Stapel Gartenstühle organisiert, sodass die abgekämpften Radfahrer draußen im Schatten der Linden Platz nehmen konnten und wieder neue Energien tankten. Ihre Sporträder reihten sich in einer langen Linie vor der Baustelle nebenan auf, wo jetzt nichts los war, weil sich die Arbeiter mit einer Flasche guten Mallorquiner Rotweins zur Siesta zurückgezogen hatten. Komische Leute, diese Radtouristen, dachten sie. Bei so einem Wetter freiwillig über die Berge zu strampeln und sich nur von Mineralwasser zu ernähren.

Hopfinger war von den Sportlern der Einzige, der sich einen Tinto de verano bestellte. Dass er dadurch mit einem ungeschriebenen Gesetz der Sportlerzunft brach, merkte er an dem missbilligenden Blick seines Teamleiters. Doch das war ihm jetzt egal. Hauptsache, er hatte sein Etappenziel erreicht, wenn auch in dem Gruppentransporter, weil er seinen verunglückten Kameraden Toni aus Stuttgart nicht im Stich lassen wollte. Außerdem blieb ihm auf diese Weise der zweite anstrengende Pass erspart.

Die blonde Julia und ihre Mitradlerin trafen erst nach einer geraumen Zeit in Puigpunyent ein. Der steile Anstieg nach Galilea hatte auch ihnen sehr zu schaffen gemacht, obwohl sie deutlich besser trainiert waren als Hopfinger. Völlig erschöpft lehnten sie ihre Räder an einen der Lindenbäume und schwankten auf die Bar zu. Ein Teil der Mannschaft war inzwischen schon zur nächsten Etappe nach Esporles aufgebrochen, sodass wieder genügend Plätze frei waren.

Hopfinger hatte die beiden Frauen schon von Weitem erkannt und winkte ihnen zu. Julia setzte sich zu ihm an den Tisch, während ihre Kameradin die Bar ansteuerte und sich einer Frauengruppe anschloss. »Absoluten Respekt vor eurer Leistung«, meinte er anerkennend. »Das muss ja eine wahre Knochenarbeit gewesen sein.«

Julia brauchte ein paar Sekunden, um wieder zu Atem zu kommen. »Allerdings. Das hatte ich mir so nicht vorgestellt. Eigentlich dachte ich, eine ganz ordentliche Kondition zu haben. Ich bin aktives Mitglied im Travemünder Radsportverein und habe fast täglich rund um Eutin in den Hügeln der Holsteinischen Schweiz trainiert. Aber das hier …«

Sie kam nicht dazu, weiterzureden. Hopfingers Augen

leuchteten auf. »Oh, das ist ja ein Zufall. Ich komme auch aus der Gegend, aus Stockelsdorf. Da sind wir uns bestimmt schon mal irgendwo zwischen Plön und Lübeck begegnet. Ich unternehme nämlich dort auch gern meine Radtouren. Allerdings bin ich nicht so ein Profi wie du. Ich bin in keinem Verein.«

Er erhob sein Glas mit der rötlich schimmernden Flüssigkeit und prostete ihr zu: »Übrigens, ich heiße Jan.«

Zu spät bemerkte er, dass Julia noch gar nichts bestellt hatte. »Was trinkst du denn da gerade?«, fragte sie. »Das sieht weder nach Mineralwasser noch nach Fruchtsaft aus.«

Verlegen stellte Hopfinger sein Glas wieder auf den Tisch. »Oh, das ist Tinto de verano. Rotwein mit farbloser, süßer Brause. Ich fürchte, das ist nichts für euch Hardliner«.

»Lass mal probieren.« Sie griff ohne Umstände zu seinem Glas und gönnte sich einen Schluck. »Nicht schlecht. Etwas süß, aber angenehm. Das könnte ich jetzt auch gebrauchen. Man muss es mit der gesunden Ernährung nicht übertreiben. Das baut wieder auf. Jedenfalls immer noch besser als irgendein teuflisches Dopingzeug.«

Julia bestellte sich ebenfalls einen Tinto de verano, und Hopfinger bekam Appetit auf ein zweites Glas. Schnell waren sie damit versorgt, und infolge des Alkohols entspann sich bald eine lebhafte Plauderei. Dem Trainingsleiter entging es nicht, dass die beiden nicht den Ernährungsplan einhielten. Er setzte sich zu ihnen.

»Meint ihr nicht auch, dass Alkohol nicht das Richtige ist, wenn man noch eine so schwere Etappe vor sich hat? Ich gönne es euch ja, aber aus sportlicher Sicht …«

»Nun reg dich nicht auf«, unterbrach ihn Julia, um zu zeigen, dass sie sich nicht gern bevormunden ließ. »Wir sind keine Leistungssportler, wir wollen nicht an der Tour de France teilnehmen. Wir machen Urlaub und verbinden das Sportliche mit dem Angenehmen.«

Hopfinger erhob sein Glas und prostete Julia zu: »Und was kann es Angenehmeres geben, als mit einer charmanten Radlerin eine Flasche Rotwein zu teilen? Ein Schluck in Ehren ist immer noch besser als eine Dopingspritze in Unehren. Das überlassen wir den Profis von der Tour de France.«

Der Trainer bekam einen hochroten Kopf und schlug wütend so auf den Tisch, dass Julias Glas fast umgekippt wäre. »Ihr Grünschnäbel, was wisst ihr denn schon vom Profisport! Ihr fallt doch auf jede Lüge der Sensationspresse herein und glaubt alles, was euch die Schmierenmedien zum Fraß vorwerfen!«

Das konnte Hopfinger nicht auf sich sitzen lassen, denn schließlich hatte er sich als Kriminalbeamter im Rahmen seines aktuellen Falls beruflich mit der Dopingszene intensiv auseinandergesetzt. »Ganz so blauäugig sind wir ja nun auch nicht. Unser Wissen beruht nicht nur auf der Lektüre von Boulevardzeitungen. Nur um ein paar Beispiele zu nennen: Den unrühmlichen Anfang machte Eddy Merckx in den 60er Jahren mit Cortison, das allerdings erst später auf die Rote Liste der Dopingstoffe kam. In den 90er Jahren: Wachstumshormone wie Erythropoetin, besser als EPO bekannt. Stichwort Lance Armstrong und der Festina-Skandal, Alex Zülle, Richard Virenque und andere. Zehn Jahre später: Blutdoping zur künstlichen Erhöhung der Hämoglobinkonzentration. Stichwort Dopingskandal Fuentes. Jan Ullrich, Alejandro Valverde, Alberto Contador. Und jetzt aktuell: Gendoping im engeren Sinne zur gezielten Manipulation der DNA. Stichwort AICAR und GW 1516. Wer weiß, wie viele Spitzenfahrer sich inzwischen damit eingelassen haben, denn es scheint ja immer noch kein Nachweisverfahren zu geben.«

Julia blickte Hopfinger bewundernd an. Fährt zwar ziemlich mittelmäßig Rad, scheint sich aber in der Szene gut auszukennen, sinnierte sie.

Nicht so der Trainer. »Für mich ist das eine Ansammlung von Schlagwörtern aus einem reißerischen Almanach. Und dabei scheinst du nicht unbedingt auf dem neuesten Stand zu sein, denn sonst würdest du wissen, dass es Kölner Wissenschaftlern gelungen ist, ein massenspektrometrisches Nachweisverfahren für Gendoping zu entwickeln, auch wenn es sich in der Praxis noch nicht bewährt hat.«

Endlich fand es Julia an der Zeit, sich in das Gespräch einzumischen. »Beweise hin oder her. Seit den Olympischen Spielen 2008 in Peking gibt es eine Flut von neuen Dopingsubstanzen. Hier auf Mallorca kannst du sie schon in fast jeder Apotheke kaufen, ob als Nasenspray oder in Form von Tabletten. Du musst doch zugeben, dass die Anti-Doping-Fahnder mit ihren Analysen den Erfindern von neuen Substanzen immer hinterherhinken. Wäre es da nicht besser, das Doping zu legalisieren, so ähnlich wie beim Alkoholkonsum, zumal es in Ländern wie Deutschland strafrechtlich nicht einmal relevant ist?«

»Ich gebe zu, dass der Anti-Doping-Kampf aufwendig und teuer ist, aber eine Abschaffung der Dopingkontrollen wäre aus meiner Sicht keine Alternative. Erstens ist das Dopen extrem ungesund und ruiniert den Körper. Das ist doch genau das Gegenteil von dem, was den Sport im eigentlichen Sinn ausmacht. Zweitens, wenn man das mal weiterdenkt, dann liegt es doch nahe, die Menschen gentechnisch zu Höchstleistungen zu pushen, so wie das beim Gendoping schon im Ansatz praktiziert wird. Da kann man doch gleich auf den Menschen verzichten und Sportroboter einsetzen. Wäre das nicht das Ende jeglichen Sports?«

»Aber«, gab Julia zu bedenken, »Erstens ist der Griff zur Ampulle eine reine Privatsache und ausschließlich individuell zu verantworten. Und zweitens …«

Der Trainer unterbrach sie ziemlich unhöflich: »Allen voran sollten gerade die professionellen Superstars im Radsport ein Vorbild für die Jugend sein. Wie können sie das, wenn sie wie eine Apotheke auf zwei Beinen herumradeln? Würdest du dir vor den Augen deines Kindes eine Flasche Whiskey reinziehen, wenn du mal nicht gut drauf bist?«

»Aber das Zeugs ist nun mal da«, widersprach Julia, »und kann nicht aus der Welt geschafft werden. Die Athleten werden immer einen Weg finden, es sich zu organisieren und sich den Kontrollen zu entziehen. Schließlich leben sie davon, immer schneller als der andere zu sein, und dieser hat einfach einen besseren Arzt als jener. Da ist doch die Chancenungleichheit vorprogrammiert.«

Sie leerte ihr Weinglas mit einem kräftigen Zug und stellte es polternd auf den Tisch direkt vor die Nase des Trainers, als wollte sie damit zeigen, dass sie ihren Trumpf ausspielte. Dann fuhr sie in einem Ton fort, der keinen Widerspruch duldete: »Die ganze Verlogenheit im Sport, egal ob im Profilager oder im Breitensport wie hier bei uns, so zu tun, als sei man clean und fair, kotzt mich an. Mit der Dopingfreigabe wäre damit ein für alle Mal Schluss. Und was die Gesundheit des Sportlers angeht, so ist das seine eigene Sache, schließlich hat er seinen Teamarzt, hat seinen Soigneur, und er kann sich regelmäßigen Gesundheitstests unterziehen. Dann würde der Sport dank der modernen Medizin völlig legal ungeahnte Erfolge feiern können.«

Sie hatte sich in Rage geredet und schwieg jetzt abrupt. Für einen Moment sah es so aus, als wären die besseren Argumente auf ihrer Seite. Der Trainer schwieg. Er griff Julias leeres Glas und hielt es gedankenversunken so in die Höhe, dass sich die Sonnenstrahlen darin brachen.

In diesem Moment jagte eine zehnköpfige Radlergruppe über die Dorfstraße. Alle Gäste der Bar schauten ihnen bewundernd hinterher. Die meisten erkannten sofort, dass hier Profis unterwegs waren.

Auch der Trainer war sichtlich beeindruckt. Als die Gruppe außer Sichtweite war, erklärte er seinen Tischnachbarn: »Das waren Jungs aus dem *Team Universal*. Ich kenne jeden Einzelnen von ihnen. Wirklich tolle Sportler. Von denen kann man viel lernen. Die sind hier auf Mallorca, um sich auf die Tour de France vorzubereiten.«

Er stellte das Glas kopfüber direkt vor Julia. Rotweintropfen färbten die billige Papiertischdecke. Dann fuhr er in ruhigem, fast beschwörendem Ton fort: »Die Menschen, Julia, die sind es, die zählen, nicht die sportlichen Erfolge, und erst recht nicht die Medizin samt ihrer diversen Mittelchen. Den Ärzten mit Gesundheitstests noch mehr Einfluss zu geben, würde bedeuten, den Bock zum Gärtner zu machen. Ich weiß ziemlich genau, wer aus diesem *Team Universal* dopt und wer nicht. Zugegeben, die, die dopen, sind in der deutlichen Überzahl. Aber allesamt sind sie fantastische Radsportler. Jedenfalls, was ihre Kondition, ihre Technik und ihren Teamgeist angeht.«

Mit einem Seitenblick auf Hopfinger ergänzte er: »Und das gilt auch für all die Namen, die du vorhin so sorglos als Dopingsünder ins Gespräch gebracht hast. Auch, oder besser: Besonders für sie gilt, dass sie sich mit allen Sinnen dem Hochleistungssport verschrieben haben. Es ist der uralte Traum des Menschen, seine physischen Grenzen zu überwinden, das Menschenunmögliche zu wagen, Anerkennung zu finden. Das ist dein zweiter Schatten, der bei jedem Rennen mitfährt. Ich will es nicht verheimlichen, dass auch ich diese Merckx', Armstrongs und Landis' bewundere. Wegen ihrer ungeheueren sportlichen Leistungsfähigkeit. Damit will ich ihre Dopingsünden keineswegs verharmlosen. Das Tragische ist, dass der Medienrummel, der im Profisport damit einhergeht, die Köpfe vergiftet. Im wahrsten Sinne des Wortes, denn die Dopingsubstanzen stärken nicht, sondern vergiften auf lange Sicht. Es fängt damit an, dass sich das Äußere verändert, dass die Augenwülste, die Ohren, die Nase und das Kinn gorillaähnlich aufquellen. Ich kenne Sportler, die sich fast jedes Jahr zwei Nummern größere Schuhe sponsern lassen müssen, weil die Dopinggifte die Füße anschwellen lassen. Ganz zu schweigen von den organischen Veränderungen. Die erhöhte Blutviskosität führt zu höherem Thromboserisiko. Die Dopingstoffe vermehren die Bindegewebeeinlagerungen im Herzen, was Belastungen wie Bluthochdruck und Zuckerkrankheit nach sich zieht, bis hin zu bösartigen Tumoren und extrem geringer Lebenserwartung.«

»Nun mal nicht gleich den Teufel an die Wand«, versuchte Julia einzulenken, weil sie spürte, dass sie fachlich in dem Gespräch nicht mehr richtig mithalten konnte. Aber der Trainer ließ nicht nach: »Den Teufel brauche ich erst gar nicht zu malen, er ist konkret da. Und zwar nicht nur im Körper, sondern auch im Geist. Ja, mehr noch: im Bewusstsein der Gesellschaft, die schon immer nach Brot und Spielen gerufen hat. Nicht der Mensch und der Sport sind es, die zählen, sondern die Show, der Kick, das Highlight, der Rekord.«

Der Trainer lehnte sich in seinem Stuhl zurück und atmete tief durch. »Dabei hätten die Spitzensportler all das gar nicht nötig.«

Hopfinger gingen schon geraume Zeit andere Gedanken durch den Kopf. Schon vorhin, als Julia das Dopen als Privatangelegenheit hinstellte, wollte er einhaken und auf das Problem des kriminellen Handels mit Dopingmitteln hinweisen. Er wusste, dass die internationale Mafia heutzutage mit dem Dopingschmuggel wesentlich mehr Profit machte als mit dem Drogenhandel. Und er hatte erst kürzlich erfahren müssen, dass Gewaltverbrechen und Mord damit einhergingen. Doch er wollte sich hier in diesem Kreise nicht als Kriminalbeamter outen.

Inhaltlich hatten ihn die Argumente des Trainers mehr als die von Julia überzeugt. Dennoch, angesichts der eigenen Anstrengungen, die ihm die Überwindung des Puig de Son Martí gekostet hatten, wagte er, ein neues Argument einzubringen: »Das ist ja alles ganz plausibel. Presserummel, Preisgelder, Ehrenmedaillen. Aber: Ist denn die Tour de France heutzutage überhaupt noch ohne illegale Hilfsmittel zu schaffen? Oder wie der Radprofi Freddy Maertens einmal sagte: ›Mit nur einem Steak täglich kann man die Tour nicht bis zum Ende durchhalten. Wer behauptet, mit natürlichen Mitteln sei dies möglich, ist ein Lügner‹. Anders gefragt: Sollte man die Tour de France nicht einfach ganz und für alle Zeiten abschaffen?«

»Absolut nicht«, entgegnete der Trainer. »Die Fahrer bestimmen das Rennen, nicht die Strecke. Früher waren die Etappen sogar länger. 1926 saß der Toursieger 239 Stunden im Sattel, 2005 brauchte Lance Armstrong nur 85 Stunden zu radeln. Die Durchschnittsgeschwindigkeiten waren geringer. Man nahm sich einfach mehr Zeit, und das war auch möglich, weil es nicht allein darum ging, Rekorde zu brechen. Heute, besonders angestachelt durch die Massenmedien, sind die Zuschauer geil darauf, zu sehen, wie der eine das Menschenunmögliche leistet und der andere scheitert. Wie schon gesagt: Brot und Spiele, Sieg oder Untergang. Wie bei den Gladiatorenkämpfen im alten Rom. Die Sensationsmache ist es, was letztendlich den Sportler kaputtmacht, nicht die Drogen.«

»Und die Pharmaindustrie, die sich an dem Dopingmarkt eine goldene Nase verdient«, warf Julia ein.

»Auch das, liebe Julia, ist kein wirklich gutes Argument«, konterte der Trainer. »Beim Doping geht es hochgerechnet lediglich um Millionen. Das sind Peanuts für eine Branche, die gewohnt ist, in Milliardendimensionen zu denken. Wenn jemand verdient, dann ist es der illegale Sumpf des Schwarzhandels, dann sind es die kriminellen Banden, die das Zeug, zum Teil auch noch gepanscht, aus den östlichen und fernöstlichen Ländern nach Europa schmuggeln. Kommt ihr beide nicht aus der Gegend von Lübeck? Travemünde ist als einer der wichtigsten Umschlaghäfen bekannt.«

»Und«, ergänzte Hopfinger, »die dabei auch den Verlust von Menschenleben billigend in Kauf nehmen. Davon kann ich ein Lied singen.«

Die beiden anderen schauten ihn irritiert an. Was hatte der nette Radler von nebenan mit Mord und Totschlag zu tun?

Hopfinger biss sich auf die Lippen. Nun war es ihm leider doch herausgerutscht. Das kannte er zur Genüge aus seinem beruflichen Alltag und konnte selbst im Urlaub nicht völlig abschalten. Er hatte vermeiden wollen, sich als Kriminalbeamter erkennen zu geben. Also antwortete er ausweichend: »Das stand jedenfalls neulich bei uns in der Zeitung. Im Übrigen wäre das jetzt eine neue Diskussion.«

Mit einem kurzen Blick auf die Uhr setzte er sein Ablenkungsmanöver fort: »Wenn wir die Etappe nach Esporles heute noch schaffen wollen, sollten wir uns langsam auf den Weg machen.« Er blinzelte den Trainer verschmitzt an. »Am besten, du verabreichst uns jetzt ein bisschen ›neue Luft‹, damit's schneller geht«.

Er wusste, dass das unter einschlägigen Profis als Ausdruck für die Nachfolgeprodukte von EPO bekannt war. Aber der Trainer fand die Anspielung in keiner Weise witzig. »Du scheinst dich ja doch besser auszukennen, als ich dachte. Aber ›Mittelchen‹ kriegst du von mir keine, das kannst du dir denken, wo du jetzt meine Meinung dazu kennst. Ihr beide, du und Julia, habt drei Möglichkeiten: Entweder, ihr reißt euch zusammen und macht weiter, oder ihr fahrt die Strecke zurück. Da geht es fast nur bergab, das ist das Richtige für gemütliche Wochenendradler.«

»Und was wäre die dritte Alternative?«, fragte Julia.

»Der Transportbus fährt ohnehin direkt zum Hotel zurück, um den verletzten Toni abzuliefern. Der kann euch und die Räder mitnehmen. Das wäre dann die ultimative Mallorca-Touristenlösung.«

Hopfinger wollte sich vor Julia nicht blamieren, also antwortete er: »Unsinn. Das mit der ›Luft‹ sollte nur ein Scherz sein. Natürlich stehe ich weiterhin meinen Mann, und wenn ich allein quer über die Insel fahren müsste.«

Julia schien nicht ganz von seinen radlerischen Fähigkeiten überzeugt zu sein, also bot sie ihm an: »Weißt du was, am besten wir beide fahren gemeinsam. Wir bilden ein Team. Dann kann jeder den anderen unterstützen, wenn es mal schwierig wird.«

Das ließ sich Hopfinger nicht zweimal sagen. Mit solch einer charmanten Mitfahrerin wäre er tatsächlich quer über die Insel gefahren.

»Dann mal los!«

4. KAPITEL – PFLASTERSTEINE

Kriminalhauptkommissar Kroll stieg in den Regionalzug, der ihn von Lübeck nach Hamburg bringen sollte. Sich und seinem Mini-Cooper wollte er die anstrengende Reise in das kleine Winzerdorf Leinsweiler westlich von Landau/Pfalz ersparen, also hatte er sich die preisgünstigste Bahnverbindung herausgesucht. Und die hieß: fünfmal umsteigen. Hamburg, Köln, Frankfurt, Mannheim, Neustadt an der Weinstraße. Und dann noch das Taxi, das ihn in sein Hotel bringen musste, welches auf einer kleinen Anhöhe zwischen Leinsweiler und dem Nachbarort Eschbach in malerischer Lage mitten in den Weinbergen lag. Fast zehn Stunden sollte die Reise dauern. Kroll hasste es, den ganzen Tag auf Achse zu sein, aber andererseits freute er sich darauf, mal wieder in seiner Lieblingsgegend zu sein, seine Lieblingsplätze aufzusuchen und sich mit guten Pfalzweinen verwöhnen zu lassen.

Er hatte sich ein paar Tage freigenommen, nicht nur, um den Pfalzwein zu genießen und um seinen alten Studienfreund Bernhard Arnsberg zu besuchen, der bei der Kriminalinspektion Landau arbeitete. Kroll wollte die Zeit auch nutzen, um mit Mirja das Geheimnis um die dortige Lagerhalle zu lüften, die allem Anschein nach eine zentrale Rolle im aktuellen Dopingfall zu spielen schien.

Am späten Abend kam er im Hotel an. Zimmer Nummer 12. Die Küche hatte längst geschlossen, aber der Portier Alfred organisierte ihm noch ein wenig trockenes Brot, das er mit einem Schluck Scheurebe Kabinett hinunterspülte. Alfred musste hier neu sein. Kroll kannte ihn nicht. Ein serviler Mann, dem es nach Krolls Geschmack jedoch an Distanz zu den Gästen fehlte. Ständig fragte er den Kriminalbeamten nach Dingen, die ihn eigentlich nichts angingen. Kroll versuchte, ihn soweit wie möglich zu ignorieren, ohne unhöflich zu wirken.

Für den nächsten Tag verabredete er sich mit Arnsberg in einem Straßencafé auf dem Landauer Rathausplatz. Auch Mirja sollte mit von der Partie sein. Kroll kam als Erster, setzte sich an einen freien Tisch und hatte Zeit, sich ein wenig umzuschauen. Von der Mitte des mit Pflastersteinen ausgelegten Platzes grüßte die Reiterstatue von Prinzregent Luitpold von Bayern herüber, um klarzustellen, dass sich die Pfalz bis zur Gründung der Bundesrepublik fest in bayerischer Hand befunden hatte.

Kroll hatte sich daran gewöhnen müssen, dass die Pfälzer in keiner Weise seinen Vorurteilen über die Bajuwaren entsprachen. Sein Freund Arnsberg pflegte zu sagen: Bayern und Pfälzer vertragen sich so wenig wie Bier und Wein. Die einen breit, behäbig und bierdurstig, die anderen witzig, wendig und weinselig. Die einen dem Katholizismus ergeben, die anderen durch die Französische Revolution geprägt. Natürlich wusste Kroll, dass dies nur eine weitere Spielart von Vorurteilen war, aber sie gefiel ihm, zumal Arnsberg ein Vertreter seiner Heimat war, auf den die Merkmale eines Pfälzers 100prozentig zutrafen.

Im Hintergrund leuchtete die weiße Fassade des alten Städtischen Kaufhauses, eine Kulisse, die Kroll an den Lübecker Marktplatz erinnerte. Im Unterschied zur norddeutschen Stadt ging es hier geruhsamer zu. Die Pfälzer standen gern in Gruppen zusammen, ließen alles viel ruhiger angehen. Mit Kamera oder Tabletcomputer bewaffnete Touristen sah man nur selten. Auch an den Tischen der Straßencafés liebte man die direkte Kommunikation, wenn auch in einer Mundart, die zu verstehen Kroll gelegentlich ziemlich schwer fiel. In einer Ecke saßen ein paar Jugendliche und stocherten wortlos auf ihren Smartphones herum. Sie schienen von dem Leben rings um sie herum nichts mitzubekommen.

Arnsberg kam, hier und da ein paar Bekannte grüßend, quer über den Platz. Äußerlich bildete er einen krassen Kontrast zu seinem Lübecker Kollegen. Obwohl fast gleichaltrig, wirkte er wie ein älterer Büroangestellter im gehobenen Dienst, war mit Anzug und Krawatte bekleidet, trug das lichte, graumelierte Haar kurz geschnitten und hatte einen schwarzen Regenschirm mit einem überdimensionalen Holzgriff unter den Arm geklemmt. Hinter der harmlos biederen Miene hätte niemand einen Menschen vermutet, der beruflich mit der Aufklärung von Gewaltverbrechen zu tun hatte und dennoch ein Genussmensch durch und durch war.

Die beiden begrüßten sich herzlich, und man bestellte zur Wiedersehensfeier einen guten Pfälzer Wein. »Hier, diesen Grauburgunder vom *Birkweiler Kastanienbusch* musst du unbedingt probieren. Kommt an ein Großes Gewächs heran!«

Kroll wusste, dass er sich auf den Weingeschmack seines Freundes verlassen konnte, und nach dem zweiten Glas setzte bei ihm das typische Pfalzgefühl ein, die entspannte Lebensart, die er im Norden so vermisste. Der Wein machte redselig. Die beiden tauschten Jugenderinnerungen aus, träumten von einem gemeinsamen Urlaub in der Toskana und vergaßen restlos ihren beruflichen Alltag, obwohl Kroll seinen Kollegen bereits im Vorfeld über den aktuellen Fall weitgehend informiert hatte.

Das änderte sich abrupt, als Mirja erschien. Kroll erkannte sie schon von Weitem an ihrem Rotschopf. Sie schien sich mit ihren Stöckelschuhen auf dem unebenen Pflaster nicht wohlzufühlen. Mit ihrer eleganten, der italienischen AltaRoma entlehnten Mode wirkte sie in der beschaulichen Kleinstadtidylle wie ein Wesen von einem anderen Stern.

Kroll gefiel vor allem ihr gelb-rot gestreifter Schal, der ein wenig Ähnlichkeit mit der spanischen Nationalflagge aufwies. Er bildete einen gelungenen Übergang von ihrer Haarfarbe zu ihrem zeitlosen cremefarbenen Pradakleid, das ihr etwas kantiges Schlüsselbein sichtbar machte und ihr bis fast an die Knie reichte.

Kroll erhob sich und winkte sie an den Tisch. »Einen schicken Schal haben Sie«, begann Kroll das Gespräch mit einer harmlosen Schmeichelei.

»Oh danke. Gefällt er Ihnen? Den habe ich mir gerade eben da drüben in einer kleinen Boutique erstanden. Hat mir die nette Verkäuferin empfohlen. Wirklich reizende Menschen, diese Pfälzerinnen.«

Sie setzten sich. Nun war das Trio vollständig, allerdings in einer so bunten Zusammensetzung, dass es bei den Passanten für Aufmerksamkeit sorgte. Der Kriminalhauptkommissar Kroll erinnerte mit seinen verwaschenen Jeans und dem Sweatshirt mit dem Aufdruck *I have a dream* an einen etwas in die Jahre gekommenen Hippie aus den Endsechzigern. Ihm zur Seite sein Landauer Kollege Bernhard Arnsberg, der wie ein langweiliger älterer Büroangestellter im gehobenen Dienst wirkte. Und schließlich eine Frau, die sich in ihrer schlichten Eleganz vom Rest der Pfalz abzuheben schien.

Mirja machte allerdings einen müden und deprimierten Eindruck. Ihre Augen waren verweint, das Rouge konnte nur mäßig ihre blasse Gesichtsfarbe auffrischen. Nachdem Kroll sie seinem Freund vorgestellt hatte, sprach er sie darauf an.

»Ich fürchte, Sie hatten keine gute Zeit, Mirja. Was ist passiert, seit wir uns das letzte Mal gesehen haben?«

»Sofort nach Ihrem Besuch neulich im Büro hat mir mein Chef unmissverständlich nahegelegt, mit sofortiger Wirkung zu kündigen. Er versprach mir eine satte Abfindung unter der Bedingung, dass ich über alles aus der Firma schweigen solle.«

Sie nahm ihren Schal mit einer Geste ab, als wollte sie sich einer lästigen Hülle entledigen, und spielte gedankenversunken mit dem Stoff. »Er warf mir vor, ich hätte wichtige Unterlagen verschlampt und damit einer vertrauensvollen Zusammenarbeit die Grundlage entzogen. Als ich ihm widersprach und andeutete, mich an einen Fachanwalt für Arbeitsrecht zu wenden, wurde er ziemlich ausfallend. Nun muss ich mich wohl oder übel nach einem neuen Job umsehen. Das ist in unserer Branche nicht so einfach. Es sei denn, ich ziehe nach Hamburg oder Berlin um.«

Mit einem Seufzer legte sie den Schal über die Lehne des Nachbarstuhls und strich ihn mit einer zärtlichen Bewegung glatt. »Aber das geht nicht. Ich kann Kevin nicht alleinlassen. Er braucht mich, nicht nur, weil er momentan in der Schule so viel Stress hat. Ich bin mir außerdem nicht sicher, ob es seine Stiefmutter schafft, ihm genügend Halt zu geben, jetzt, wo er weiß, dass sein Vater ein skrupelloser Ganove ist.«

Als Kroll bemerkte, dass Arnsberg ihren Anwürfen nicht folgen konnte, unterbrach er Mirja und erklärte ihm die Lage: »Du musst wissen, Bernhard, dass Kevin, also Mirjas Freund, der Sohn dieses Beton-Müller ist, den wir in Zusammenhang mit dem Dopingfall im Visier haben. Ein sensibler, aber sympathischer Bursche. Ich meine den Junior, nicht den Senior. Ich habe ihn neulich in Lübeck kennengelernt. Offenbar ganz das Gegenteil von seinem Vater.«

Mirja nickte Kroll beipflichtend zu. Ihr Blick spiegelte das Vertrauen wider, das sie zu dem Kriminalbeamten gefasst hatte.

Arnsberg war das nicht entgangen. Er beugte sich gespannt vor und wandte sich an Mirja: »Michael, ich meine, Herr Kroll berichtete mir von einer Lagerhalle hier in Landau, die offenbar als Stützpunkt für Ihre Firma, pardon, Ihre ehemalige Arbeitsstelle dient. Was wissen Sie Näheres darüber?«

Die Frau reagierte nervös auf die Frage. »Nun, das Meiste werden Sie den Akten entnommen haben, die ich Herrn Kroll übergeben hatte. Sie werden gesehen haben, dass es vor allem die Lieferungen des Faserbetons sind, die einen direkten Weg von Petersburg über Travemünde nach Landau gemacht haben. Beton-Müller kauft das Rohmaterial in Russland ein, importiert es auf dem Seeweg und mischt dann in Lübeck die bewussten Fasern bei.«

Kroll fühlte sich bei der dienstlichen Wendung des Gesprächs nicht ganz wohl in seiner Haut. Das klang ganz so, wie er es aus einem Kreuzverhör kannte. Er wollte nicht, dass Mirja den Eindruck bekam, hier als Zeugin einer polizeilichen Vernehmung aufzutreten. Also schnitt er Mirjas Kommentar ab. »Aber das habe ich dir doch schon alles erklärt, Bernhard. Das sind die Säcke mit den gelben Querstreifen. Im Moment ist es weniger wichtig, was Mirja noch alles wissen könnte. Erzähl du uns lieber mal, was deine örtliche Behörde über den Dopingschmuggel im Allgemeinen und über die *Hoch und Tief Müller GmbH* im Besonderen, speziell über die besagte Lagerhalle, weiß.«

Kaum hatte Kroll seine Frage ausgesprochen, stutzte er. War das nicht der Hotelportier Alfred, der da hinten über den Rathausplatz ging? Was suchte der hier? Will er mich beschatten?, überlegte Kroll. Doch dann beruhigte er sich wieder. Es lag ja nahe, dass auch der Portier eines Hotels aus der Umgebung mal in die Stadt zum Einkaufen ging.

Arnsberg hatte Krolls momentane Verwirrung nicht bemerkt. Er stellte sein leeres Weinglas weit von sich und lehnte sich auf seinem Stuhl mit verschränkten Armen zurück. »Nun ja, da gibt es nicht viel zu erzählen. Landau ist für uns in Bezug auf Drogen- oder Dopingschmuggel bislang ein unbeschriebenes Blatt gewesen. Das gehörte nicht zu unserem Einsatzgebiet, alles ist an uns auf den Autobahnen von Hamburg nach Straßburg vorbeigerauscht. Wir haben zwar gehört, dass es in der Hamburger Szene in jüngster Zeit heftige Reibereien gegeben hat, aber nennenswerte kriminelle Aktivitäten sind uns vor Ort, abgesehen von dem üblichen kleinformatigen Cannabis- und Ecstasydeal, bisher nicht aufgefallen.«

Sicherlich war es ein Zufall, dass gerade in diesem Augenblick eine Gruppe Radsportler den Rathausplatz überquerte, ohne sich großartig für die architektonischen Sehenswürdigkeiten zu interessieren. Arnsberg schaute ihnen versonnen nach.

»Und was das Doping angeht, so haben wir noch weniger Anhaltspunkte. Allerdings ist mir aufgefallen, dass die

Radsportler, die für die Tour de France trainieren, immer öfter einen Umweg über die Grüne Grenze zwischen dem Elsass und dem Pfälzerwald machen. Sie kommen bevorzugt über Wissembourg, Reisdorf und Annweiler. Mag sein, dass es da das eine oder andere krumme Geschäft gibt, aber ein bandenmäßiges Vorgehen kann ich mir nicht vorstellen. Das wäre, wie gesagt, eher Sache der Straßburger Kollegen. Und was deine Lagerhalle angeht: Da gibt es auch nicht den Hauch eines Verdachts.«

Kroll musste innerlich zugeben, dass sich auch für ihn die beschauliche Pfalz nicht mit den internationalen Dopingskandalen einer Tour de France vertrug. Kleinlaut gab er zu: »Ich habe ja leider auch keine starken Beweise in der Hand. Das Einzige, wovon ich ausgehen kann, sind Mirjas Aussagen und die merkwürdigen Transportlisten aus ihrer Firma.«

Er leerte sein Weinglas und stellte es ebenfalls weit von sich ab. Der letzte Tropfen schmeckte ihm nicht mehr, zu sehr fühlte er sich wieder im Dienst. »Ich denke, lieber Bernhard, es ist besser, ich binde euch vorläufig in meine Recherchen nicht ein, sondern ermittle erst einmal auf eigene Faust.«

Arnsberg wollte widersprechen, aber Kroll legte ihm beschwichtigend die Hand auf den Unterarm. »So gefährlich wird es schon nicht werden, schließlich sind wir hier nicht im Hamburger Rotlichtmilieu. Ich denke, es wird erst einmal reichen, dass ich die Lagerhalle ein wenig von außen beobachte. Mirja kann mir dabei helfen, sie kennt den Betrieb besser als ich.«

»Aber vorsichtig«, mahnte sein Freund. »Wir dürfen Frau Brandinger auf keinen Fall gefährden.«

Mirja hielt den Einwand für überflüssig. »Keine Angst, ich kann schon ganz gut selber auf mich aufpassen, Herr Arnsberg.« Mit einem koketten Seitenblick auf Kroll ergänzte sie: »Wir beide können uns ja als Liebespaar tarnen. Das ist immer noch besser als ein gaffender Polizist, der mit einem Fernrohr hinter einem Baum steht.«

Es war das erste Mal, dass Mirja an diesem Tag lächelte. Dann griff sie nach ihrem Schal und stand auf. »Ich möchte mich jetzt verabschieden und ein wenig durch die Stadt bummeln. Am besten, Herr Kroll, wir treffen uns am Freitagnachmittag bei der Lagerhalle. Freitags sind die Arbeiter am unkonzentriertesten, weil sie nur noch ihr Wochenende im Kopf haben.«

»Gut«, willigte Kroll ein. »Die genaue Uhrzeit können wir noch vereinbaren. Ihre Handynummer habe ich ja. Und dann bitte als Liebespaar verkleidet!«

Als Mirja außer Sichtweite war, meinte Arnsberg schmunzelnd: »Eine charmante Frau. Bei der hast du einen Stein im Brett. Ich gönne es dir altem Junggesellen. Aber wehe, du vernachlässigst deinen Freund Bernhard. Treffen wir uns morgen Abend auf einen Umtrunk? Ich kenne hier um die Ecke ein Lokal, wo man sich den Tresterschnaps nicht entgehen lassen sollte.«

*

Die Lagerhalle befand sich am Rand der Stadt in einer Gegend, die vom Touristenstrom nicht berührt wurde. Es war zwar kein Industriegebiet, jedoch gab es hier weder Sehenswürdigkeiten noch Lokale, um sich einen süffigen Pfalzwein zu genehmigen. Ein paar Kleingärten und ein wenig attraktiver Sportplatz flankierten das Gebäude. Hinter Büschen und niedrigen Bäumen versteckten sich einige Wohnblocks der unteren Mietkategorie.

Mirja und Kroll erkundeten zunächst das Gelände weiträumig. Wie verabredet schlenderten sie wie ein Liebespaar Arm in Arm durch die wenig belebten Straßen. Die Bank vor einer Bushaltestelle gefiel Kroll. Von hier aus hatte man den Eingang zur Lagerhalle gut im Blick, ohne als neugieriger Beobachter aufzufallen. Die beiden setzten sich eng umschlungen auf die Bank und spielten also ›Liebespaar‹. Mirja hatte sich einen breitrandigen Hut tief ins Gesicht gezogen, um nicht erkannt zu werden. Es war zu befürchten, dass sie als Chefsekretärin in der Firma von Beton-Müller, dem die Lagerhalle gehörte, dem einen oder anderen bekannt war.

Auf der Straße war nichts los. Ab und zu kamen Passanten vorbei, die sich jedoch um das Paar nicht scherten. Die Busse schienen ohnehin nur sehr unregelmäßig zu verkehren, und so fiel es nicht weiter auf, dass die beiden nicht einstiegen.

Nach geraumer Zeit stieß Mirja ihren Partner an: »Das da hinten ist ein Firmenwagen. Ich erkenne ihn an der Farbe und am Aufbau«. Richtig, als der 7,5-Tonner an ihnen vorbeifuhr, konnten sie den ersten Teil eines Lübecker Kennzeichen erkennen. »HL – BM. BM steht für *Beton-Müller*. Alle seine LKWs haben diese Kennung.«

Der Laster bog in die Zufahrt zur Lagerhalle ein. Man schien ihn erwartet zu haben, denn kaum war der Fahrer ausgestiegen, öffnete sich das Hallentor und ein Gabelstapler fuhr hinten an die Laderampe des LKWs heran. Ohne viele Worte zu wechseln, machten sich die Männer an die

Arbeit. Mehrere Europaletten mit Säcken verschwanden im dunklen Inneren der Halle.

»Alle haben die beiden gelben Querstreifen«, flüsterte Mirja. »Das ist bestimmt der Faserbeton aus Petersburg, über den wir neulich sprachen. Aber um sicher zu sein, müsste ich mir das aus der Nähe anschauen. Wenn auf den Säcken FB 67 steht, dann ist es das.«

»Das kommt überhaupt nicht infrage«, antwortete Kroll. »Das wäre viel zu gefährlich. Was sollen die Arbeiter denken, wenn heute plötzlich die Chefsekretärin der Firma auftaucht? Da müssen wir uns einen anderen Weg ausdenken.«

Das Abladen dauerte nicht lang. Dann steckte sich der LKW-Fahrer eine Zigarette an und begann, auf und ab zu gehen. Plötzlich schlug er den Weg direkt zur Bushaltestelle ein, wahrscheinlich, um sich vor der Weiterfahrt ein wenig die Füße zu vertreten. Kurz bevor er vor der Bank angelangt war, beugte sich Mirja impulsiv über ihren Partner und tat so, als würde sie ihn küssen. »Liebespaar spielen!«, kommandierte sie.

Kroll genoss die weiche Berührung der etwa zehn Jahre jüngeren Frau und den dezenten, leicht holzigen Duft, den ihr Parfum verbreitete. Er wagte es nicht, ihren Kuss zu erwidern. Wie in einem schlechten Hollywoodfilm der 50er Jahre pressten die beiden ihre Lippen aufeinander. Kroll schien das eine Ewigkeit zu dauern, und das Spiel wurde ihm langsam peinlich.

Endlich waren die Schritte des Mannes verklungen. Mirja löste sich wieder von ihrem Partner. »Sie sind ein schlechter Schauspieler. Das nennen Sie küssen?«, meinte sie mit einem leicht ironisch-beleidigten Ton. »Hoffentlich hat der Kerl nichts bemerkt.«

Kroll war froh, dass die Situation bereinigt war. Er hatte mitbekommen, dass sich auf dem angrenzenden Sportplatz inzwischen eine kleine Menschenmenge eingefunden hatte, die wohl irgendeinem Fußballtraining zuschauen wollten. Also schlug vor: »Es wäre besser, wenn wir langsam mal den Ort wechseln würden. Ein Liebespaar, das so lang an einer Bushaltestelle sitzt und jeden Bus vorbeifahren lässt, fällt auf die Dauer auf.«

Die beiden erhoben sich, schlenderten Arm in Arm über die Straße und gesellten sich zu den Zuschauern. Niemand nahm von dem Paar Notiz, alle waren zu sehr in das Spiel vertieft. Nicht so Mirja und Kroll. Aus den Augenwinkeln beobachteten sie die Lagerhalle, die sich ihnen jetzt von der Seite präsentierte. Mirja hatte ihren breitrandigen Hut abgesetzt und sich den Schal so über den Kopf geschlungen, dass sie kaum wiederzuerkennen war. Und der Kriminalbeamte zog sich seinen zerknitterten Trenchcoat über, den er die ganze Zeit in einer Einkaufstüte verborgen hatte. Jetzt war das Liebespaar von der Haltestellenbank von Weitem nicht wiederzuerkennen.

Bei der Lagerhalle kehrte Ruhe ein. Der entladene LKW fuhr davon, und der Lagerarbeiter parkte seinen Gabelstapler in der Halle und verschwand quer über die Straße, um den nächsten Bus zu besteigen.

Lange Zeit passierte nichts. Kroll langweilte Fußball ohnehin, aber dieses Spiel überstieg fast seine Schmerzgrenze. Mirja schien mit den Gedanken ganz weit weg zu sein und kümmerte sich weder um die Fußballer noch um ihren Partner.

Keiner der beiden bemerkte den breitschultrigen Mann mit dem gediegenen Herrenhut aus schwarzem Filz und der stark getönten Hornbrille, der sich unauffällig in ihre Nähe schob. Er tat ganz fußballbegeistert, beobachtete Mirja jedoch mit vorsichtigen Seitenblicken. Die kenne ich doch! Also hatte der Chef doch recht, dachte er, ließ sich jedoch nichts anmerken.

Plötzlich wurde Mirja hellwach und nickte unmerklich in Richtung zur Halle. »Schau, da drüben fährt ein PKW mit französischem Kennzeichen vor.« Sie bemerkte nicht, dass sie den Kommissar geduzt hatte.

Aber Kroll war das jetzt gleichgültig. »Kannst du Näheres erkennen? Ich meine, deine Augen sind jünger als meine.«

»Auf diese Entfernung kann selbst ich das Nummernschild nicht lesen. Ich erkenne nur an der gelben Farbe, dass es sich um einen Franzosen handeln muss.«

Zwei Männer stiegen aus und hantierten an der Tür des Nebeneingangs der Halle. Offenbar hatten sie einen Schlüssel. Dann verschwanden sie für längere Zeit im Inneren. Kroll war schon versucht, über den Zaun zu klettern und ihnen hinterher zu schleichen. Doch das traute er sich dann doch nicht, zumal er Mirja jetzt nicht allein lassen wollte.

Endlich, nach gut einer halben Stunde, kamen die beiden wieder zum Vorschein. Einer trug einen gut gefüllten Rucksack über der Schulter. »Ich würde auf Teufel komm' raus gern wissen, was der Kerl da fortschleppt«, flüsterte Kroll.

»Seit wann verbündet sich die Kripo mit dem Teufel?«, konterte Mirja. »Da musst du dir schon einen anderen Weg überlegen.«

Die beiden Männer stiegen in den Wagen und preschten mit Vollgas davon. Kroll hoffte insgeheim, dass man auf der Straße inzwischen eine Radarfalle aufgestellt hatte, doch davon konnte keine Rede sein. Also hieß es wieder einmal warten, warten, warten.

Irgendwann hörte das Fußballspiel auf, die kleine Menschenmenge löste sich auf. Nun hatte es keinen Sinn mehr, hier auf dem Platz zu verweilen. Kroll fasste einen Entschluss. »Du hast recht. Nicht auf den Teufel sollte man sich verlassen, sondern nur auf sich selbst. Und das werde ich. Also. Ich bringe dich jetzt zur Bushaltestelle, und du begibst dich ohne Umwege in dein Hotel zurück. Ich möchte nicht, dass du mit dem in Verbindung gebracht wirst, was ich vorhabe.«

»Aber wir können doch auch morgen …«, versuchte Mirja einzuwenden, aber Kroll ließ sie nicht aussprechen.

»Nein. Ich habe das Gefühl, dass das Geheimnis genau hier direkt vor unseren Augen liegt. Nämlich in der Lagerhalle. Ich werde mich jetzt mal in der Nähe des Zauns umsehen. Aber allein. Du bist in der Firma zu bekannt.«

Sie gingen zur Haltestelle, und Kroll wartete, bis der Bus kam. Dann gab er ihr einen flüchtigen Kuss auf die Wange. »Tschüss. Und danke, dass du so gut mit mir Liebespaar gespielt hast«.

Sie bestieg den Bus. Den gelb-roten Schal hatte sie sich um den Hals gelegt, sodass ihr rotes Haar wieder sichtbar wurde. Auch der breitschultrige Mann mit dem Filzhut und der Hornbrille stieg ein. Mirja setzte sich an einen Fensterplatz und lächelte Kroll zu. Der winkte ihr nach, bis der Bus außer Sichtweite war.

Dann nahm Kroll Kurs auf die Kleingartensiedlung. Hier war mehr los als auf dem Fußballplatz, weil mehrere Hobbygärtner den Freitagabend nutzten, um in ihrer Parzelle herumzupusseln. Der eine reparierte seinen Gartenzaun, ein anderer schnitt Rosen, ein dritter lockerte den Boden des Gemüsebeets mit dem Spaten. Unwillkürlich fühlte sich Kroll an seinen Nachbarn zu Hause erinnert.

Was hatte der ihn neulich gefragt? Ob Musik töten kann? So ein Unsinn. Dass man sich an solch blöde Kleinigkeiten erinnert, seufzte der Kriminalbeamte. Als ob es nicht Wichtigeres im Leben gäbe.

Der Kommissar erkundete noch eine Weile die Umgebung. Am Wochenende war ihm zu viel Bewegung in den Kleingärten. So entschloss er sich, am Montagnachmittag nach Arbeitsschluss noch einmal herzukommen. Diesmal allein, denn Mirja wollte er nicht gefährden.

*

Am Montag gegen 18 Uhr war es soweit. Zielsicher steuerte Kroll auf die Rückseite der Lagerhalle zu. Der Parzellenweg endete vor einem Maschenzaun, der von einem hohen Gebüsch teilweise überwuchert wurde. Die Lauben links und rechts waren verschlossen, niemand hielt sich in den Gärten auf.

Kurzerhand kletterte er über den Zaun und näherte sich vorsichtig der Halle. Nichts rührte sich dort. Von der anderen Seite, der Straßenfront her, hörte er ab und zu das Fahrgeräusch von Autos, aber keines hielt vor der Halle an. An deren fensterloser Rückfront befand sich eine Tür, die offenbar wohl länger nicht benutzt worden war, gesichert durch ein Einsteckschloss für einen primitiven Bartschlüssel, wie Kroll sofort bemerkte. Gut, dass er sich für den heutigen Tag mit dem Notwendigsten versorgt hatte.

Mittels eines einfachen Hakendietrichs gelang es ihm, die Tür zu öffnen. Ganz vorsichtig lugte er in den dahinter befindlichen Raum. Es handelte sich um eine mit leeren Säcken vollgestopfte Abstellkammer. Selbstsicher drang Kroll weiter vor.

Er erreichte den eigentlichen Lagerraum. Eine staubige Atmosphäre von Zement und feinkörnigem Sand lag in der Luft. Es roch nach einer Mischung aus feuchtem Lehm und Dieselabgasen. Das Tageslicht, das durch die Oberlichten drang, beleuchtete den Raum nur spärlich. Der Boden bestand aus schmutzigen Betonpflastersteinen. An der rückwärtigen Wand stapelten sich leere, abgenutzte Europaletten aus Holz. Daneben stand der Gabelstapler, den Kroll bereits in Aktion gesehen hatte. Gleich neben dem Haupttor an der Vorderseite der Halle befand sich der abgetrennte Raum eines Büros. Daneben entdeckte Kroll mehrere Stapel Säcke, von denen ihn besonders die mit den gelben Querstreifen interessierten, die vornan lagerten.

Er beschloss, diese zuerst zu untersuchen. Richtig. Wie Mirja vermutet hatte: Die meisten trugen die Aufschrift FB 67. Wahrscheinlich gehörten sie zu der am Freitag abgelieferten LKW-Ladung. Bei näherem Hinsehen bemerkte Kroll, dass drei Säcke aufgeschlitzt waren. Diese, und zwar nur diese, unterschieden sich von den anderen durch eine etwas andere Aufschrift: FB 67/Q. Den zusätzlichen Buchstaben hatte jemand mit einem schwarzen Marker offenbar nachgetragen. Ihr Inhalt war quer über den vorderen Hallenboden gerieselt. Kroll fand diesen schlampigen Zustand bemerkenswert. Er bückte sich und stocherte mit seinem Dietrich vorsichtig in den beschädigten Säcken herum, aber er konnte nichts Auffälliges entdecken. Nur staubiges, graues Pulver.

Vielleicht hatte man in den Säcken die Drogen- und Dopingbeutel versteckt, vermutete Kroll, der sie so sehnsüchtig zu finden erwartet hatte. Doch nichts von alledem.

Er richtete sich wieder auf und entschied sich, den Büroraum näher unter die Lupe zu nehmen. Die Tür war nur angelehnt. Vorsichtig schlich er sich in den Raum. Im Unterbewusstsein nahm er wahr, dass draußen auf der Straße ein LKW vorbeifuhr.

Hier im Büro war die Sicht besonders schlecht, da das Licht nur spärlich durch ein kleines Seitenfenster hereinkam. Kroll wollte aus Sicherheitsgründen weder den Lichtschalter betätigen noch die Taschenlampe anknipsen. Nur vage erkannte er ein Regal mit Aktenordnern. Er griff sich eine Akte und hielt sie so zum Seitenfenster hin, dass er die Schrift einigermaßen lesen konnte.

Es dauerte eine Weile, bis Kroll in den Zahlenkolonnen auf den Auftragsblättern ein System erkennen konnte. Alle Säcke mit der einfachen Kennzeichnung wurden von Lübeck aus verfrachtet. Nur die Säcke, die den zusätzlichen Buchstaben Q aufwiesen, kamen aus Petersburg, also von dort, wo Beton-Müller seine Rohstoffe bezog. Die Frachtpapiere bescheinigten lediglich einen Sichtvermerk für Lübeck.

Als Kroll den Aktenordner zurück ins Regal stellte, fiel ein Zettel heraus und flatterte auf den Boden. Er bückte sich und entzifferte eine handgeschriebene Notiz: *für Dr. J. K. Nizza 3 x Q Freitag*. Er drehte den Zettel um. Dort stand: *Mörtel: Vorsicht vor dem Zarewitsch!!!*

Der Buchstabe Q stand wohl für die Extraladung, überlegte er. Mörtel, das klang wie nach einem Arbeiter in Müllers Baufirma, und diesen *Zarewitsch* kannte er ebensowenig. Er wusste nur, dass das so viel wie *Zarensohn* bedeutete und dass es eine Operette dieses Namens gab. Und Nizza? In welchem Zusammenhang hatte er vor Kurzem etwas über Nizza gehört? Es fiel ihm im Moment nicht ein.

Als er sich erhob, spürte er einen feinen Luftzug hinter seinem Rücken. Instinktiv ließ er den Zettel fallen, der unter einen Schreibtisch flatterte. An der Wand zeichneten sich die Schatten von drei Männern ab.

*

Fast zur gleichen Zeit raste über 600 km weiter nördlich ein schwarzer Bentley Continental GT über das Kopfsteinpflaster einer mit Linden gesäumten Seitenstraße in einem abgelegenen Hamburger Vorort. Er hielt vor einem weitläufigen Grundstück am Ende der Sackgasse. Das hohe schmiedeeiserne Doppeltor öffnete sich automatisch, und der Wagen rollte langsam über einen Kiesweg auf die hinter Ahornbäumen versteckte Villa zu.

Der Fahrer wurde bereits erwartet. Ein Diener führte ihn in den Rauchsalon, in dem die schweren Samtvorhänge zur Hälfte zugezogen waren. Dichte Rauchwolken von teuren Zigarren aus Honduras schwebten durch den dämmrigen Raum, sodass der Gast Schwierigkeiten hatte, sich zu orientieren.

Aus dem Hintergrund des Raumes erklang das Kommando einer befehlsgewohnten Stimme: »Du bist spät dran. Komm her und setz dich, *Zarewitsch*!«

Der Gast hasste diesen Spitznamen. Er wusste, dass sein Boss seinen richtigen Namen kannte, aber er traute sich nicht, ihn zu korrigieren. »War Stau auf der Autobahn. Dagegen hilft mir auch kein Bentley.«

»Quatsch' hier keine Opern! Hast du kein Navi mit Staumelder? Dann musst du eben eher losfahren.«

Der Boss scheint heute keine gute Laune zu haben, konstatierte der Besucher für sich. Also liefen die Geschäfte wohl nicht so richtig.

Der Hausherr, der in einem riesigen Ledersessel thronte, ließ seinem Gast, der mit einem Beistellhocker vorliebnehmen musste, keine Zeit, weiter darüber nachzudenken. »Ich habe schlechte Nachrichten aus Nizza erhalten. Es sieht so aus, als ob da jemand anderes absahnt. Und das ausgerechnet jetzt, wo die Show beginnt.«

Der Gast rutschte auf seinem Hocker hin und her. Konkurrenz im Dopinghandel? Ehe die Tour de France überhaupt begonnen hatte? Das klang ziemlich düster.

»Wir wissen, dass ein Teil des Stoffs schon in Russland abgezweigt wurde und nicht über unseren Verteilerkanal lief. So einen Fehler kann ich mir nicht leisten, das untergräbt unsere Stellung auf dem Markt. Ich muss da einschreiten, und zwar mit allen Mitteln.«

Der Boss machte eine Pause. Sein Gegenüber wagte nicht, das eben Gehörte zu kommentieren. Er wusste, was das bedeutete: mit allen Mitteln.

Mit einer frisch angezündeten Zigarre in der Hand stand der Hausherr auf und stellte sich ans Fenster, ohne wirklich in den Garten zu schauen. Der interessierte ihn im Moment nicht.

»Schlimmer noch! Das Zeug, das da über unsere Köpfe

hinweg vertrieben wird, ist minderwertig. Gepanschtes, mit Zucker gestrecktes AICAR. Die Kunden sind vorsichtig geworden. Du weißt, was das bedeutet.«

Das konnte sich der Gast zwar vorstellen, aber noch war unklar, warum ausgerechnet er zum Boss gerufen worden war. »Klar«, wagte er zu antworten. »Das ist eine Frechheit. Wo bleibt da die Berufsehre! Ich war schon immer für den ehrlichen Deal.«

Der Boss drehte sich ruckartig um. Im fahlen Gegenlicht konnte man nur die Umrisse seines Kopfes erkennen, nicht seinen Gesichtsausdruck. Aber das wäre auch nicht nötig gewesen, denn der Ton seiner Worte war klar: »Ich weiß noch etwas. Man hat herausgefunden, dass das Zeug über Travemünde deklariert wurde. Das ist doch dein Zuständigkeitsbereich, Zarewitsch?«

Der Angesprochene erschrak. Verdammt, ging es jetzt ihm an den Kragen? »Ja, schon«, stotterte er. »Aber ich kann mir nicht vorstellen, wer …«

»Dafür ich aber umso besser«, wurde er unterbrochen. »Es gibt nur einen, der diese Route kennt, und nur einen, dem ich das zutraue!«

Der Boss warf seine angerauchte Zigarre in einen mit Wasser halb gefüllten Sektkühler. Es zischte kurz auf. Der Mann, der Zarewitsch genannt wurde, traute sich nicht, seinem Boss gegenüber Vermutungen zu äußern. Dieser achtete nicht auf ihn und fuhr fort: »Müller, dieses Schwein! Beton-Müller muss der Verräter sein. Zarewitsch, ich befehle dir, diesen Fall aufzuklären.«

Der Boss klingelte nach dem Diener. Zarewitsch wusste, dass die Audienz damit beendet war. Mit einem genuschelten »Geht klar, Boss!«, stand er auf und bewegte sich servil dienernd rückwärts zur Tür, so wie er es aus alten Kostümfilmen kannte.

»Und zwar, mit allen Mitteln. Du verstehst, was ich meine!«, brüllte ihm der Boss hinterher.

5. KAPITEL – SANDSTEINFELS

»Du lernst es wohl nie ... Schalt doch einer mal diese blöden grellen Sterne ab! ... Verdammter Tresterschnaps ... Absolut reines AICAR ... Zuckt im Kopf wie der Teufel ... Ich sollte mal 'ne Essigkur machen – im Doktorenhof in Venningen ... Oder umsteigen auf Müsli mit Weintraubensaft ... Mensch, Kroll, mach' kein' Scheiß, komm' zurück! ... Nicht einen Tropfen Alkohol, nicht einen einzigen ... Alfred auf dem Rathausplatz ... Pack mit an, wir öffnen die Säcke ... Danke, dass du so gut Liebespaar gespielt hast ... Mörtel soll aufpassen ... Der Zarewitsch in Nizza ... Seit wann verbündet sich die Kripo mit dem Teufel? ... Dieser trockene Riesling sprengt einem völlig den Schädel ... Dutzende Kilos FB 67-Q ... Mein Kopf riecht nach Schimmel ... Kroll, jetzt reiß dich zusammen, wach endlich auf! ... Skrupelloser Dopinghandel ... Mirja, wie ich dich vermisse ... Dazu einen feinen Spritzer Zitronensaft ...«

Kriminalhauptkommissar Kroll wälzte sich stöhnend auf die andere Seite. In seinem Hotelbett im Zimmer Nummer 12.

»Schluss jetzt mit der Show! Wach' endlich wieder auf!«

Die von höllischen Blitzen durchzuckte Dunkelheit vor Krolls Augen ging langsam in einen trüben Nebelschleier über. Die Sterne in seinem Kopf begannen sich in eine Wolke faustgroßer Schneeflocken zu verwandeln. Irgendwann schlug dieses monströse Schneegestöber um in eine Dunstwolke, hinter der die Umrisse eines Gesichts auftauchte, das Kroll irgendwie vertraut war.

»Verdammt, jetzt komm endlich wieder in die Gegenwart zurück!« Die Stimme erinnerte ihn entfernt an jemanden, den er vor seiner jüngsten Wiedergeburt schon mal getroffen hatte.

»Verflixt, du lernst es wohl nie! Warum musst du deine verdammte Normannennase auch immer wieder in unseren Pfälzer Saumagen stecken!«

Pfälzer Saumagen? Was war das noch? Klingt nach ekligen Kalorien und literweisem Konsum von Grauburgunder. Insgeheim sehnte sich Kroll nach einer Portion Sauerfleisch mit Bratkartoffeln. So, wie man es oben in Ostholstein zubereitete.

Aber leider roch es hier weder nach Sauerfleisch noch nach Bratkartoffeln, und so hielt die Realität langsam Einzug in Krolls Neocortex. Plötzlich erinnerte er sich wieder an seinen Pfalzurlaub, und er bekam ohne viel nachzudenken Lust auf Saumagen mit Grauburgunder. Aber leider gab es das in seinem Hotelzimmer Nummer 12 heute nicht.

Die letzten Ausläufer der imaginären Dunstwolke verdichteten sich zu dem Neonschein einer Hotelnachttischlampe. Ernüchtert öffnete Kroll die Augen. Statt Saumagen und Grauburgunder schnupperte er die Anwesenheit von seinem Freund, dem Polizeirat Bernhard Arnsberg.

»Du lernst es wohl nie!«, wiederholte dieser, als er bemerkte, dass Kroll wieder in das Diesseits zurückkam. »Lässt dich von Zuhältern aus dem Landauer Rotlichtmilieu vermöbeln, ohne uns einzuweihen. Das nächste Mal rufst du vorher an. Oder besser noch, wir verabreichen dir eine elektronische Fußfessel, damit wir in Zukunft deine Schritte besser überwachen können.«

Kroll fielen die ersten Worte seiner Antwort schwer, zu sehr brummte ihm noch sein misshandelter Schädel. »Such dir für deine Scherze eine andere Witzfigur! Immerhin bin ich da nicht freiwillig hineingeraten.« Er richtete sich in seinem Bett auf und kramte in der Nachttischschublade nach einem Aspirin, das er – die Pfälzer mögen es ihm angesichts seiner trostlosen Situation verzeihen – ohne einen Schluck Grauburgunder tapfer und trocken hinunterwürgte.

»Du kannst von Glück reden, dass man dich auf einem Rastplatz an der B 10 gefunden hat«, redete Arnsberg weiter auf ihn ein. »Man muss dich dort aus einem Auto gestoßen und liegengelassen haben. Bei dem Sauwetter solltest du besser woanders übernachten! Gestunken hast du wie eine Schnapsleiche. Offenbar hat man dir Tresterschnaps über den Kopf gegossen, damit man dich für einen abgestürzten Vagabunden halten sollte. Oder hast du dir das Zeugs tatsächlich freiwillig eingetrichtert? Und ausgenommen wie eine fette Gans haben sie dich auch: Handy, Geldtasche, Papiere. Nur durch Zufall bin ich informiert worden und konnte dich identifizieren.« Er stieß ein kurzes, scheppperndes Lachen aus. »Obwohl du eher wie ein betrunkener Penner aussahst als der First-Class-Wellness-Tourist aus Zimmer Nummer 12.«

»Werd' mich bei Gelegenheit revanchieren«, grummelte Kroll mürrisch vor sich hin. Dann schoss es ihm durch den Kopf: »Verdammt, – das Handy ist weg? Jetzt werden die meine ganzen Kontakte herausfinden. Jetzt ist es aus mit dem Undercoveragenten.«

»Wer sind denn ›die‹?«, horchte sein Gegenüber auf. »Ich glaube, du bist mir ein paar Erklärungen schuldig. So wie du zugerichtet bist, musst du ja einen bezaubernden Abend in netter Gesellschaft verbracht haben. Wie ich dich kenne, wohl wieder Streit um eine schöne Frau?«

Das Thema Frauen brachte Kroll vollends zurück in die Gegenwart. »Genau, Mirja heißt sie. Du kennst sie ja. Wäre nichts für dich, der Umgang mit ihr ist reichlich gefährlich.«

Mit wenigen Worten berichtete er seinem Freund die Erlebnisse im Lagerhaus. Was Arnsberg da hörte, klang zwar haarsträubend – Dopinghandel hier im Lande der Weinseeligen? – aber er kannte Kroll zu gut, als dass er an seinen Worten zweifelte.

Dann warf er Kroll eine Einkaufstüte aufs Bett. »Hier, ein paar Sachen, damit du die nächsten Tage überleben kannst und dich deine geliebte Mirja wiedererkennt. Etwas Bargeld, ein neues Handy, ein provisorischer Ausweis und eine Flasche Spätburgunder Blanc de Noir, damit du mal von deinem ewigen Riesling runterkommst. Die Pfalz hat heutzutage noch mehr zu bieten. Außerdem haben wir dir einen Mietwagen vors Hotel gestellt, damit du mobil bist. Aber jetzt ruh' dich erst mal aus. Wir werden einen Wachtposten unauffällig vor die Tür stellen für den Fall, dass sich deine schlagkräftigen Freunde erneut melden, wenn sie merken, wer du bist. Morgen Nachmittag komm' mal in meinem Büro vorbei. Vielleicht weiß ich dann auch Näheres über diese Lagerhalle.«

Mit einem aufmunternden Schlag auf die Schulter verabschiedete sich Arnsberg. Kroll zuckte ein wenig zusammen, denn sein ganzer Körper schmerzte noch. »Mensch, Alter, reiß' dich zusammen. Wer Treibjagd auf Kriminelle macht, darf nicht aus Zucker sein!«

Du hast es gerade nötig, dachte Kroll, sagte aber nichts. Du alter Schreibtischtäter.

Endlich allein und einigermaßen wieder bei Sinnen, wälzte sich Kroll aus dem Bett, zog sich an und öffnete die Flasche Spätburgunder. Er schenkte sich ein und ging mit dem Glas in der Hand zum Fenster.

Der Blick auf die mächtige Hügelkette, an deren Rand sich die idyllischen Weindörfer schmiegen, beruhigte Kroll. Linker Hand erkannte er die Silhouette der Madenburg. Auf der anderen Seite grüßte der weiße Turm vom Slevogthof hinüber. Und Weinberge, soweit das Auge reichte.

Kroll seufzte, träumte von früheren Urlaubstagen in dieser wunderschönen Landschaft und genehmigte sich einen Schluck Weißgekelterten. »Hat noch nicht die richtige Temperatur«, urteilte der Hobbyweinkenner. »Aber Kirsche, Veilchen, Rauch, Leder und Vanille sind bereits deutlich ausgeprägt. Könnte mich dran gewöhnen.«

Kaum setzte er zu einem zweiten Zug an, schrillte ohrenbetäubend das Hoteltelefon. Kroll fiel vor Schreck fast das Weinglas aus der Hand. First-Class-Hotel und konnten sich nicht einmal einen anständigen Klingelton leisten!

Er erkannte die Stimme Alfreds, des Hotelportiers: »Da ist für Sie ein Anruf in der Leitung, Herr Kroll.«

Kroll zögerte ein wenig mit der Antwort und überlegte: Wer kennt denn die Nummer meines Hotels? Ich kann mich nicht erinnern, sie meinem Assistenten Hopfinger gegeben zu haben, schließlich kommunizieren wir ausschließlich über Handy. Und Arnsberg würde mich nie über das Hotel anrufen, dafür hat er mir ja das neue Handy besorgt.

Ein Verdacht stieg in ihm auf: Alfred. Sollte Alfred etwa …

Er kam nicht dazu, den Gedanken weiterzuspinnen, denn Alfred rief in die Muschel: »Hallo, Herr Kroll, sind Sie noch am Apparat?«

»Ja, schon gut, ich musste nur erst einmal mein Weinglas abstellen. Wer will mich denn sprechen?«

»Tut mir leid, Herr Kroll. Er hat seinen Namen nicht genannt. Er sagte nur, es sei dringend. Und zwar in einem Ton, der keinen Widerspruch duldete.«

»Gut, dann stellen Sie bitte durch«.

Ein ekelhaftes Knacken stach in Krolls Ohr. Dann meldete sich eine monotone, kalte Stimme: »Wenn Sie ein Unglück verhindern wollen, kommen Sie sofort zur Ruine Drachenfels. Ich nehme an, Sie wissen, wo das ist.«

Ohne eine Antwort auf diese rhetorische Frage abzuwarten, legte der Fremde wieder auf. Auch wenn er deutlich versucht hatte, seine Stimme zu verstellen, so wurde Kroll das Gefühl nicht los, dass er sie irgendwo schon einmal gehört hatte.

Doch nur wann und wo?

Und: Wer außer Alfred kannte den Telefonanschluss seines Hotels?

Plötzlich erinnerte er sich, dass er ihn auf seinem Handy eingegeben hatte. Für den Fall des Falles, denn er war ein Weltmeister im Schlüsselliegenlassen und im Hotelzimmernummervergessen. Und dann fiel ihm ein, dass er auch Mirjas Name und ihre Handynummer gespeichert hatte. Ihm schwante, dass er sie damit unfreiwillig in Gefahr gebracht hatte.

»Der Blanc de Noir muss warten, jetzt, wo ich wieder am Ball bin«, murmelte Kroll vor sich hin. Er warf sich kurz entschlossen einen Mantel über und eilte hinaus zum

Mietwagen. Bevor er startete, telefonierte er mit Arnsberg und informierte ihn über den merkwürdigen Anruf. Der versprach, eine Polizeistreife zur Burgruine zu schicken.

*

Den Drachenfels kannte Kroll von seinen Wanderungen, die er immer gern im Pfälzer Wald unternommen hatte.

Die Ruine liegt nicht direkt mit Blick auf die Rheinebene, sondern etwas weiter innerhalb der Waldregion Richtung Dahn. Bereits von der B 427 aus, gleich, nachdem man die imposante Burg Berwartstein links liegengelassen hat, sieht man das bizarre Felsmassiv mit dem in den Fels getriebenen Bergfried, der wie eine überdimensionale Teufelskralle nach den Sternen zu greifen scheint und über die umliegenden Wälder hinausragt. Kroll hatte das Herumkraxeln dort in schwindelerregender Höhe schon immer genossen, aber am meisten faszinierte ihn die urig-primitive Ritzzeichnung eines Drachens an der Grabenwand. Er wusste, dass sie nicht von rücksichtslosen Neuzeittouristen in den Fels gehauen wurde, sondern bereits vor dem 16. Jahrhundert entstanden war. Wie oft hat er hier gesessen, sein Picknick gemacht und seiner Fantasie freien Lauf gelassen.

Heute würde ihm dazu keine Zeit blieben, da war er sich sicher. Es regnete wie aus Kannen. Gerade als er von der Bundesstraße auf den Zugangsweg zur Drachenfelshütte einbog, die genau unterhalb der Burgruine liegt, stockte ihm der Atem.

Er trat voll auf die Bremse, und der Wagen rutschte auf dem nassen Asphalt bedenklich nahe an den Straßengraben heran. Auch wenn die Teufelskralle noch über einen Kilometer entfernt war, konnte er dennoch sehr genau erkennen, dass auf der äußersten Spitze der unteren Plattform der Burgruine zwei Menschen um Leben und Tod zu ringen schienen. Da Kroll auf diese Entfernung keinen Laut vernahm und die nass-milchige Luft die Szenerie in ein düsteres Schwarz-Weiß tauchte, kam es ihm vor, als sei er im falschen Film gelandet, in einer Stummfilmszene aus einem absurden Ritterfilm.

Zum Lachen war ihm aber nicht zumute. Er spürte sofort die Gefährlichkeit der Situation. Gerade wollte er zum Handy greifen, um Arnsberg zu informieren, da wurde er Zeuge eines grauenhaften Ereignisses. Eine der beiden Personen, es schien sich um eine Frau zu handeln, verlor den Halt und stürzte mit wild schlagenden Armen kopfüber in die Tiefe.

Sofort gab Kroll Gas und preschte den schmalen Wirtschaftsweg in abenteuerlichem Tempo bis zum Parkplatz vor der Wandererhütte. Seine quietschenden Räder wirbelten den Matsch auf, als der Wagen beinahe gegen einen Baum schlitterte.

Ohne darauf zu achten, stürzte Kroll den Burgweg hinauf und erreichte völlig außer Atem den Vorhof. Hier war niemand zu sehen. Also jagte er die ausgetretenen Steinstufen im Torturm hinauf. Er glitt aus und spürte einen stechenden Schmerz im Knöchel. Sein neues Handy fiel aus der Manteltasche und rollte den Abhang hinunter.

»Verdammt, auch das noch!« Entschlossen biss er die Zähne zusammen und humpelte mehr als er ging die rutschige Eisentreppe hinauf. Fußspuren von den beiden Akteuren ließen sich in dem Regenmatsch nicht ausmachen.

Glücklich erklomm er die Oberburg. Aber auch hier war niemand zu sehen. Endlich erreichte er die untere Plattform, auf der sich das Drama abgespielt hatte. Der Boden sah deutlich zertrampelt aus, aber Kroll konnte keine Details ausmachen. Er näherte sich vorsichtig, um die wenigen Spuren nicht unnötig zu zerstören, dem dünnen Eisengeländer, das die Plattform mehr schlecht als recht sicherte.

Wieder stockte er.

Da leuchtete doch etwas bunt im schmutzigen Matsch!

Kroll war es, als schnüre ihm eine Schlinge den Hals zu. Das kenn ich doch …

Vorsichtig näherte er sich dem Gegenstand. Die Schmerzen in seinem verrenkten Knöchel vergaß er.

Ein gelb-rot gestreifter Schal!

Wenn das nicht …

Wie von Furien gejagt und ohne auf die Gefahr eines erneuten Ausrutschens achtend, stürzte er zum verbogenen Geländer auf der Nordseite der Plattform.

Er schaute den steilen Abhang hinunter und musste sich energisch festhalten, um nicht von der Tiefe verschlungen zu werden, damit die Teufelskralle nicht noch ein zweites Opfer forderte.

Richtig. Dort unten lag sie. Auf dem Rücken. In dem zeitlosen cremefarbenen Pradakleid, das jetzt an mehreren Stellen zerrissen schien. Die Arme weit ausgebreitet, als wollte sie ihm zuwinken, so wie die Sirenen den seefahrenden Odysseus lockten.

Ihr Schlüsselbein trat noch stärker hervor als neulich auf dem Landauer Rathausplatz, wirkte aber merkwürdig verbogen. Gebrochenes Rückgrat.

Mirja! Warum nur? Warum ausgerechnet du?

Wie in Trance nahm Kroll hinter sich ein schwaches Geräusch wahr, aber er konnte sich nicht von dem Anblick der Toten losreißen. Dann war wieder Stille. Nichts. Nicht einmal die Vögel raschelten in den Zweigen der Bäume. Irgendwo weit entfernt brummte ein Motorrad auf. Dann wieder diese beklemmende Stille. Kroll stand eine lange Zeit starr und war unfähig, sich zu rühren, als wolle er die Ruhe der toten Frau nicht stören.

Irgendwann näherte sich ein Auto und bog auf den Zufahrtsweg zur Drachenfelshütte ein. Jemand hupte. Kroll erwachte wie aus einem Albtraum. Langsam begriff er, dass das die versprochene Polizei sein mussten. Er winkte. So verzweifelt, dass die Polizisten merkten, hier war etwas Schreckliches geschehen.

*

Eine halbe Stunde später erschien Arnsberg mit der Spurensicherung. Viel konnte sie nicht ausrichten, aber aufgrund der wenigen verwertbaren Fußspuren auf dem regennassen Sandstein nahm man an, dass es sich neben dem Opfer um zwei weitere Personen gehandelt haben musste. Wie und wohin sie sich verdrückt hatten, war nicht mehr auszumachen. Sein verloren gegangene Handy wurde Gott sei Dank schnell gefunden. Die Täter mussten es übersehen haben.

Arnsberg wollte Kroll, der ihm inzwischen jede Einzelheit seines neuerlichen Abenteuers berichtet hatte, zurück ins Hotel bringen lassen, doch der lehnte ab. »Ich will erst abwarten, was die Jungs von der Spurensicherung herausfinden. Wenigstens das bin ich der armen Mirja schuldig.«

Kaum hatte er sich im Polizeiauto ein wenig aufgewärmt, kam Arnsberg mit einem Kollegen zurück.

»Hier, das ist Herr Doktor Groth, ein Spezialist vom BKA, der diese Woche zufällig bei uns in Landau ist und Vorträge über neue forensische Methoden bei der Bestimmung des Tathergangs hält. Er hat eine interessante Beobachtung gemacht, die uns bestimmt von Nutzen sein wird.«

»Bitte übertreiben Sie nicht«, ergriff der Spezialist das Wort. »Ich kann hier und heute nur äußerst vage Vermutungen anstellen. Erst nach der Obduktion lässt sich Genaueres sagen. Aber eines habe ich schon hier vor Ort mit den dürftigen Mitteln, die mir zur Verfügung stehen, festgestellt.«

Er machte eine kleine Kunstpause, wie um seine Gesprächspartner auf die Folter zu spannen. Und das gelang ihm auch. Gebannt hingen sie an seinen Lippen.

»Mit recht hoher Wahrscheinlichkeit kann ich behaupten, dass die Frau schon tot war, als sie vom Felsen stürzte.«

Kroll verschlug es den Atem. »Aber ich habe doch genau gesehen, wie die beiden miteinander gerungen haben. Das war sicher keine Einbildung, kein billiger Spielfilmtrick!«

»Was Sie gesehen haben, möchte ich auch überhaupt nicht in Zweifel ziehen. Ich sage nur, was ich mit den Mitteln der forensischen Entomologie bislang an Erkenntnissen gewonnen habe. Das muss Ihren Beobachtungen nicht widersprechen.«

Der Lübecker Hauptkommissar musste bei den letzten Worten ein ziemlich blödes Gesicht gemacht haben, denn der Wissenschaftler erläuterte geduldig: »Wir untersuchen eine Leiche auf Insektenbesiedlung. Maden, Schmeißfliegen, Totengräber und so weiter.«

»Ist das nicht ein wenig ekelhaft?«, warf Kroll angewidert ein.

»Nein, absolut nicht. Man gewöhnt sich daran, wie sich ja auch jeder Pathologe an das Herumschnippeln an Leichen gewöhnt. Im Gegenteil, die Anwesenheit dieser, wie Sie sagen, ›ekligen‹ Gesellen gibt uns Aufschluss nicht nur über die Bestimmung des Todeszeitpunktes, sondern auch über den Tatort, der, wie Sie wissen, nicht immer mit dem Fundort übereinstimmen muss.«

Der Mann nahm seine Brille ab, hauchte sie an und putzte sie umständlich mit einem sicherlich nicht bakterienfreien Tuch. »Nehmen wir zum Beispiel die Milben oder die Motten. Die fühlen sich auf bereits mumifizierten oder skelettierten Leichen wohl. Die werden Sie auf einer frischen Leiche selten finden. Und dann sind auch noch deren abgelegte Eier interessant. Wir hatten da mal einen Fall von einem Rentner, der monatelang tot in seinem Bett …«

Kroll, der sich eigentlich innerlich bereits darauf gefreut hatte, nach der ganzen Aktion die Flasche Spätburgunder Blanc de Noir ganz in Ruhe in seinem Hotelzimmer zu verkosten, verging der Appetit. »Ersparen Sie uns weitere Einzelheiten, bitte. Wichtiger wäre mir zu wissen, was mit der armen Mirja denn nun passiert ist«, unterbrach er ungeduldig den Wissenschaftler.

»Nun gut, ich versuche, es Ihnen so nervenschonend wie möglich darzulegen«, antwortete der Mann mit einem etwas spöttischen Seitenblick auf Kroll ob dessen zarter Seele. »Bei meiner ersten Untersuchung, die naturgemäß noch sehr oberflächlich war, habe ich in einer Kopfwunde eine Insektenart festgestellt, die es hier im Wald überhaupt nicht geben kann, weil der Boden dazu viel zu feucht ist.

Weiters gehe ich davon aus, dass diese Wunde bereits vorhanden war, bevor die Person vom Felsen gestoßen wurde. Und ich bin mir ziemlich sicher, dass sie von einem überaus heftigen Schlag mit einem stumpfen Gegenstand herrührt, was mit an Sicherheit grenzender Wahrscheinlichkeit zum sofortigen Tod geführt hat. Vom Gefühl her würde ich sagen, dass das bereits mehrere Tage her ist. Genaueres überlasse ich einer Obduktion.«

Wieder folgte eine kleine Atempause, die Doktor Groth nutzte, um sich seine Brille mit einer eleganten Bewegung wieder aufzusetzen.

»Mit einem Wort: Fundort und Tatort sind nicht identisch.«

Kroll wollte erneut aufbegehren, aber der Mann ließ ihm keine Chance. »Was Sie da gesehen haben, muss eine geschickte Inszenierung gewesen sein. Da scheint jemand bewusst vor Ihren Augen mit der bereits toten Frau eine makabre Show abgeliefert zu haben. Soweit meine vorläufige Theorie. Alles Weitere werden Sie wohl selber herausfinden müssen.«

Arnsberg kratzte sich nachdenklich hinterm Ohr. »Das würde ja bedeuten, Kroll, dass … Wenn ich das richtig sehe, hat man dich auserkoren, den Zeugen zu spielen. Alles fein eingefädelt, zeitlich gut aufeinander abgestimmt. Schließlich bist du bei deiner Ankunft hier ja schon von Weitem zu sehen gewesen.«

Er stoppte unvermittelt seine Kratzbewegungen und presste den Mittelfinger gegen seine Schläfe. »Oder, was man auch nicht ausschließen kann, ist, dass man auch dich töten wollte, um dich neben die Leiche zu legen, sodass es wie ein Eifersuchtsdrama zwischen dir und deiner Geliebten aussähe.«

Kroll wollte ihm in scharfer Form erwidern, er möge das mit der Geliebten vergessen. Da fiel ihm jedoch etwas anderes ein: »Wenn das zutrifft, was der Doktor hier gesagt hat, hätten wir im Grunde genommen eine erste Chance, den oder die Täter aufzuspüren. Wie es scheint, muss Mirja bereits am Freitag ums Leben gekommen sein, also kurz, nachdem ich sie zum Bus brachte. Wir sollten mal alle infrage kommenden Personen zu einem Verhör vorladen. Der, der dann am heftigsten auf seinem Alibi für heutigen Dienstag beharrt, könnte unser Mann sein!«

6. KAPITEL – SPURENSUCHE

Kriminaloberkommissar Jan Hopfinger war auf seinen Boss nicht gut zu sprechen. Kaum kehrte er von seinem Radsporturlaub auf Mallorca zurück, musste er für den Herrn Kriminalhauptkommissar die Kastanien aus dem Feuer holen. Dabei hätte er sich viel lieber mit Julia, die er auf der Insel kennengelernt hatte, zum gemeinsamen Radfahren in der Holsteinischen Schweiz verabredet.

Noch aus seinem Aufenthalt in der Pfalz hatte Kroll telefonisch erläutert, was vorgefallen war, und wies seinen Assistenten an, das Alibi von Beton-Müller zu überprüfen. Er selber, also Kroll, würde so schnell wie möglich nachkommen, um den anhängigen Dopingmittel-Fall zum Abschluss zu bringen.

Keine leichte Aufgabe, wie Hopfinger fand, zumal er glaubte, seine Stärken lägen eher in einer sportlichen Verbrecherjagd als im routinemäßigen Überprüfen von Alibis. Ziemlich lustlos fuhr er zur *Hoch und Tief Müller GmbH*.

Das Vorzimmer war verwaist. Eine Klingel gab es nicht. Hopfinger rief mehrmals: »Hallo, ist da jemand?« Doch nichts rührte sich. Plötzlich stürmte ein Mann mit grau meliertem Haar, das nach hinten zu einem Zopf gebunden war, herein. »Was wollen Sie?«, fragte dieser unwirsch.»Meine Sekretärin ist in Urlaub, also machen Sie es kurz.«

Hopfinger zückte seinen Dienstausweis. »Kriminalpolizei. Hopfinger mein Name. Ich möchte Herrn Verdinand B. Müller sprechen, wenn Sie nichts dagegen haben.«

Der Neuankömmling stockte in seinem Schwung und blickte ungehalten auf den Besucher herab. »Kripo? Was will die Kripo bei mir? Ich habe im Moment Wichtigeres zu tun, als mich mit der Polizei zu unterhalten. Kommen Sie morgen wieder.«

Schon wollte er sich in sein Büro zurückziehen, doch Hopfinger ließ nicht locker: »Es geht um Ihre Sekretärin. Ich fürchte, das können wir nicht auf morgen verschieben, es sei denn, Sie würden sich zu einer Aussage bei uns aufs Polizeipräsidium bemühen.«

Das wirkte. Müller setzte eine versöhnliche Miene auf. »Frau Brandinger, meine Sekretärin? Was ist an ihr so wichtig, dass sich die Kripo für sie interessiert? Wenn ich mich richtig erinnere, ist sie zurzeit im Urlaub. Ich weiß zwar nicht, wo, aber sie hat sich das redlich verdient.«

»Dann haben sich die Unterlagen über den Bauabschnitt Z 23 also wieder eingefunden, die neulich beim Besuch meines Kollegen Kroll nicht aufzutreiben waren? Gut, dann kommen wir ja endlich mit der Aufklärung des Leichenfundes unter der Betondecke voran.«

»Nun ja«, wiegelte Müller ab. »Das nun wieder nicht. Die Unterlagen werde ich wohl abschreiben müssen.«

»So wie Ihre Sekretärin?«, konterte Hopfinger. »Wenn ich richtig informiert bin, wollten Sie sie doch entlassen, falls das Material nicht wieder auftauchen sollte. Und nun ist sie im Urlaub?«

In Müllers Stimme vibrierte leichte Nervosität. »Schon, aber ich habe ihr gewissermaßen eine Auszeit verordnet, damit sie sich erholen kann. Sie kam mir in letzter Zeit sehr erschöpft vor. Das wird wieder.«

»Nun«, erwiderte der Kriminalbeamte mit ironischem Unterton. »Diese Auszeit scheint mir recht endgültig zu sein, wie ich fürchte.«

»Wie soll ich das verstehen?«

»Also«, entgegnete Hopfinger langsam und mit betont sachlicher Stimme, »bevor ich Ihre Fragen beantworte, würde ich Ihnen gern eine Gegenfrage stellen: Wo waren Sie am Dienstagabend dieser Woche?«

Dem Kriminaloberkommissar entging nicht, dass Müllers Hände zitterten, als dieser zu einer Karaffe griff und sich etwas Wasser in ein bereitstehendes Glas füllte. Dann holte er eine Tablette aus einem kleinen silbernen Etui und spülte sie mit einem Schluck Wasser hinunter.

»Entschuldigen Sie«, erklärte er. »Mein Herz ist nicht das stabilste. Mein Arzt hat mir geraten, Aufregungen zu vermeiden. Und Ihre etwas provokante Frage ist für mich in der Tat reichlich aufregend.«

Elender Simulant, dachte Hopfinger. Will nur Zeit gewinnen, um sich ein passendes Märchen auszudenken.

Beton-Müller brauchte eine Weile, um sich zu fassen. »Aber bitte, wie Sie wünschen. – Dienstag? Das kann ich so aus dem Kopf nicht sagen. Da muss ich erst einmal in meinen Kalender schauen.«

Doch bevor er seinen Terminkalender hervorkramte, fiel ihm ein: »Dienstag. Richtig, jetzt erinnere ich mich. Da war ich im Konzert. Meine Frau spielt in einem Streichquartett, müssen Sie wissen, und das hatte am Dienstag einen Auftritt im Kolosseum.«

Müller wurde ruhiger und versuchte, wieder die Oberhand zu gewinnen. »Wenn Sie mir nicht glauben, dann fragen Sie das Publikum. Ich denke mal, etwa ein Dutzend Menschen kann sich erinnern, mich dort gesehen zu haben.«

Hopfinger schien sich mit der Antwort zufriedenzugeben. Er nickte nur kurz mit dem Kopf. Dann aber hakte er nach: »Waren Sie in Begleitung von Mörtel dort?«

Der Bauunternehmer pulte eine zweite Tablette aus der Plastikverpackung und würgte sie nervös mit einem Schluck Wasser hinunter. »Mörtel? Meinen Sie meinen Vorarbeiter? Das ist ein einfacher Prolet, der hat mich mit Klassik nichts am Hut. Aber jetzt heraus mit der Sprache, was hat das mit meiner Sekretärin zu tun?«

Hopfinger antwortete mit harter Stimme: »Ihre Sekretärin ist während ihrer, wie Sie sagten, verordneten Auszeit von einem Felsen gestürzt und hat sich das Rückgrat gebrochen.«

»Oh Gott!«, jammerte Müller in einem, wie Hopfinger schien, etwas übertriebenen Ton. »Wie kann so etwas denn passieren, wo sie doch so eine umsichtige, nette Frau war. Und warum kommen Sie dann zu mir? Also, wenn Sie mich in Verdacht haben, dann ist das absurd. Ich bin viel zu sensibel und krank, um zu so etwas fähig zu sein.«

»Wir verdächtigen niemanden«, stellte Hopfinger klar. »Wir stellen hier lediglich Routinefragen. Erst wenn alles analysiert ist, ziehen wir unsere Schlussfolgerungen. Und dann wird sich zeigen, wer verdächtig ist und wer nicht.«

Hopfinger begann, während des Sprechens im Raum auf und ab zu gehen. Dann blieb er neben der Eingangstür stehen, wo neben ölverschmierten Motorenteilen ein Stapel staubiger Zementsäcke lag. Er studierte aufmerksam deren Aufschrift.

»Ah ja«, sagte er mit betont lässiger Kennermiene, »FB 67 – Faserbeton, wenn ich mich nicht irre.«

Müller schaute ihn verwundert an. Woher hatte ein einfacher Kriminalbeamter derartige Spezialkenntnisse? »Sie sind vom Fach?«

»Nun«, legte Hopfinger nach. »Als Polizeibeamter muss man in vielen Dingen Bescheid wissen. Und was man nicht weiß, muss man sich eben erfragen.«

Hopfinger machte eine kleine Kunstpause, dann wandte er sich wieder Müller zu. »Und da wäre noch eine letzte Frage, wieder eine meiner Routinefragen. Was haben Sie denn an dem Wochenende vor dem besagten Dienstag gemacht?«

Mit dieser Frage schien Beton-Müller in keiner Weise gerechnet zu haben. Hopfinger beobachtete, wie sich Schweißperlen auf Müllers Stirn bildeten. Seine Lider zuckten beängstigend, als schien er gleich ausrasten zu wollen.

Nur mit Mühe sich beherrschend, antwortete er: »Jetzt habe ich aber genug von Ihrer Fragerei. Ich sage nichts mehr ohne meinen Anwalt.«

Er fühlte, dass er überreagiert hatte und versuchte es verkrampft auf die scherzhafte Art: »Oder am besten, Sie fragen meine Frau. Man sagt ja, Frauen wüssten immer am allerbesten, was, wo und wann ihre Ehemänner machen.«

»Keine Sorge«, entgegnete Hopfinger ruhig. »Ihre Frau zu befragen, hatten wir ohnehin vor. Guten Tag dann auch.«

Kaum war der Kriminaloberkommissar hinter der Tür verschwunden, eilte Beton-Müller an seinen Schreibtisch. Jetzt brauchte er gleich drei Tabletten, um sich wieder einigermaßen zu beruhigen.

*

Kriminalhauptkommissar Kroll hatte bei seiner Rückreise von der Pfalz in Hamburg eine Zwischenstation eingelegt, um sich mit den Kollegen vom Drogendezernat auszutauschen. Dass sich der internationale Drogenhandel zunehmend auf den Schmuggel von Dopingsubstanzen verlegte, war dort längst bekannt. Besonders vor sportlichen Großereignissen wie den Olympischen Spiele oder der Tour de France beobachtete man eine verstärkte Aktivität auf dem illegalen Markt. Dabei blieb der Absatz nicht nur auf den Spitzensport beschränkt. Im Gegenteil, die weitaus größere Abnehmergruppe fand sich im Bereich des Breiten- und Freizeitsports.

Hinzu kam, dass die Qualität der Stoffe immer schlechter wurde, was zunehmend zu schweren Erkrankungen der Sportler bis hin zu Todesfällen führte, weil es wegen der Verunreinigungen schwere Nebenwirkungen nach sich zog. Manches wurde in obskuren Hinterhoflabors produziert, wo die hygienischen Bedingungen eine Katastrophe waren. Auch mit dem aus der Hirnanhangsdrüse von Leichen gewonnenen Wachstumshormon wurde fleißig gedealt.

Eine der Hauptrouten für den Dopingdeal führte von Russland nach Westeuropa und Nordamerika. Die Hamburger Kollegen hatten bereits mehrere Anhaltspunkte über eine Dopingbande, die von Hamburg aus den deutschen Markt beherrschte und vorrangig nach Frankreich lieferte. Der Weg über die Ostsee war den Beamten ebenfalls kein Geheimnis mehr. Sie kannten sogar den Decknamen *Zarewitsch*, wussten allerdings nichts Genaueres, außer, dass die Person, die dahinter steckte, einen schwarzen Bentley Continental GT fuhr. Das offensichtliche Zwischenlager in Landau stieß auf ihr Interesse. Sie vereinbarten eine engere Zusammenarbeit mit Krolls Dienststelle.

Der Lübecker Kommissar nahm sich allerdings vor, zunächst einmal Kevin Müller so schonend wie möglich von den tragischen Ereignissen auf dem Pfälzer Drachenfels zu berichten. Er wählte einen Zeitpunkt, von dem er wusste, dass dessen Vater nicht im Haus war. Kroll wollte das sensible Geheimnis von Kevins Liebe zur Sekretärin seines Vaters nicht in die falschen Ohren tragen.

Das Anwesen der Familie Müller lag in einer vornehmen Villengegend etwas außerhalb, aber trotzdem nicht weit vom Lübecker Stadtkern, und verfügte sogar über einen eigenen Anlegesteg an der Wakenitz, auf der man an dieser Stelle herrlich Jollensegeln konnte. Kevin hatte nur einen kurzen Radweg zu seiner Schule, die sich im Zentrum befand. Wenn er an den Nachmittagen nicht segelte, unternahm er von zu Hause aus weitläufige Radtouren entlang des Wakenitzufers. Überhaupt liebte er den Radsport, der neben der Musik sein wichtigstes Hobby war.

Als Kroll den Klingelknopf neben der Jugendstiltür drückte, öffnete ihm eine dunkelhaarige, zierliche Frau, die ihn ein wenig an Edith Piaf erinnerte. Kevins Stiefmutter, vermutete Kroll, bestimmt noch keine 50 Jahre alt, elegant, aber zurückhaltend gekleidet.

»Ist Kevin anwesend? Ich möchte ihn gern sprechen, wenn Sie erlauben«, begann der Kommissar.

Frau Müller schaute ihn zwar etwas ablehnend an, fragte aber nicht weiter nach. Sie hielt die Tür halb geschlossen, um ihm anzudeuten, dass er nicht ohne Weiteres eintreten dürfe. Mit einer leichten Kopfbewegung nach hinten rief sie in den Flur hinein: »Kevin, da will dich jemand sprechen.«

Kurz darauf erschien der junge Mann. Er hatte Sportkleidung an und war noch ganz verschwitzt von einer offenbar längeren Radtour. In seinem Gesicht zeichneten sich deutlich Sorgenfalten ab. Seit dem letzten Treffen schien er in Krolls Augen um einige Jahre gealtert zu sein.

»Ach, Sie sind es«, begrüßte er den Gast. »Das ist Amelie, meine Stiefmutter. Kriminalhauptkommissar Kroll von der Lübecker Kripo.«

Seine Stiefmutter schaute irritiert von einem zum anderen. »Kripo?« Doch Kevin legte ihr beruhigend den Arm um die Schulter. »Keine Sorge, Amelie. Ich kenne ihn bereits. Und ehrlich gesagt, ich hatte seinen Besuch bereits erwartet. Bitte kommen Sie herein.«

»Danke, Kevin«, erwiderte Kroll und sagte mit Seitenblick auf die Frau: »Mir wäre es lieb, Sie unter vier Augen zu sprechen.«

Der junge Mann ließ seine Stiefmutter nicht los. Im Gegenteil, er drückte sie liebevoll an sich. »Nein, Herr Kroll. Ich glaube, ich kann ihre Anwesenheit jetzt gut gebrauchen. Außerdem haben Amelie und ich keine Geheimnisse voreinander.«

Die drei gingen in den Wohnraum, dessen Terrassenfront einen schönen Ausblick auf den Garten und die Segelboote auf der Wakenitz bot. An den Wänden hingen abstrakte Ölgemälde, deren Wert Kroll nicht einzuschätzen vermochte. Bücherregale suchte er vergebens. Die interessierten ihn eigentlich immer als Erstes, wenn er eine fremde Wohnung betrat. An der thematischen Auswahl der Bücher konnte man meistens Rückschlüsse auf die Bewohner ziehen, war er der Ansicht.

In den Vitrinen stand lediglich das Familienporzellan, Erbstücke mehrerer Generationen. Eine präsentierte eine recht ansehnliche Sammlung von kleinen, zierlichen Glasfiguren, meist Vögel und Pferde. Kroll fühlte sich an den

Film ›Die Glasmenagerie‹ mit Katharine Hepburn erinnert.

In einem Schaukasten an der Stirnseite des Wohnzimmers befand sich eine Schmetterlingssammlung. Schwalbenschwänze, Vogelfalter, europäische Tag- und Nachtfalter in den schillerndsten Formen und Farben, alle fein säuberlich konserviert und mit Stecknadeln befestigt. Kroll schaute sich das neugierig an.

»Mein Hobby«, erklärte die Dame des Hauses. »Ebenso wie die Glasmenagerie dort hinten. Ich habe eine Vorliebe für gefangene, zerbrechliche Wesen«.

Sonderbare Vorliebe, fand Kroll. Und dazu noch für leblose Wesen. Er nickte ihr jedoch freundlich interessiert zu. Dann trat er ans Fenster und ließ den Blick über den Garten schweifen.

Amelie schien das missverstanden zu haben. »Mein Mann ist nicht da«, sagte sie. »Er wird erst spät abends nach Hause kommen. Wir sind also unter uns. Und so wie ich meinen Sohn kenne, können wir ganz offen miteinander reden.«

Sie setzten sich an einen kleinen runden Tisch.

»Danke, Frau Müller«, begann Kroll. »Ich weiß nicht, inwiefern Sie wissen …«

Kevin unterbrach ihn sofort. »Amelie weiß alles über meine Beziehung zu Mirja. Und sie akzeptiert uns beide so, wie wir sind.«

Er streichelte ihre Hand. In seinen Augenwinkeln zuckte es. Kroll wollte jetzt nicht gleich mit der Tür ins Haus fallen und schwieg.

Nach einer Weile begann Kevin stockend zu reden. »Ich mache mir große Sorgen um Mirja. Sie hat sich seit Tagen nicht mehr bei mir gemeldet. Ich weiß, dass sie in der

Pfalz ist, und ich fürchte, dass sie dort in höchster Gefahr schwebt.«

Er schaute geistesabwesend auf den Garten hinaus. Seine Kiefer mahlten nervös hin und her. Dann wischte er sich mit dem rechten Zeigefinger über die Augenbrauen. Offenbar kämpfte er mit den Tränen.

»Sie sind allein aus der Pfalz zurückgekommen. Bitte sagen Sie es gerade heraus: Ist Mirja etwas zugestoßen?«

Amelie beugte sich vor und legte ihre Hände auf die von Kevin. Es war nicht zu übersehen, dass die beiden ein inniges Verhältnis verband. Einer schien den anderen zu stützen.

Kroll räusperte sich umständlich. Dann sagte er mit tonloser Stimme: »Bitte fassen Sie sich jetzt. Es tut mir leid, Ihnen mitteilen zu müssen, dass Frau Brandinger eines gewaltsamen Todes gestorben ist.«

Eine beängstigende Stille breitete sich im Raum aus. Niemand rührte sich. Selbst von draußen aus dem Garten schien kein Laut hereinzudringen. Kroll war es, als hätte die Zeit für ein paar Minuten den Atem angehalten.

Doch der Eindruck täuschte. Kevin wurde kreidebleich. In seinem Kopf wirbelten die Gedanken und Erinnerungen wie ein heftiges Schneetreiben durcheinander. Sein Blick schweifte über die Wasserfläche der Wakenitz. Vor seinem geistigen Auge sah er sich mit Mirja auf der Jolle. Sie scherzten miteinander, sie liebten sich, sie schwammen um die Wette, sie trockneten sich durch die gegenseitige Körperwärme.

Und nun? Das sollte alles nur ein Traum gewesen sein? Kevin stand auf und ging zu einem Sekretär, der vor dem Fenster stand. Auf ihm befand sich ein kleiner Bilderrahmen mit zwei Fotos von sich, seinem Vater und seiner Stiefmutter. Lange Zeit betrachtete er die Bilder. Dann stieß er plötzlich den Rahmen mit voller Wucht zur Seite, sodass er in Scherben zersprang.

»Er war es! Nur er ist schuld an allem!«, brüllte er.

Mit Tränen in den Augen lief er zu dem Tisch zurück, an dem Amelie und Kroll nach wie vor wie versteinert saßen. »Und Sie, Herr Oberkommissar, Sie haben Mirja auf dem Gewissen! Sie haben sie wie einen Köder benutzt, um sich Ihre beruflichen Erfolge zu sichern. Ich will Sie nie wieder sehen!«

Er stürzte in den Garten hinaus, nahm sein Fahrrad, das am Zaun lehnte, und verschwand wild in die Pedale tretend hinter der Hecke.

Kroll wagte es nicht, sich zu rühren. Amelie war die Erste, die aus der Erstarrung erwachte. Plötzlich schien auch sie wie ausgewechselt. Sie erhob sich und forderte den Kommissar mit eisiger Stimme auf, die Kroll ihr nie zugetraut hätte: »Bitte verlassen Sie unser Haus. Die weiteren Einzelheiten über den Tod von Frau Brandinger möchte ich jetzt nicht hören. «

Kroll blieb nichts anderes übrig, als sich der verfahrenen Situation zu fügen. Er versuchte, nach wie vor professionell aufzutreten, aber heimlich hatte auch er Gewissensbisse, weil er Mirja in die ganze Angelegenheit hineingezogen hatte.

Frau Müller geleitete ihren Gast mit steifer Höflichkeit hinaus: »Wenn Sie uns zu verhören wünschen, stehen wir Ihnen selbstverständlich zur Verfügung. Aber bitte nicht mehr heute. Und mit meinem Mann werden Sie ja wohl unabhängig von Kevin und mir sprechen. Ich bitte Sie nur, ihm gegenüber nichts von der Beziehung zwischen Kevin und Mirja zu erwähnen.«

*

Kevin raste mit seinem Sportrad wie ein Verrückter bis hoch an die Ostseeküste, wo die Familie einen Wochenendbungalow hatte. Eine ziemliche Strecke, die er da im Nieselregen zurücklegte, aber ihm schien es nichts auszumachen. Im Gegenteil, es dämpfte seine Wut auf seinen Vater und seinen Zorn auf den Kriminalhauptkommissar Kroll, der das Leben seiner Geliebten so leichtfertig aufs Spiel gesetzt hatte.

Es existierten nur zwei Schlüssel zu dem Anwesen. Einer hing nahezu vergessen im häuslichen Schlüsselschrank, weil die Eltern schon seit Monaten nicht mehr dorthin gefahren waren. Die Zeit der gemeinsamen Wochenendausflügen war für das Ehepaar längst vorbei. Kevin hatte sich den Zweitschlüssel angeeignet, weil er sich dort öfter mit Mirja traf.

Nun saß er allein in dem Ferienhäuschen und schaute mit leerem Blick auf die nebelverhangene Ostsee hinaus. Am Strand dösten einsam ein paar Möwen, und auch auf dem Wasser war heute nichts los. Bei dem Wetter verließ kein Segelboot den Hafen.

Nur langsam kehrten bei Kevin die Fähigkeit und auch die Bereitschaft zurück, sich zu erinnern. Doch merkwürdigerweise gingen ihm weniger Bilder von Mirja durch den Kopf, vielmehr versuchte er, sich in die Welt seines Vaters hineinzuversetzen. Ihm fiel ein, was er neulich beim ersten Treffen mit dem Kommissar gesagt hatte. Sein Vater hätte irgendwie einen Knacks weg. Wenn das nun eine erbliche Belastung war? Kevin wusste, dass auch er selber stark unter psychischen Schwankungen litt. Da war ihm Mirja immer eine wichtige Stütze gewesen. Und auch seine Stiefmutter Amelie, die ohnehin viel Ähnlichkeit mit Mirja hatte. Aber sein Vater? Der hatte ihn nie wirklich in den Arm genommen, ihn getröstet, ihm auf die Beine geholfen. Wahrscheinlich kann er nicht einmal sich selber helfen, grübelte Kevin.

Von der Herzschwäche seines Vaters wusste er, auch, dass er regelmäßig recht starke Tabletten einnehmen musste. Und seine gelegentliche hysterische Reaktion auf bestimmte klassische Musik hatte er auch schon miterlebt. Aber all das reichte doch nicht aus, um in ihm einen Bösewicht, einen Verbrecher, gar einen Mörder zu vermuten.

Und dennoch. Dieser Gedanke ließ Kevin nicht los. Sicherlich war der Vater in geschäftlichen Dingen skrupellos bis an die Grenzen des Erlaubten. Nur so hat er sein Bauimperium mit all den internationalen Kontakten aufbauen können. So manches dunkle Geschäft musste dabei gewesen sein. Vielleicht hat er seinen Spitznamen Beton-Müller wegen seiner Kaltschnäuzigkeit erhalten.

Einmal, erinnerte sich Kevin, sprach ihn ein Kamerad aus dem Radsportverein an: »Du bist doch der Sohn vom Doping-Müller?« Damals hätte er dem am liebsten eins in die Fresse gegeben. Doch nach all dem, was Mirja in letzter Zeit an Interna aus dem väterlichen Betrieb erzählte – immerhin war sie die Chefsekretärin – kamen ihm Bedenken. Da häuften sich so viele Details, dass es langsam an der Zeit war, das Puzzle richtig zusammenzusetzen.

Die intensiven Kontakte zu obskuren Kreisen in Petersburg und in Südfrankreich, die Geschichte mit der

Landauer Lagerhalle, die merkwürdigen Säcke mit dem Faserbeton FB 67/Q, die Mirja besonders aufgefallen waren. Dann war da Mörtel, der breitschultrige, brutale Mann mit der Schiebermütze, der sich als Vorarbeiter ausgab, aber nicht auf Müllers Gehaltsliste geführt wurde. Und schließlich in letzter Zeit dieser schleimige Typ, der mit seinem schwarzen Bentley so auffällig unauffällig um das Firmengelände und sogar um das häusliche Anwesen herumkurvte.

Schlagartig hatte Kevin das Gefühl, er müsste Mirjas Vermächtnis fortsetzen. Und das führte seiner Meinung nach zwangsweise immer zu den Säcken mit der Bezeichnung ›FB 67/Q‹. Da müsste man ansetzen – aber möglichst ohne dem Kriminalkommissar wieder in die Quere zu kommen.

Und er wollte Mirjas Tod rächen. Doch wie?

*

Kevin beschloss, einen weiteren Tag die Schule zu schwänzen. Das, was er jetzt vorhatte, war wichtiger als der langweilige Lateinunterricht. Er radelte gemächlich nach Hause zurück und kam in der Dunkelheit an. Als er sein Rad an die Hecke lehnte, hörte er aus dem Haus einen heftigen Streit seiner Eltern. Sein Vater schien wieder einmal kurz vorm Ausrasten zu sein.

Kevin hatte keine Lust, sich dort jetzt sehen zu lassen. Kurzentschlossen übernachtete er in der kleinen Kajüte seiner Jolle. Mitten in der Nacht stand seine Stiefmutter auf, weil sie sich Sorgen um ihn machte. Aber als sie sein Rad an der Hecke lehnen sah, wusste sie, dass er wieder nach Hause gekommen war.

Am nächsten Morgen wartete der junge Mann, bis sein

Vater aus dem Haus war. Wenig später hörte er den Wagen seiner Mutter, die um diese Zeit stets zu den Proben mit ihrem Streichquartett fuhr. Im Hause wurde es ruhig. Kevin wartete noch eine halbe Stunde, dann steuerte er das Arbeitszimmer seines Vaters an. Auf einem Louis-Seize-Schreibschrank, dessen Eleganz eigentlich nicht zu der Unordnung im Raum passte, befand sich neben ein paar Aktenordnern dessen Laptop. Die darauf gespeicherten Dokumente blätterte Kevin nur flüchtig durch. Irgendwelche Bauausschreibungen und Rechnungen. Der PC interessierte ihn jetzt mehr.

Wie nicht anders zu erwarten, war der Zugang passwortgeschützt. Kevin probierte ein paar infrage kommende Möglichkeiten aus: Vornamen, Geburtsdaten, Spitznamen usw. Nichts funktionierte, bis er auf die Idee kam, ›FB 67/Q‹ einzugeben. Wieder kein Erfolg.

Schon wollte er die Idee aufgeben, als hinter ihm eine Stimme erklang: »Du bist fast dran. Du musst nur noch einen Unterstrich vor die Zahl 67 setzen.«

Kevin drehte sich erschrocken um. Seine Stiefmutter. »Die Probe fiel heute aus. Angeblich, weil Chantal krank ist. Ich weiß aber, dass sie mit deinem Vater für ein paar Tage nach Paris gefahren ist.«

Der junge Mann korrigierte das Passwort, und schon fuhr der PC hoch. Während der Startphase schaute Kevin Amelie verwundert an, doch die ließ ihn erst gar nicht zu Wort kommen. »Was du da vorhast, ist mir schon vor einiger Zeit in den Sinn gekommen. Ich glaube, wir beide funken da auf gleicher Wellenlänge«.

Amelie setzte sich neben ihn. »Schön, dass du gestern Nacht noch nach Hause gekommen bist, ich meine, dass du in deiner Jolle übernachtet hast. Ich kann nachfühlen, dass du jetzt vieles durchmachst, und ich möchte dir dabei gern zur Seite stehen. Jetzt, wo Mirja nicht mehr ist.«

»Wie bist du denn auf das Passwort gekommen?«, fragte Kevin. »Ich meine, es ist doch recht ungewöhnlich, und man kann doch erst darauf kommen, wenn man die Hintergründe um den Faserbeton FB 67 kennt.«

»Du musst jetzt nicht alles wissen«, lächelte Amelie. »Ich habe schließlich auch so meine Kontakte«.

Auf dem Bildschirm erschienen mehrere Symbole. Die meisten Programme kannte Kevin. »Es ist vielleicht nicht richtig, in das Privatleben seines Vaters einzudringen«, sagte er. »Aber ich möchte wissen, woran ich mit ihm bin. Und vor allem, ob und was er mit Mirjas Tod zu tun hat. Da dachte ich, ein Blick in seinen PC wäre der beste Weg.«

Amelie nickte ihm zu. »Du hast recht. Auch für mich ist er trotz der langen Ehe nach wie vor ein geheimnisvolles Wesen. Oft unberechenbar und ungerecht. Und deswegen hatte auch ich die Idee mit dem Computer. Vieles dort kenne ich schon, vor allem seine Bildergalerie. Sein Liebesleben mit Chantal müssen wir jetzt nicht durchstöbern. Bitte erspar mir das. Aber das da«, sie zeigte auf ein Symbol, »das ist neu, das kenne ich noch nicht.«

Kevin öffnete das Programm. »Das ist so etwas wie ein Personal Planner.« Er spielte ein wenig im Menü herum. »So etwas Ähnliches in abgespeckter Version habe ich als App auf meinem Smartphone. Wie es scheint, ist das hier ein recht aufwendiges Programm. Vieles ist verschlüsselt, viele Befehle kenne ich nicht.«

»Kevin, ich fürchte, wir werden Tage brauchen, bis wir das alles durchforstet haben.«

»Nun mal nicht gleich die Flinte ins Korn werfen, Amelie. Schau mal, diese Ortsnamen. Porto Vecchio/Korsika, Nizza, Paris. Das ist doch die Strecke der diesjährigen Tour de France. Jeder Radsportler kennt die Namen.«

»Gut gemacht, Kevin. Ich kann mir nicht vorstellen, dass Verdinand dorthin berufliche Verbindungen mit der Baufirma unterhält. Und da stehen auch Namenskürzel neben den Orten. Bei Nizza zum Beispiel ›Dr. J. K.‹. Das könnte ein Arzt sein, vielleicht ein Sportarzt. Und in der nächsten Spalte steht ›3 x Q über LD‹. Das ist bestimmt nicht Faserbeton!«

»Die Bezeichnung FB 67/Q muss für irgendeinen Dopingstoff stehen«, vermutete Kevin. »Mirja deutete mal so was an. Das stützt die These, dass Vater nicht nur mit Baustoffen handelt.«

Er öffnete einen anderen Link. Ein Kalender tauchte auf.

»Wie ich geahnt habe«, verkündete Amelie empört. »Hier, für heute steht ›mit Ch. In P‹. Von wegen Chantal ist so krank, dass sie nicht zur Probe kommen konnte!«

Kevin interessierte sich jedoch für ein anderes Datum. Er blätterte im Kalender ein paar Tage zurück. Plötzlich rief er: »Treffer! Hier an dem besagten Dienstag von Mirjas Tod lautet die Eintragung ›16 Uhr Ch. Timmendorfer Strand; 20 Uhr Konzert im Kolosseum Streichquartett‹. Also konnte Vater zur Tatzeit nicht in der Pfalz gewesen sein.«

»Und was war in den Tagen davor?«, fragte Amelie.

Kevin erbleichte. »Verdammt. Für den Freitag steht ›Mit Mörtel nach LD‹. LD ist das Kfz-Kennzeichen von Landau, und Mörtel ist dieser zwielichtige Vorarbeiter, der Vater manchmal mit seinem Auto von zu Hause abgeholt hat. Ich hatte ihn mal kurz kennengelernt. Ein unsympathischer Typ. Dem traue ich alles zu, bis hin zum Mord. Vielleicht sind die beiden ja in die Pfalz gefahren, um die Sache mit dem Q-Stoff zu regeln. Dann haben sie Mirja dort gesehen, und Mörtel hat den Auftrag bekommen, sie zu erledigen, wenn Vater wieder in Lübeck war.«

Der junge Mann schwieg eine Weile. Er stöberte noch ein wenig in den Datensätzen herum. Dann sagte er leise: »Langsam wird es mir mulmig. Was meinst du, Amelie, sollten wir nicht besser den Kripomenschen, diesen Kroll, informieren?«

Kevins Stiefmutter rückte mit einer klaren Bewegung von ihm ab. »Spinnst du? Willst du deinen eigenen Vater hinter Schloss und Riegel bringen? Das lass mal lieber Sache der Polizei sein, die kann das schließlich selber herausfinden.« Ihre Stimme bekam einen spröden Ton. So hart hatte Kevin sie noch nie sprechen hören. »Ich möchte nicht unbedingt den Ruf unserer Familie noch mehr ruinieren, als er es ohnehin schon ist. Was da bisher alles so gelaufen ist, vor allem in Bezug auf Chantal, reicht mir fürs Erste. Und zweitens bezweifle ich, dass wir Verdinand anhand dieser dürftigen Computerdaten den Mord oder die Mitwisserschaft an Mirjas Tod nachweisen können.«

Sie klappte den Laptop mit einer nachdrücklichen Geste zu. »Vielleicht ist es sogar besser, wir machen den Rechner unschädlich. Mit einem Virus. Du wirst doch wissen, wie so was geht.«

Kevin erkannte seine Stiefmutter kaum wieder. Irgendetwas in ihr schien sich gewandelt zu haben, seit sie gemeinsam den PC geöffnet hatten. »Aber«, versuchte er auf sie einzuwirken, »es geht doch nicht nur um den Ruf unserer Familie. Es geht doch auch um Mirja. Schließlich stand sie mir näher als mein Vater. Und – entschuldige bitte, auch näher als du, Amelie.«

»Ich weiß nicht, ob es dich überrascht, Kevin, aber Mirja war auch meine Freundin. Eine bessere, als du vielleicht ahnst. Doch ich habe meine eigenen Pläne, ich will mein eigenes Leben führen. Wenn du mich dabei begleitest, Kevin, würde mich das freuen.«

Das ›Wenn nicht, dann …‹ lag in der Luft, doch Amelie sprach es nicht aus.

*

Am Samstag fuhr Kevin mit dem Rad zur Baufirma *Hoch und Tief Müller GmbH* in das Gewerbegebiet Roggenhorst. Er wusste, dass zu dieser Zeit auf dem Betriebsgelände niemand arbeitete und sein Vater das Wochenende mit Chantal in Paris verbrachte. Kevin wusste auch, wo zu Hause die notwendigen Schlüssel lagen, mit denen er sich ohne Mühe Zutritt verschaffte.

Das Vorzimmer machte einen sehr unordentlichen Eindruck. Das muss wohl daran liegen, ging es Kevin schwermütig durch den Kopf, dass jetzt, wo Mirja, Müllers Sekretärin, nicht mehr ist, der gute Geist aus dem Betrieb verschwunden ist. Am liebsten hätte er draußen ein paar Wiesenblumen gepflückt und ihr auf den Schreibtisch gestellt. Aber das wagte er dann doch nicht, er wollte auf keinen Fall Spuren hinterlassen.

Der Stapel Zementsäcke gleich neben der Eingangstür weckte sofort sein Interesse. Er untersuchte die Säcke so weit es ging von allen Seiten. ›FB 67‹ lautete der Aufdruck. Müllers berühmter Faserbeton also. Doch keiner trug den Zusatz ›Q‹, wie Kevin zunächst gehofft hatte. Keine Spur von Dopingbeuteln.

Dann setzte der junge Mann seine Recherchen im Arbeitszimmer seines Vaters fort. Auch hier fand er nichts Besonderes. Akten, Bauskizzen, Arbeitspläne, Materialproben, all das interessierte Kevin nicht. Auch nicht, dass sich auf dem Schreibtisch nichts Persönliches, kein Bild, kein Andenken, keine Blume befand. Das Private lebte Verdinand B. Müller woanders aus, davon war sein Sohn überzeugt.

Ohne zu zögern, machte er sich daran, die Schubladen des Schreibtisches zu durchstöbern. Die Schlüssel hatte er ja. Auch hier fand er nichts Außergewöhnliches. Erst als er die rechte oberste Lade öffnete, stutzte er. Dort lag eine Pistole. Wozu brauchte der Chef einer Baufirma eine Pistole? Kevin konnte sich nicht vorstellen, dass dessen Job gefährlich werden könnte. War das ein erster Hinweis auf die dunkle Seite der Geschäfte seines Vaters? Kevin rührte die Waffe nicht an und verschloss die Schublade wieder.

Im untersten Fach des sehr massiven Schreibtisches entdeckte er einen fest in das Möbelstück eingearbeiteten Tresor. Auch hierfür hing der passende Schlüssel am Bund, das Kevin von zu Hause mitgenommen hatte.

Er öffnete den Safe. Zuoberst befanden sich Bündel von Geldscheinen. Ein kleines Vermögen, schätzte Kevin. Dann kamen Briefe zum Vorschein. Aus Russland und Frankreich. Er zog sie vorsichtig ans Tageslicht. Plötzlich purzelten ihm dahinter liegende kleine Plastikbeutel mit einem weißen Inhalt entgegen. Als Kevin deren Aufdruck las, bekam er nasse Hände: FB 67/Q.

Bingo! Das war es, was er suchte. Ohne daran zu denken, dass er sich damit verraten konnte, griff er sie und stopfte sich damit seine Taschen voll.

Jetzt waren die Briefe dran. Kevin nahm sich einen und ging ans Fenster, um besser lesen zu können. Verdammt, da draußen fuhr ein Auto vor. Blitzschnell ließ er die Briefe wieder im Safe verschwinden und schloss ihn ab. Dann eilte er zurück ins Vorzimmer. Einen besseren Fluchtweg fand er nicht.

Gerade wollte er sich hinter Mirjas Schreibtisch verstecken, da öffnete sich die Tür. Mörtel! Ausgerechnet dieser unangenehme angebliche Vorarbeiter, fluchte Kevin innerlich.

Auch der war sichtlich überrascht, als er den jungen Mann dort neben dem Schreibtisch erblickte. Mörtel erkannte ihn sofort. »Was suchst du denn hier, du Bengel?«, schnauzte er ihn an.

Kevin griff zum erstbesten Ordner, der auf dem Tisch lag. »Mein Vater hat mich beauftragt, ihm diesen blauen Aktenordner nach Hause zu bringen.«

Mörtel runzelte argwöhnisch die Stirn, sagte aber nichts. Das machte Kevin mutig: »Und was machen Sie hier, wenn ich fragen darf? Heute ist doch hier keine Schicht!«

Der Vorarbeiter zeigte auf die Säcke neben der Tür. »Ich habe gestern vergessen, das Zeugs hier auf den Laster zu packen. Aber das geht dich ja wohl einen Dreck an!«

»Genauso viel, denke ich, wie es Sie etwas angeht, was ich hier mache«, erwiderte Kevin, klemmte sich den Ordner unter den Arm und drückte sich an Mörtel vorbei.

Der rief ihm misstrauisch hinterher: »Im Auftrag deines Vaters? – Na ja, man wird seh'n.«

7. KAPITEL – DISSONANZENQUARTETT

Auf der Festwiese in Bad Schwartau drängten sich die Menschen. Der Ostholsteinische Radsportverein wollte das Jahresfest nutzen, um bekanntzugeben, dass sein erfolgreichstes Mitglied Rudi Schumacher die Ehre habe, bei der Tour de France im *Team Universal* mitzufahren. Hopfingers neue Bekannte Julia, die er auf Mallorca kennengelernt hatte, war stolz darauf, eine gute Freundin von Rudi zu sein und mit ihm schon so manche Runden durch die Holsteinische Schweiz geradelt zu haben. Also blieb es nicht aus, dass sich Julia, Hopfinger und sein Chef, der Kriminalhauptkommissar Kroll, den er mit auf das Fest geschleppt hatte, zusammen mit ein paar anderen Kameraden an einen Tisch setzten.

Schnell entwickelte sich eine Fachsimpelei, der Kroll nicht recht folgen konnte. Dennoch interessierte ihn, was er hörte. Zunächst ging es um die Tour-Etappen, um die Konkurrenz und um Rudis Chancen. Der war von der Allmacht der Technik überzeugt: die beste Gangschaltung, das richtige Material des Fahrradrahmens, die passenden Reifen, die windschnittige Kleidung, der sichere Sturzhelm. Bei den Details konnte nun auch Hopfinger nicht mehr mithalten, also warf er so harmlos wie möglich das Wort Doping in die Runde.

Doch das war keine gute Idee. Sofort protestierte Rudi unter dem Beifall der anderen aktiven Radsportler: »Du bist kein richtiger Radprofi, das merkt man. Immer diese leidige Diskussion ums Dopen! Als ob wir nur noch Tabletten schluckende Roboter wären. Wir sind Sportler, wir sind stolz auf unsere Erfolge, die wir uns hart erkämpft haben.

Durch konsequentes Training, durch die richtige Technik und eben auch durch bewusste Ernährung. Das hat mehr Entbehrungen gekostet, als es sich so einer wie du vorstellen kann. Die Übergänge von Mutters Küche über die Nahrungsergänzungsmittel bis hin zu den ärztlich verordneten Medikamenten waren immer fließend. Irgendwelche Bürokraten, die nie ihren Hintern auf einen Rennradsattel gesetzt haben, legen dann fest, was erlaubt ist und was auf die Rote Liste kommt.«

»Genau«, pflichtete Julia ihm bei. »Und wer kontrolliert die Kontrolleure?«

Sofort entspann sich eine heftige Polemik über das Pro und Contra des Dopens. Kroll hielt sich aus der hitzigen Diskussion heraus. Er ließ seinen Blick unauffällig über das Festgelände schweifen. Kevin hatte er schon gleich bei der Ankunft gesehen. Der junge Mann bastelte an der Verstärkeranlage herum und schien von ihm keine Notiz zu nehmen.

Auf der Bühne bereiteten sich die Musiker auf ihren Auftritt vor. Kroll entdeckte Amelie, die ihre Geige stimmte. Die anderen kannte er nicht. Er griff nach einem der Programmzettel, die man auf den Tischen ausgelegt hatte, studierte ihn und steckte ihn anschließend in die Tasche.

Für die musikalische Umrahmung sorgt die Gruppe ›String Event International‹: Grigorij Rosenholz, 1. Violine (Russland); Amelie von Hohenstein, 2. Violine (Deutschland); Chantal Lafayette, Viola (Haiti); Mateo Valdez, Violoncello (Spanien).

Neben Amelie saß der Cellist und stimmte sein Instrument. Die beiden scherzten miteinander. Auf die Entfernung konnte Kroll allerdings nicht hören, um was es ging. Aber für ihn machten sie den Eindruck einer intimen Bekanntschaft. Der Kommissar schaute zu Kevin hinüber. Den schien das vertraute Techtelmechtel seiner Stiefmutter mit Mateo nicht zu irritieren.

Am Bühnenrand standen im Hintergrund zwei weitere Musiker. Der Mann sah wie ein russischer Adeliger aus, so, als sei er einem Dostojewski-Roman entsprungen. Auch er hielt eine Geige in der Hand. Grigorij Rosenholz, vermutete Kroll. Die Frau neben ihm war eine karibische Schönheit, traumhafte Figur, zartbraune Hautfarbe, sinnliche Lippen und langes, lilaschwarz glänzendes Haar. Ihr Instrument sah wie Grigorijs Geige aus, war jedoch etwas größer und breiter. Das war sicher Chantal Lafayette mit ihrer Viola, auch Bratsche genannt.

Die beiden stritten sich offenbar. Jeder redete mit heftigen Gesten auf den anderen ein. Kroll fürchtete schon um die empfindlichen Instrumente in ihren Händen. Doch mit einer selbstbewussten, abweisenden Kopfbewegung verschwand Chantal hinter der Bühne. Kroll sah, wie Grigorij zornig auf den Rasen spuckte. Scheint ja ziemlich viel los zu sein in dem Quartett, überlegte Kroll. So eine Musikgruppe muss eine Welt für sich sein.

Nun begann der offizielle Teil des Fests. Reden wurden geschwungen, Vereinsberichte vorgelesen, ehrenamtliche Mitarbeiter ausgezeichnet und natürlich Rudis Teilnahme an der Tour de France gewürdigt. Sogar ein Vertreter der französischen Tour-de-France-Organisation kam zu Wort. Kevin hatte am Ton-Mischpult viel zu tun. Inzwischen dämmerte es, und Kevin setzte nun auch die Scheinwerferanlage geschickt in Szene.

Eine Tombola beschloss den offiziellen Teil. Währenddessen wurde die Bühne umgebaut. Überall hingen jetzt schwarze Vorhänge, die sämtliches Streulicht absorbierten. Kevin baute ein paar zusätzliche Mikrofone auf und richtete die Bühnenscheinwerfer ein.

Vor der Bühne stellte man Sitzreihen auf, die sich sofort mit Gästen füllten. Wer zuerst kam, hatte den besten Platz. Dann trat der Vereinsvorsitzende an das Hauptmikrofon und rief: »Und nun, meine Damen und Herren, kommen wir zum kulturellen Höhepunkt unseres Fests. Begrüßen Sie mit mir die Gruppe ›String Event International‹!«

Freundlicher Applaus setzte ein. Die letzten freien Sitze füllten sich. Kroll, der einen mäßig guten Platz am Rand ergattert hatte, von dem aus er wenigstens den Eingangsbereich zur Festwiese überschauen konnte, bemerkte, dass dort ein Wagen vorfuhr und Beton-Müller ausstieg. Er wurde vom Vereinsvorsitzenden empfangen, der ihn zu einem Ehrenplatz mitten in der ersten Reihe direkt an seiner Seite geleitete. Kroll saß so, dass er Müller im Halbprofil schräg von der Seite beobachten konnte.

*

Die Sonne war inzwischen längst untergegangen, und die Bühne lag gänzlich im Dunklen. Die Zuschauer spürten, dass sich dort etwas tat. Es herrschte erwartungsvolle Stille.

Unvermittelt ertönten merkwürdige, etwas schräge, aber nicht unangenehme Klänge. Exakt mit dem ersten Ton steuerte Kevin vier Scheinwerfer hoch. Jeder der vier Instrumentalisten saß in einem eigenen Lichtkegel, der ihn direkt von oben anleuchtete. Es sah aus, als bildeten sie vier Inseln.

Julia, die zwischen Kroll und Hopfinger saß, flüsterte: »Herrlich: Mozarts *Dissonanzenquartett*!« Kroll konnte mit dem Begriff nicht viel anfangen. Er wusste nicht, dass das 1785 vollendete Werk seinen Namen durch die klanglichen Reibungen in der Einleitung erhalten hatte, für die Zeitgenossen damals eine kühne, verstörende Musik.

Die vier Musiker trugen schwarz-weiße Konzertkleidung. Durch die von oben leuchtenden Scheinwerfer traten ihre Gesichter merkwürdig gespenstisch hervor. Grigorij an der ersten Geige spielte nahezu unbewegt. Wie eine Statue thronte er auf seinem Hocker und beeindruckte mit seinem feinnervigen Fingerspiel. Amelie, daneben mit der zweiten Geige, musizierte ganz anders. Ihr Körper wiegte sich leicht im Takt. Mit der Schnecke ihrer Geige gab sie die Einsätze, was eigentlich Grigorijs Aufgabe gewesen wäre. Wie er verzog auch sie während des Spiels keine Miene. Sie hielt die Augen geschlossen, als wolle sie ihren Mann in der ersten Reihe direkt vor sich nicht wahrhaben.

Im Gegensatz zu Chantal. Sie ging mit ihrer Bratsche ganz in der Musik auf. Ihr Kopf bewegte sich hin und her, sodass ihr die dunklen Haare ständig ins Gesicht fielen. Kroll entging nicht, dass sie ständig Blickkontakt mit Beton-Müller suchte, der sie schwärmerisch anhimmelte.

Ganz rechts hockte Mateo über seinem Cello. Auch er nahm wenig Kenntnis vom Publikum. Ab und zu warf er einen Seitenblick erst auf Amelie, dann auf ihren Mann. Sein Gesicht war bleich und machte einen sehr angespannten Eindruck.

Nach dem letzten Ton des ersten Satzes klatschte das Publikum, auch Hopfinger. Julia konnte sich nicht enthalten, ihm zuzuraunen: »Zwischen den Sätzen eines Werks klatscht man nicht, erst am Schluss!« Das machte Hopfinger aber nichts aus. Ihm waren die Verhaltensregeln egal, schließlich hatte ihm die Musik gefallen. Vor allem die beiden charmanten Geigerinnen.

Für den zweiten Satz, Andante cantabile, hatte Kevin sich etwas Besonderes ausgedacht. Die Musiker saßen über einem Lichtgraben, aus dem jetzt auf breiter Front warmes rotes Licht von unten auf sie strömte. Dadurch bildete das Ensemble erstmals eine Einheit, die sich auch im verschmelzenden Klang widerspiegelte. Für ein paar Minuten schienen alle Spannungen zwischen den Musikern verschwunden.

Im dritten Satz, dem Menuetto, kippte die Stimmung um. Die Musiker spielten die zum Tanz einladenden Rhythmen sehr eigenwillig und überzogen. Eine raffinierte Beleuchtung von Schwarzlichtscheinwerfern und blau flimmerndem Lichtgraben vermittelte den Eindruck eines skurrilen Jahrmarkts. Das Leben – ein Karussell.

Für den Schlusssatz, Allegro molto, griff Kevin auf die Anfangsstimmung zurück. Wieder erschienen die Musiker wie vier einzelne Inseln. Die Musik vermittelte Lebensfreude, aber im Gegensatz zum vorigen Satz, eine heitere, gelöste. Nun begannen auch Amelie und Mateo aufzublühen. Sie lächelten sich an, schienen innerlich zur Musik zu tanzen, als seien sie auf gleicher Wellenlänge. Keiner der beiden achtete jetzt mehr auf Beton-Müller. Der bemerkte den Flirt seiner Frau mit dem Cellisten sowieso nicht, zu sehr war er mit Chantal beschäftigt.

Nach der Reprise änderte sich die Musik, was allerdings zunächst kaum auffiel. Dazu hätten die Zuhörer das Werk Mozarts besser kennen müssen. Nur der Kritiker der Lübecker Nachrichten stutzte. Schließlich gab es beim Kulturressort dieser Tageszeitung ja nur Experten. Aber auch er war sich seiner nicht ganz sicher. Hatte das Mozart wirklich so komponiert? Irgendwie klang das jetzt etwas anders, als er es von seiner CD her kannte.

An einer passenden Stelle setzte Mateo mit seinem Cellospiel aus. Der Scheinwerfer über ihm erlosch schlagartig. Mehrere Takte lang spielten nur die restlichen drei Musiker. Plötzlich flammte der Spot wieder auf. Mateo trug eine bunte Kleidung, die an Björn von der Gruppe Abba in den frühen 80er Jahren erinnerte. Der Musiker saß auf einem Cajon, einer Kistentrommel, und begann sofort, die Mozart-Musik der anderen mit popmusikähnlichen Schlagzeugklängen zu begleiten.

Durch das Publikum ging ein Raunen. Julia erschrak zunächst. Das war doch kein original Mozart! Eigentlich unmöglich in einem klassischen Kammermusikkonzert, dachte sie. Aber es klang interessant.

Nach einer Weile kam der nächste Schock. Das Licht über Chantal erlosch, und gleichzeitig hörte sie auf, Bratsche zu spielen. Wieder spielten die anderen drei ein paar Takte weiter. Dann tauchte Chantal wieder auf. Diesmal wie Agneta von der Gruppe Abba gekleidet und mit einem E-Bass in der Hand. Alles erklang jedoch nach wie vor zur Struktur der Mozartschen Musik.

Als Nächste war Amelie dran. Ein ähnlicher Effekt. Sie spielte jetzt die Frida von Abba und hatte eine elektrische Gitarre in der Hand. Obwohl immer noch die Mozartsche Originalkomposition durchschien, dominierten jetzt die Popmusikklänge.

Als schließlich Grigorij an der Reihe war und als Abba-Benny vor einem Keyboard stehend zurückkehrte, kannte die Begeisterung der Zuhörer keine Grenzen mehr. Sie standen auf und klatschten Beifall. Schlagartig gingen die letzten Takte Mozartmusik über in ein Abba-Stück. Kevin sorgte mit seinem Lichtmischpult für ein wahres Feuerwerk, das sich dem Rhythmus der Musik anpasste.

Jetzt war es an Hopfinger, Julia stolz seine musikalischen Kenntnisse zu zeigen. Er brüllte ihr ins Ohr – die Hochstimmung des Publikums war inzwischen in lautstarkes Kreischen übergegangen: »Das kenne ich. Das ist *Money, Money, Money* von Abba.«

Seine Angeberei war eigentlich überflüssig, denn das wusste Julia auch selber. Dennoch, sie freute sich, dass sich der ansonsten so steife Kriminalassistent von der Musik anstecken ließ. Sie hakte ihn ein, und beide bewegten sich im Takt mit.

Kroll gefiel die Show zwar, aber als Led-Zeppelin-Fan rümpfte er die Nase. ›Disco-Mampf‹ nannte er das. Er wollte neben Julia und Hopfinger nicht fünftes Rad am Wagen sein, also hielt er sich etwas abseits von der brodelnden Menge und schaute Kevin zu, wie der voll Feuer und Flamme an seinen Mischpulten herumtobte. Alle Trauer und Depression der letzten Tage schienen gewichen zu sein.

Kroll steckte sich eine Zigarette an und schlenderte über die Festwiese. Als er am Eingang vorbeikam, fiel ihm eine auf der gegenüberliegenden Straßenseite parkende schwarze Limousine auf. Den Wagentyp konnte er in der Dunkelheit nicht erkennen. Als Fahrer eines Mini-Cooper hatte er einen siebenten Sinn für außergewöhnliche Autos entwickelt. Aber jetzt konnte er sich dem Wagen nicht nähern, ohne aufzufallen.

Auf der Bühne folgte nun ein Abbahit nach dem anderen. Die Konzertstühle wurden rasch an die Seite geräumt, um für die Zuschauer eine Tanzfläche zu schaffen. Man tobte sich gehörig aus, allen voran Julia und Hopfinger.

Der Vereinsvorsitzende war der Meinung, dass es ein gelungenes Fest geworden war.

*

Mit dem besinnlichen Song *Thank you for the music* verabschiedete sich die Gruppe ›String Event International‹ unter tosendem Applaus. Kevin regelte die Lichtanlage herunter und spielte CD-Musik ein, nach der ein kleiner Teil der Festbesucher weitertanzte. Die meisten setzten sich in das Festzelt und ließen es sich bei Frischgezapftem gutgehen.

Kroll musterte weiterhin die Szenerie, schließlich war er beruflich hier, nicht zu seinem Vergnügen, wie es sein Assistent Hopfinger offenbar auffasste. Ihm fiel sofort auf, dass sich gleich nach dem Abgang der Musiker Beton-Müller an Chantal heranmachte und sich mit ihr unauffällig zum Ausgang absetzte.

Grigorij eilte ins Festzelt und gesellte sich zu Rudi Schumacher, der sich zusammen mit seinem Vereinsvorsitzenden und dem Gesandten der französischen Tour-de-France-Organisation an einem Stehtisch eine Runde Champagner gönnte. Kroll versuchte, so nahe wie möglich an die Gruppe heranzukommen, um zu hören, über was man dort plauderte. Aber er konnte nichts verstehen. Er sah, dass sie nicht nur verbale Höflichkeiten austauschten, sondern auch dicke Briefumschläge.

Zu gern hätte Kroll jetzt dort Mäuschen gespielt. Aber es ging nicht. So blieben ihm nur Vermutungen. Etwa, dass Grigorij das Honorar für die Musiker ausgehändigt bekommen habe. Dazu wäre dann aber nicht unbedingt Rudis Anwesenheit nötig gewesen. Und wenn sie nun über die bevorstehende Tour de France verhandelten? Das hätte dann wiederum Grigorij nicht interessieren müssen. Und wenn es ums Doping ging, hätte Kroll wenigstens die Teilnahme von Beton-Müller erwartet. Aber der hatte sich ja gleich nach dem Konzert verdrückt.

Enttäuscht kehrte Kroll zum Bühnenbereich zurück. Er wollte mit Amelie sprechen, doch er konnte sie nirgendwo entdecken. Also wandte er sich Kevin zu, wobei er registrierte, dass sich Kevin ebenfalls für die vier Männer an dem Stehtisch interessierte. Doch als dieser Kroll herankommen sah, wendete er den Blick ab und begann eifrig am Mischpult herumzuhantieren.

»Aha, ein 16 auf 4 Mixer mit parametrischen Equalizern und vier Effektwegen«, versuchte Kroll, das Gespräch in Gang zu bringen. Schon als Jugendlicher hatte er sich für das Sound Engineering interessiert und kannte sich auf dem Gebiet recht gut aus. »Nicht schlecht. Aber nichts im Vergleich zum legendären Front of House Mixer, den Led Zeppelin bei ihren Lifeauftritten benutzten.«

Merkwürdigerweise reagierte Kevin, im Gegensatz zu ihrem ersten Treffen, auf die Thematik nicht. Im Gegenteil, er wandte sich brüsk ab und ließ Kroll mit den Worten stehen: »Tut mir leid, aber ich muss mich um die Mikros kümmern.«

Kroll verwunderte das nicht. Ich habe ihn bei meinem Kondolenzbesuch neulich ziemlich vor den Kopf gestoßen.

Wahrscheinlich gibt er mir eine Mitschuld an Mirjas Tod. Bei ihm komme ich jetzt so nicht weiter. Vertrauen kann man nicht erzwingen.

Stattdessen machte er sich an Mateo, den Cellisten heran. Der stand hinter der Bühne und packte seine Instrumente und Requisiten zusammen.

Glücklich sieht er nicht gerade aus, fand Kroll und sprach ihn an: »Tolle Show, die Sie da abgeliefert haben. Wirklich, hat mir ausgezeichnet gefallen.«

Mateo murmelte ein schwaches *gracias*, beachtete ihn jedoch nicht weiter. Diese Sprüche kannte er wohl zur Genüge. Doch Kroll ließ nicht locker. »Internationales Niveau. Eigentlich ungewöhnlich, so etwas hier in der Provinz geboten zu bekommen.« Er zückte den Programmzettel und einen Kugelschreiber und bat den Musiker in fast akzentfreiem Spanisch: »*Soy un cazaautógrafos. ¿Podía firmarme este programa?* – Ich bin ein leidenschaftlicher Autogrammjäger. Ich würde mich freuen, wenn Sie mir dieses Programm signieren würden«.

Jetzt wurde Mateo aufmerksam. Er legte seinen Cellokasten beiseite und schrieb das Autogramm. »*Usted habla un español casi perfecto. ¿Ha vivido usted en España?* – Sie sprechen fast perfekt Spanisch. Haben Sie in Spanien gelebt?«

Kroll freute sich, Mateos Aufmerksamkeit auf so einfache Weise gewonnen zu haben. Jetzt war er Feuer und Flamme, seine lange Jahre einstudierten Spanischkenntnisse an den Mann zu bringen. Die weitere Unterhaltung erfolgte nur noch in dieser Sprache.

»Nein, leider nicht. Aber ich reise oft hin und liebe die Sprache und die Kultur. Ich habe euch letztes Jahr in Barcelona gehört. Im Palau de la Música Catalana.«

Jetzt war es Mateo, der in Fahrt kam: »Richtig. War ein tolles Konzert damals. Allerdings hatten wir ein anderes Programm, wenn ich mich recht entsinne.«

»Ja. Ihr hattet zum Abschluss eures Konzerts ein Streichquartett von Joaquín Turina gespielt und es dann, ähnlich wie heute, in eine Rocknummer der Gruppe Héroes del Silencio übergehen lassen.«

Kroll musste vor sich hinlächeln, als ihn die Erinnerung überkam. Mateo entging das nicht, und er begann, den Deutschen zunehmend sympathisch zu finden. »Meine katalanischen Freunde waren erst hin- und hergerissen von eurer klassischen Musik als Streichquartett. Doch als dann die Show begann, blieb ihnen die Spucke weg. Das war Blasphemie in ihren Augen. Eine Entehrung der heiligen katalanischen Konzerthalle. Mir aber gefiel's.«

Kroll lachte auf. Mateo schlug ihm auf die Schulter und meinte: »Freut mich, dass es dir gefallen hat. Das war ja auch eine Provokation, ein Schlag gegen die ultrakonservativen Bewahrer der katalanischen Sprache. Der Abend hat uns manch böse Kritiken eingebracht. Aber als Musiker gefällt mir das. Ich finde, es ist unsere Aufgabe, kulturelle Einbahnstraßen einzureißen. Wir nennen das *Crossover*.«

»Genau mein Ding«, unterbrach ihn Kroll. »Ich bin ein Fan von Gruppen wie *Jethro Tull* oder *Gentle Giant*, die genau das machen. Sag mal, gibt es von euch eigentlich auch CD-Einspielungen?«

»Noch nicht, aber wir sind dran. Der Zar hat da was organisiert. Sogar hier bei euch. In Lübeck gibt es ein Tonstudio, wo wir schon an den ersten Takes arbeiten. Nächste Woche geht es weiter. Kommen Sie ruhig mal vorbei. Das wird Sie interessieren.«

Kroll stutzte: »Der *Zar*? Wer ist das denn?«

»Grigorij, unser erster Geiger, das ist sein Spitzname, weil er aus Russland kommt und wie Peter der Große aussieht. Er ist der Chef der Gruppe. Von ihm stammt auch die Idee mit dem *Crossover*.«

Für einen kurzen Moment war Kroll wieder ganz der Kriminalist. Dieser *Zar*: Sollte sich dahinter der legendäre *Zarewitsch* verbergen, von dem die Kollegen vom Hamburger Drogendezernat gesprochen hatten? Das könnte in das bisherige Puzzle seines Dopingfalls passen.

»Und tretet ihr auch in Russland auf?«, wollte Kroll wissen.

»Klar, wir machen regelmäßig Konzerttourneen auf der Achse Petersburg, Berlin, Paris, Barcelona. Dieses Jahr steht die Tour de France im Zentrum. Unser heutiges Konzert war gewissermaßen ein Test, wie wir bei den Radsportlern ankommen. Und ich glaube, das hat ganz gut geklappt. Wir werden in Nizza auftreten, wenn die Tour, die auf Korsika startet, aufs französische Festland stößt. Und wir sind wohl auch bei den Abschlussfeiern in Paris mit dabei.«

»Das klingt ja riesig. Vielen Dank für das Autogramm. Jetzt will ich versuchen, auch die anderen drei zu einer Unterschrift zu bewegen.«

»Da wirst du heute Pech haben. Chantal ist mit ihrem Gönner, dem Beton-Müller, bereits ins Kuschelwochenende abgereist. Dieser Kerl ist ein richtiges Schwein.«

»Du magst ihn wohl nicht?«

»Na ja, wie der mit seiner Ehefrau Amelie umspringt, zeugt nicht gerade von einem lauteren Charakter.«

»Wieso Müller? Im Programmheft steht doch *Amelie von Hohenstein*«, gab sich Kroll ahnungslos.

»Das ist ihr Geburtsname, und in unserer Band ist es ihr Künstlername. Sie stammt aus einer verarmten Adelsfamilie. Sie hat den reichen Bauunternehmer Müller wahrscheinlich nur geheiratet, um in den Genuss der Sonnenseiten des Lebens zu kommen. Oder besser ausgedrückt: Der Prolet Müller hat sie geheiratet, um mit dem Glorienschein der Adelskreise zu glänzen.«

»Ich hatte, ehrlich gesagt, bei dem Konzert den Eindruck, als sei sie die Tonangebende, nicht Grigorij. Sie hat doch die Einsätze gegeben, oder etwa nicht?«

»Das hast du ganz richtig gesehen. Grigorij ist im Moment mit dem Kopf woanders. Wahrscheinlich ist er sauer, dass sich seine geliebte Chantal einen finanzkräftigeren Kerl geangelt hat. Ich meine, Grigorij ist musikalisch ein Supertyp. Aber ich weiß, dass er mit seiner Musik nicht so viel Kohle verdient, wie es sein extravaganter Lebensstil eigentlich erfordert.«

Kroll meinte, es sei Zeit, mit einer entscheidenden Frage einen Schuss ins Blaue zu versuchen: »Na, wenn er sich einen Sportwagen leisten kann, wird er ja wohl noch über andere Finanzquellen verfügen.«

Der Cellist sprang zu Krolls Überraschung sofort auf den Zug auf. Wahrscheinlich gab es in der Gruppe Differenzen, die er noch nicht ausgelotet hatte. »Genau. Wenn man sich unseren Tourneeplan anschaut, ist die Lösung verblüffend einfach. Petersburg – Paris. Und dann entlang der Tour de France.«

Kroll setzte eine möglichst harmlose Miene auf, um nicht unnötig den Kriminalbeamten heraushängen zu lassen. »Na, wenn man den Medien glaubt, kann es sich nur um Doping handeln.«

Doch das war ein Schritt zu viel. Als Mateo dieses Reizwort hörte, spürte er instinktiv, dass er sich im Gespräch mit dem Unbekannten zu weit aus dem Fenster gelehnt hatte. Schlagartig kehrte er zum Sie zurück. »Ach, wissen Sie, das sind alles nur Spekulationen. Sie können ja Grigorij direkt fragen, wenn Sie sich sein Autogramm holen.«

Mateo legte sein Cello in den Kasten, verschloss ihn und sagte: »Ich bin müde. Wenn Sie mich jetzt entschuldigen würden.«

*

Alfred freute sich auf seinen Feierabend, denn er hatte vor, nach Birkenhördt zum Krimidinner zu fahren. Das war für ihn schon immer ein Highlight, eine willkommene Abwechslung von seinem Alltag als Portier in dem Leinsweiler Viersternehotel. Und es vereinte gleich beide seiner Hobbys: gut essen und Detektiv spielen. Denn da gab es ein exquisites Fünfgängemenü, in das Lesungen aus einem aktuellen Kriminalroman eingebettet waren. Alfred liebte das Kriminalisieren über alles.

Er wollte nur noch die Lounge aufräumen, die sich gleich neben der Rezeption befand. In einer Ecke hatten sich Illustrierte und abgelegte Tageszeitungen gestapelt. Es wird Zeit, die zu entsorgen, nahm er sich vor. Als sein Blick auf die Schlagzeile des obersten Blattes fiel, stutzte er.

»Tödlicher Sturz vom Drachenfels. Wie die Landauer Polizei erst jetzt mitteilte, ereignete sich am vergangenen Dienstag ein tragischer Unfall auf der Ruine Drachenfels bei Busenberg. Die Touristin Mirja B. aus Lübeck/Schleswig-Holstein ist bei ihrem Versuch, den steilen Sandstein-

felsen bei regnerischem Wetter zu erklettern, ausgerutscht und über das primitive Eisengeländer in die Tiefe gestürzt. Sie konnte nur noch tot geborgen werden. Dieser Vorfall hat erneut die Diskussion um eine bessere Sicherung unserer historischen Kulturgüter angeheizt. Der zuständige Bürgermeister lehnte jegliche …«

Das Weitere interessierte Alfred nicht. Er betrachtete das Foto, das den Unfallort zeigte, genauer. Die Polizei hatte die untere Plattform mit einem Absperrband umgrenzt. Das fragliche Geländer war ganz leicht verbogen. Ein gelbrot gestreifter Schal lag davor, hervorgehoben durch eine Markierung der Spurensicherung, einem gelben Schild mit einer Zahl.

Alfred kannte den Drachenfels. Er wusste, dass es an dieser Stelle steil hinabging. Doch dass da jemand bei regnerischem Wetter so nahe an die Kante trat, ausrutschte und zu Tode stürzte, das hielt er für sehr unwahrscheinlich. So leichtsinnig konnte kein Mensch sein. Es wird sich wohl eher um einen Suizid gehandelt haben, überlegte Alfred.

Oder um Mord. In dem Portier erwachte seine Leidenschaft, Privatdetektiv zu spielen. Dieser Schal kam ihm bekannt vor. Richtig, jetzt erinnerte er sich. Das musste wenige Tage vor dem besagten Dienstag gewesen sein. Er hatte in Landau Einkäufe erledigt, als ihm eine Dame mit gelb-rot gestreiftem Schal auffiel, die gerade aus einer Boutique kam und Richtung Rathausplatz schlenderte. Die schlichte Eleganz und die auffällige Schönheit der Frau gefielen ihm. Was ihm weniger gefiel, war der finstere Typ mit der Schiebermütze, der ihr offensichtlich heimlich folgte. Alfred kannte das aus den Fernsehkrimis.

Instinktiv zückte er sein Smartphone und schoss ein paar Fotos von den beiden. Dann machte er sich an den Schiebermützentyp heran. Der bemerkte ihn nicht, weil er gerade mit seinem eigenen Handy beschäftigt war. Alfred überholte ihn. Dabei bekam er ein paar Worte mit, die der Kerl ins Handy sprach.

»Chef, ich weiß jetzt, wo sie logiert. Soll ich ihr weiter auf den Fersen bleiben?«

Den Rest bekam Alfred nicht mit. Sie hatten inzwischen den Rathausplatz erreicht. Um nicht aufzufallen, betrat Alfred den nächstbesten Laden und ließ den Mann vorbeigehen. Der hatte jetzt sein Handy wieder eingesteckt, schlug jedoch einen anderen Weg als die Frau ein. Wahrscheinlich hat er von seinem Chef eine neue Anweisung bekommen, schlussfolgerte Alfred.

Der Portier überlegte kurz, wem er weiter auf den Fersen bleiben sollte. Er entschied sich für den Schiebermützentyp. Der steuerte eine kleine Pension am Westring an und verschwand in einem dunklen Durchgang. Alfred kannte die Pension. Ein alter Bekannter von der Hotelfachschule arbeitete dort am Empfang.

Alfred wartete eine gute halbe Stunde, dann trat der Verdächtige wieder auf die Straße. Er hatte sich umgezogen, sah jetzt viel seriöser aus, fast wie ein Handlungsreisender. Statt der Schiebermütze trug er nun einen gediegenen Herrenhut aus schwarzem Filz. Eine stark getönte Hornbrille verdeckte seine Augen. Alfred wartete, bis der Kerl um die Ecke verschwunden war, dann stattete er der Pension einen Besuch ab.

Das Zimmer des Gastes durfte er nicht betreten, dafür hatte er als Profi Verständnis. Immerhin berichtete der Kollege, dass sein Gast Besuch von einem anderen Mann, offenbar ebenfalls einem Norddeutschen bekommen hatte, der ihn mit *Mörtel* ansprach. Zu seinem Leidwesen war damit aber sein aufregender Fall vorerst beendet, denn weder Mörtel noch die Dame mit dem Schal bekam er je wieder zu Gesicht.

Nun stand Alfred in der Lounge seines Hotels und hielt die Zeitungsmeldung jenes Tages in der Hand. Jetzt fügen sich einige Puzzleteile zusammen, meinte er. Doch die Lösung des Falls – und er war sich sicher, dass es sich um ein Kriminaldelikt handelte – blieb ihm versagt. Alfred beschloss, morgen in Landau bei der Kripo vorbeizuschauen und seine Beobachtungen zu Protokoll zu geben.

8. KAPITEL – OSTSEESAND

Harry stiefelte mürrisch durch den lockeren Sand, der mit jedem Schritt nachgab, sodass ihm das Gehen schwerfiel. Wegen des starken Ostwinds hatte er den Kragen seiner abgewetzten Jacke bis zu den Ohren hochgestellt. Die Hände ballte er in den Taschen zu Fäusten.

»Schlechte Zeiten für ehrliche Menschen«, beteuerte er lautstark, doch der Wind verwehte seine Worte. Ohnehin hätte ihm niemand zugehört, nicht, weil er ein Vagabund war und auch so aussah, sondern weil sich bei dem Sauwetter kein vernünftiger Mensch auf den Priwallstrand verirrte. In den Ferienbungalows oberhalb der Sanddüne herrschte Totenstille. Kein offenes Fenster, kein Licht, keine Menschenseele weit und breit.

Aber das kam Harry gerade recht. Wieder einmal war er knapp bei Kasse, und dabei verspürte er ausgerechnet heute einen richtigen Jieper auf einen Schluck Köm. Aus langjähriger Erfahrung wusste er, dass es in den Bungalows immer die eine oder andere Flasche Schnaps zur Selbstbedienung gab. Einbrechen wollte er nicht, schließlich hielt er sich für einen ehrlichen Menschen. Er hatte eine Nase dafür, wo die Besitzer die Schlüssel ihrer Ferienwohnungen versteckten. An den neumodischen Wertsachen wie Fernsehern oder Telefonen war er nicht interessiert, auch nicht an den ungeöffneten Schnapsflaschen im Kühlschrank. Nur an angebrochene Flaschen machte er sich ran. Das war legaler Mundraub, denn das Zeugs musste ja entsorgt werden, bevor es ungenießbar wurde.

Der etwas größere Bungalow am Ende der Vorderreihe erweckte seine Aufmerksamkeit. Wie immer schlich er erst in großem Bogen um sein Zielobjekt herum, um sicherzugehen, dass sich niemand im Gebäude aufhielt. Alles war ruhig. Nichts tat sich, weder vor noch in dem Haus. Kein Auto in der Einfahrt, kein Fahrrad am Zaun, keine Kinderspielsachen auf dem Rasen.

Behutsam zwängte er sich durch die Hecke, die den Bungalow vom Weg abschirmte, und bewegte sich auf die große Glasfront zu. Von hier hat man einen wunderbaren Blick auf die See, dachte er voller Neid, denn so ein Zuhause konnte er sich nicht leisten.

Von der Seite her wagte er einen Blick ins Innere. Auch da regte sich nichts. Schon wollte Harry sich daran machen, das Schlüsselversteck zu suchen, da fuhr ihm ein riesiger Schreck in die Knochen.

Da war ja doch jemand im Wohnzimmer. Und der schlief im Sessel direkt neben dem Fernseher. Instinktiv duckte sich Harry. Jetzt nichts wie weg hier, war sein erster Gedanke, ehe der aufwacht.

Er tat ein paar Schritte rückwärts, vorsichtig mit den Händen die Wand entlangtastend. Plötzlich fiel ihm etwas ein. Wieso lag der da in seinem Sessel und kein Auto stand vor der Tür? Nicht einmal ein Fahrrad. Leute dieser Wohnkategorie kamen nie zu Fuß an den Ostseestrand. Hatte er sich etwa getäuscht?

Harry beschloss, einen zweiten Angriff zu wagen. Ganz langsam lugte er um die Ecke und spähte angestrengt in das Zimmer hinein.

In der Tat, da lag jemand offenbar schlafend im Sessel, mit gespreizten Beinen und zur Seite baumelnden Armen.

Ganz unnatürlich sieht das aus, überlegte Harry. Und sein Kopf ist so merkwürdig verrenkt. So kann ein normaler Mensch nicht schlafen.

Der Vagabund wartete eine Weile, doch nichts rührte sich da drinnen. Jetzt wurde er schon etwas mutiger und presste die Nase an die Glasscheibe, um alles möglichst genau sehen zu können.

Die Augen des Mannes waren geschlossen, als schliefe er. In seinem Mundwinkel hatte sich eine weiße Masse gebildet, die auch auf seine Brust heruntergetropft war. Ganz offenbar atmete er nicht.

»Verdammt«, fluchte Harry. »Wenn der nicht hopps is', fresse ich 'nen Besen!«

Sein Jieper auf einen Schnaps war schlagartig verflogen. »'n Toter is' 'ne Nummer zu groß für mich. Das muss ich melden, das bin ich dem lieben Gott schuldig!«

Harry zog sich eilig zurück und lief den befestigten Weg zurück zur Anlegestelle der Priwallfähre. Ganz aufgeregt stürmte er in die kleine Kneipe neben dem Pier.

»Mann, da is' 'ne Leiche oben in dem letzten Bungalow in der Vorderreihe!«, rief er, kaum hatte er den von Zigarettenrauch verqualmten Raum betreten. Dort saßen der Wirt und ein Gast zusammen bei einem Bier. Der Gast blickte Harry nur verächtlich an. Wohl zu viel gesoffen, dachte er. Aber der Wirt kannte Harry. Der war zwar kein gern gesehener Kunde, dafür waren zu viele Striche auf seiner Rechnung. Aber Harry war immerhin ein anständiger Kerl, wusste der Wirt. Kein Spinner.

»Erzähl!«, forderte er Harry auf.

Der Vagabund berichtete von seinen Beobachtungen, tat aber so, als hätte er in dem Bungalow nur nach dem

Rechten sehen wollen. Der Wirt ahnte zwar, dass eher eine Schnapsflasche als der Ordnungssinn Harry auf den Priwall geführt hatte, doch er sagte nichts. Er ging ans Telefon und rief die Polizei an.

*

Als Kriminalhauptkommissar Kroll in dem Ferienbungalow auf dem Priwall eintraf, war sein Assistent Hopfinger bereits mit der Spurensicherung bei der Arbeit.

»Also Chef, die ersten Fakten stehen bereits fest. Bei der Leiche handelt es sich um Beton-Müller. Das hier ist sein Feriendomizil. Den Hausschlüssel fanden wir in seiner Jackentasche. Außerdem steckte dort die aufgebrauchte Packung eines starken Mittels gegen Herzinsuffizienz namens *Corasanol plus*. Dem ersten Augenschein nach muss der Mann seit etwa 24 Stunden tot sein. Anzeichen von äußerer Gewaltanwendung haben wir bisher nicht feststellen können.«

Hopfinger bemerkte, dass sich Kroll für die weißen Kapseln interessierte, die teilweise aus Müllers weit aufgerissenem Mund herausquollen. »Bei dem Zeugs handelt es sich höchstwahrscheinlich um eine Droge oder eine Dopingsubstanz. Genaueres muss die Obduktion ergeben.«

»Gute Arbeit, Hopfinger«, lobte ihn Kroll. »Wie es aussieht, wird Müller das ja wohl nicht freiwillig geschluckt haben. Also muss zum Zeitpunkt des Todes noch jemand hier gewesen sein. Gibt es dafür schon Anhaltspunkte?«

»Zunächst einmal muss festgehalten werden, dass es keinen gewaltsamen Einbruch ins Haus gegeben hat. Offenbar hat Müller den oder die Personen selber hereingelassen. Es spricht einiges dafür, dass er sie kannte, denn Vertreter oder Klingelputzer meiden abgelegenene Feriensiedlungen wie diese ...«

Hopfinger bückte sich und zeigte auf Müllers Füße. »Den Kollegen von der Spurensicherung ist ein wichtiger Fakt aufgefallen. Überall im Eingangsbereich und hier im Wohnzimmer befinden sich geringfügige Ablagerungen von Sand, der wohl vom Strand herrührt. Das wäre an sich nichts Ungewöhnliches, denn den trägt jeder von uns sofort mit seinen Schuhen ins Haus. Das Komische ist, dass wir unter Müllers Schuhsohlen nicht den geringsten Sandkrümel dieser Art gefunden haben.«

Der Assistent richtete sich mit wichtigtuerischer Miene wieder auf. »Da der Mensch ja nun mal nicht fliegen kann, gibt es eigentlich nur noch die Erklärung, dass ihn jemand in den Sessel getragen haben muss.«

»Oder aber,« ergänzte Kroll, »dass er die Schuhe vor seinem Tod wechselte, beziehungsweise jemand sie ihm ausgezogen und durch saubere ersetzt hat.« Hopfinger blickte seinen Chef verwundert an. Doch der fuhr ungerührt fort: »Wie dem auch sei. Das ist ein weiteres Indiz, dass Verdinand B. Müller nicht allein verstorben ist.«

Kroll fischte sich vorsichtig eine der weißen Kapseln, die auf Müllers Schoß gefallen waren, und roch daran. »Bevor wir weiter spekulieren, sollten wir wissen, um was es sich da handelt. Wenn das der gleiche Dopingstoff ist, an dem die Tote unter dem Brüllbeton verstorben ist, und das liegt nach all dem nahe, was wir über Müller wissen, dann muss eine solch massive Einnahme von Kapseln mit Sicherheit tödlich gewirkt haben. Jedenfalls können wir in unseren Ermittlungen weder einen Suizid noch einen Mord ausschließen.«

Inzwischen war auch der Gerichtsmediziner eingetroffen. Nach seinen ersten Untersuchungen kam er zu dem Urteil: »Ohne den Ergebnissen der Obduktion vorzugreifen, steht für mich fest, dass der Tod vor mindestens 24 Stunden eingetreten ist, nicht früher. Auch kann ich mit fast an Sicherheit grenzender Wahrscheinlichkeit sagen, dass die weiße chemische Substanz, deren Zusammensetzung ich allerdings noch nicht kenne, dem Mann erst nach seinem Tod in den Rachenraum getrichtert wurde. Viele Merkmale sprechen für einen letalen Herzinfarkt. Mehr kann ich im Moment nicht sagen.«

Den beiden Kriminalbeamten genügte jedoch auch das schon, um sich verwundert gegenseitig anzuschauen. »Mensch, Hopfinger, ich werde das Gefühl nicht los, dass das die Sache nur noch komplizierter macht. Unfall oder Suizid wären damit ja wohl erst einmal auszuschließen. Und wer weiß, vielleicht sind Tatort und Fundort wieder einmal nicht identisch. So wie bei dem Mord an Mirja, ich meine an Müllers Sekretärin. Kommen Sie mit, ich brauche ein wenig frische Luft in den Kopf.«

Die beiden verließen das Haus und schlenderten das Ostseeufer Richtung Rosenhagen hoch. »Vor über 20 Jahren war hier noch Stacheldraht«, dozierte Kroll. »Da wäre niemand ohne Sondergenehmigung durchgekommen. Der hätte wohl auch den Dopingschmuggel zwischen Ost und West unterbunden.«

Ob Kroll sich da nicht vielleicht täuscht?, sinnierte Hopfinger, der diese Zeit als Jugendlicher nur am Rande erlebt hatte.

Lange Zeit gingen sie schweigend nebeneinander her, jeder in seine Gedanken vertieft. Irgendwann blieb Kroll stehen. Er bückte sich und warf ein paar Kieselsteine so flach über das Wasser, dass sie mehrfach über die Oberfläche hüpften, ehe sie weit draußen versanken. Im *Ditschen*, so nennen die Norddeutschen diese Geschicklichkeitsübung, war er ein Meister. Hopfinger versuchte, es ihm nachzumachen, musste aber kläglich eingestehen, dass er die komplizierte Technik nicht sonderlich beherrschte.

Währenddessen brachte Kroll das Gespräch auf den aktuellen Fall zurück. »Vielleicht sollten wir uns mal erste Gedanken über die Motive machen. Was meinen Sie?«

Hopfinger überlegte eine Weile. Endlich hatte auch er den Dreh mit dem Ditschen heraus, zumindest fürs Erste. Dann antwortete er: »Tatmotive? – Tja, da sehe ich im Moment zwei Möglichkeiten. Die erste wäre die klassische: Liebe und Eifersucht, Beziehungsdrama. Das Dreiecksverhältnis Verdinand – Chantal – Grigorij. Und dann noch die betrogene Ehefrau. Da ist ja alles drin, wie wir auf dem Radsportfest gesehen haben. Die zweite Variante wäre der Krieg zwischen den Drogen- und Dopingbanden. Auch dafür hätten wir genügend Hinweise.«

Kroll nickte zustimmend. »Ja, das sehe ich auch so. Allerdings sollten wir einen anderen Klassiker nicht ausschließen: Erbschleicherei. Schließlich hinterlässt der Betonbaron ein ziemliches Erbe.« Kroll kratzte sich nachdenklich am Kopf und schränkte ein: »Obwohl – weder seiner charmanten Ehefrau Amelie noch seinem introvertierten Sohn Kevin traue ich eine solche Tat zu.«

Hopfinger wagte, ihm zu widersprechen. »Wenn ich was von Ihnen als Ihr Assistent gelernt habe, Chef, dann das, dass man nie dem Äußeren eines Menschen trauen sollte. Also für mich sieht das alles eher nach einem Familiendrama aus. Schließlich muss Müller seinem Mörder selber die Tür geöffnet haben. Außerdem wickeln die Drogenbanden ihre Fehden eher mit der Pistole oder dem Messer aus, nicht mit Dopingkapseln.«

»Gut gebrüllt, Löwe«, entgegnete Kroll, dem es gefiel, dass sein Assistent endlich mal versuchte, einen eigenen Weg zu gehen. »Aber erstens können wir annehmen, dass Müller bereits tot in den Bungalow getragen wurde. Und das wäre für eine so zierliche Musikerin wie Amelie wohl kaum machbar. Und außerdem: Wer anderes als die Dopingdealer kommt an das Zeugs heran, das in seinem Rachen steckte?«

Kroll hörte mit dem Ditschen auf und zeichnete mit der Schuhspitze einen Kreis in den feuchten Sand. »Vergessen wir nicht den sagenumwobenen *Zarewitsch*. Das könnte Grigorij sein, der in seiner Gruppe immerhin den Spitznamen *Zar* hat. In meinen Augen erfüllt der alle Bedingungen für ein zentrales Mitglied einer Drogenmaffia. Und wenn wir dann auch noch Chantal dazurechnen, hätten wir gleich beides in einem Topf: Beziehungsdrama und Drogenkrieg.«

Der Kriminalhauptkommissar wischte den Kreis im Sand mit einer entschlossenen Fußbewegung wieder aus. »Schluss mit den Spekulationen. Auf jeden Fall müssen wir sofort morgen früh folgendes veranlassen: Erstens – Visite im Hause Müller, um die Witwe zu informieren und seinen privaten Rechner beschlagnahmen, wenn es der Staatsanwalt genehmigt. Auch den seiner Ehefrau. Zweitens, parallel dazu – Razzia in seiner Firma. Stichwort FB 67/Q. Drittens – die Spur Grigorij Rosenholz verfolgen. Viertens – Kontakt mit dem Hamburger Drogendezernat zwecks Absprache in Bezug auf den aktuellen Todesfall.«

Als die beiden wieder auf den Asphaltweg zur Anlegestelle der Priwallfähre traten, wischte sich Kroll den Sand von den Schuhen. »Und noch eins, Hopfinger. Solang der Obduktionsbericht aussteht, sollten wir vorläufig so wenig wie möglich von unseren bisherigen Ermittlungen nach außen tragen. Todesursache Herzstillstand, also kein Wort über die merkwürdigen Begleitumstände, vor allem nichts über die weißen Kapseln im Rachen des Toten.«

Als die Männer die Fähre betraten, die sie rüber nach Travemünde brachte, fiel Kroll ein: »Vorläufig wäre es besser, in Müllers Firma doch noch keine Razzia vorzunehmen. Das würde die etwaigen Komplizen nur warnen. Aber sie unauffällig beobachten und feststellen, wer da ein und aus geht.«

*

Am folgenden Tag stürmte Hopfinger aufgeregt in Krolls Büro, ohne vorher anzuklopfen. »'tschuldigung, Chef, aber es ist wichtig. Gestern Abend ist ein Fax eingegangen aus Landau von Ihrem Freund Arnsberg. Sie waren ja schon fort, und da musste ich mich selber um diese Sache kümmern, ehe …«

»Schon gut, Hopfinger«, unterbrach ihn Kroll, der gerade an einem Kaffee nippte, den er sich aus dem Automaten gezogen hatte. Eigentlich mochte er die Brühe nicht besonders, aber zum Munterwerden reichte es. »Was gibt's Neues aus der Pfalz?«

»Es geht um einen gewissen Alfred.«

Kroll verschluckte sich fast, als er den Namen hörte. Alfred war doch dieser neugierige, verdächtig umherschwirrende Portier in dem Leinsweiler Hotel. Was hatte der mit dem Fall zu schaffen? Mit leicht ironischem Unterton fragte Kroll: »Und, hat Bernhard ihn als den Mörder von Mirja entlarvt?«

Hopfinger schaute seinen Chef verwirrt an. Er verstand die Anspielung nicht. Betont sachlich entgegnete er: »Im Gegenteil. Jener Alfred scheint gern Privatdetektiv zu spielen. Und es sieht so aus, als ob er in unserem Fall ein wesentliches Detail herausgefunden hat.«

Kroll musste innerlich schmunzeln. Alfred, den er damals bereits in die Liste der Verdächtigen aufgenommen hatte, entpuppte sich als ein Hobbykollege. So leicht konnte einem die vermeintliche Menschenkenntnis einen Streich spielen. Das darf mir in diesem Fall nicht noch einmal passieren, nahm sich der Kriminalbeamte vor.

Sein Assistent erzählte ihm Alfreds Geschichte. Hopfinger hatte sofort den Bezug zum Fall *Brüllbeton* hergestellt und die aktuellen Daten und Fotos mit der Landauer Polizei ausgetauscht. Alfreds Kollege von der Pension am Westring identifizierte Mörtels Besucher einwandfrei als Beton-Müller. Umgekehrt zeigten Alfreds Handyaufnahmen jenen Mörtel zusammen mit der ermordeten Mirja Brandinger.

»Damit steht fest, dass Müller und sein Kumpane sich zur Tatzeit in Landau aufhielten. Wir sollten uns jetzt auf diesen Mörtel konzentrieren«, schloss Hopfinger seinen Bericht ab.

»Gute Arbeit«, gestand ihm Kroll zu. »Wir wissen jetzt, wie er aussieht, und wir wissen, dass er bei der *Hoch und Tief Müller GmbH* arbeitet. Also an die Arbeit. Wie ich gestern schon sagte: die Baufirma möglichst rund um die Uhr beobachten. Ebenso diesen Grigorij Rosenholz«.

Das riecht nach Überstunden, ahnte Hopfinger. Eigentlich würde ich meine Zeit lieber mit Julia verbringen. Radfahren durch die Holsteinische Schweiz. Und mal in eine richtige Oper gehen. *Tristan und Isolde* vielleicht, die wird ja gerade im Theater gespielt. Geht es da nicht auch um Drogen?

9. KAPITEL – KOMMUNIKATIVE EINSÄTZE

Am Nachmittag fuhr Kroll zur Villa der Familie Müller in die Roeckstraße, um die Witwe vom Tod ihres Mannes zu unterrichten. Vor der Einfahrt hielt gerade ein Taxi. Amelie stieg aus, und der Fahrer stellte ihre Koffer vor die Eingangstür. Nachdem sie den Fahrpreis bezahlt hatte, ging Kroll auf sie zu.

Sie erkannte den Kriminalbeamten sofort wieder. »Schon wieder die Polizei in unserem Haus?«, fragte sie vorsichtig, aber nicht abweisend. »Wie Sie sehen, komme ich gerade erst zurück.«

Sie suchte umständlich in ihrer Handtasche nach dem Schlüssel. »Ich war für ein paar Tage in Berlin zu einem Vorspielen bei den Philharmonikern«, ergänzte sie mit hörbarem Stolz in der Stimme. »Sie wollen wohl sicherlich Kevin sprechen? Ich weiß gar nicht, ob er überhaupt im Haus ist.«

Endlich fand sie den Schlüssel und sperrte die Tür auf. Kroll wollte nicht gleich auf den Punkt kommen und wich ihrer Frage mit einer Gegenfrage aus: »Kann ich Ihnen beim Hereintragen der Koffer behilflich sein? Ich sehe, ich bin im falschen Augenblick gekommen, aber ich fürchte, dass mein Besuch keinen Aufschub mehr duldet.«

»Gibt es denn etwas Neues im Fall Mirja?«

»Ja und nein. Das würde ich gerne mit Kevin und Ihnen in Ruhe besprechen, aber ungern hier draußen vor der Tür.«

Amelie rief durch die offene Tür ins Haus: »Kevin?« Niemand antwortete. »Nicht da, wie ich vermutete. Aber kommen Sie doch rein. Und vielen Dank, dass Sie mir bei den Koffern geholfen haben.«

Während Kroll die Koffer in den Flur stellte, legte Amelie ihren Mantel ab. Um langsam die Unterredung zu beginnen, fragte er: »Hatten Sie denn Erfolg bei ihrem Vorspielen in Berlin? Bei den Philharmonikern zu spielen, ist doch bestimmt eine große Ehre für eine Musikerin.«

»Oh ja, danke. Ich habe gleich zwei Abende bestritten. Zunächst sollte ich bei einer Kammermusiksoiree einspringen, und dann hatte ich das Vorspielen vor dem gesamten Orchester. Das 4. Violinkonzert von Mozart. Sehr anspruchsvolle Literatur. Aber es hat mir viel Freude gemacht, und ich bin sicher, dass ich genommen werde.«

»Sie scheinen sehr vielseitig zu sein«, sagte Kroll anerkennend. »Übrigens hat mir die Show neulich auf dem Radsportfest außerordentlich gut gefallen. Das ist internationales Spitzenniveau, wenn ich das mal so ausdrücken darf.«

»Ach was«, wehrte Amelie das Lob ab. »Eigentlich möchte ich mich mittelfristig aus dieser Gruppe zurückziehen. Nach unseren Auftritten bei der Tour de France fange ich bei den Philharmonikern in Berlin an. Das ist was Seriöses, das liegt mir mehr am Herzen als die Abba-Show.«

Sie nahmen an dem kleinen Tisch im Wohnraum Platz, an dem Kroll schon bei seinem ersten Besuch gesessen hatte. Amelie bot ihrem Gast etwas zu trinken an, doch der wehrte freundlich dankend ab.

»Und außerdem …«, Amelie sprach ganz leise und eindringlich, »mein Mann und ich werden uns trennen, und ich ziehe ganz nach Berlin um. Mit unserer Ehe ist es nicht gut bestellt, wie Sie ja wohl auf dem Fest bemerkt haben werden.«

Die Frau kam Kroll jetzt recht einsam und verloren vor, fast so zerbrechlich wie die Figuren in der Glasmenagerie, die in dem zierlichen Schrank an der Seite vor sich hindämmerten. Er beschloss, auf den Grund seines Besuchs zu sprechen zu kommen.

»Nun, Frau Müller, das zu beurteilen steht mir nicht zu. Allerdings bin ich hier, weil es um Ihr Privatleben geht.« Er atmete tief durch und machte eine bedeutsame Pause. Dann fuhr er in festem Ton fort: »Genauer gesagt, es geht um Ihren Gatten. Ich muss Ihnen mitteilen, dass …«

Amelie unterbrach ihn mit plötzlich nervöser Stimme: »Mein Mann? Also sind Sie nicht wegen Mirja hier? Was ist mit ihm?«

»Es bedrückt mir sehr, Ihnen sagen zu müssen, dass …«

Wieder konnte Kroll nicht ausreden. »Ist meinem Mann etwas zugestoßen? Zögern Sie nicht, es mir zu sagen. Er leidet an einer schweren Herzschwäche. Da muss man auf alles gefasst sein.«

»Sie sagen es, gnädige Frau. Ihr Mann ist letzte Nacht an einem Herzversagen gestorben.«

Eine Minute lang herrschte Stille im Raum. Amelie verharrte bewegungslos auf ihrem Stuhl und schien durch Kroll hindurchzuschauen. Dann stand sie abrupt auf und trat an die große Glasfront zum Garten hin. Ihr Blick schien über die Wakenitz zu schweifen, doch Kroll konnte ihr Gesicht nicht sehen. Es spiegelte sich nur sehr vage im Fensterglas. Ihre Hände hielt sie hinter ihrem Rücken verschränkt. Sie stand starr und aufrecht da, nur die Finger rieb sie nervös gegeneinander.

Sie tat Kroll leid, doch er wagte nicht, die Stille zu durchbrechen. Nach einiger Zeit drehte Amelie sich wieder um. Ihre Gesichtszüge waren deutlich angespannt. Die Augen flackerten unstet hin und her, jedoch konnte Kroll keine

Tränen erkennen. Sie muss die Nachricht geahnt haben, ging es ihm durch den Kopf. Offenbar hatte sie sich wieder gefasst.

»Mein aufrichtiges Beileid«, murmelte er ungeschickt.

»Nun, Herr Kriminalrat«, antwortete sie mit heiserer Stimme. Kroll wollte sie in diesem Moment nicht daran erinnern, dass sie ihn wieder mit einem falschen Dienstgrad titulierte. »Ich will Ihnen nichts vormachen. Im Grunde genommen habe ich schon längst mit dieser Nachricht gerechnet. Verdinand musste sehr starke Medikamente nehmen, müssen Sie wissen. Wenn er die mal vergaß und kein Arzt in der Nähe war, hatte er schlechte Karten. Aber sein Lebenswandel war eben alles andere als gesund. Er rauchte viel. Und über seine Liebesabenteuer will ich jetzt nicht sprechen. Das haben Sie ja selber erlebt.«

»Ich bin ehrlich gesagt froh, dass Sie die Nachricht so gefasst aufnehmen. Und ich möchte nicht verhehlen, Ihnen meine Hochachtung dafür auszusprechen. Sie werden jetzt wohl eine schwere Zeit durchmachen müssen. Was Ihren Stiefsohn betrifft …«

»Bitte überlassen Sie es mir, Kevin zu informieren«, fiel sie ihm ins Wort. »Er ist so sensibel, und ich weiß wohl am besten, wie man ihm die Nachricht schonend beibringen kann.«

»Aber natürlich, Frau Müller. Die Polizei hält sich da gern im Hintergrund. Wegen der Herzinsuffizienz würde ich allerdings gern mit Ihrem Hausarzt sprechen. Wer ist das, wenn ich fragen darf?«

Amelie nannte ihm Name und Adresse, was sich Kroll gleich notierte. Dann sagte er: »Da wäre allerdings noch ein anderer Punkt, den ich ansprechen muss. Es geht um die Nachforschungen im Fall Mirja. Wir sind da auf Dinge gestoßen, die ich Ihnen leider aus ermittlungstechnischen Gründen nicht erläutern kann. Sie betreffen allerdings auch Ihren verstorbenen Mann.«

Amelie schwieg. Sie schien mit ihren Gedanken woanders zu sein. »Hätten Sie etwas dagegen«, fuhr Kroll fort, »wenn sich unsere Beamten im Arbeitszimmer Ihres Mannes umschauen würden? Wir sind sicher, dass wir da weitere Hinweise auf den Fall finden. Wichtig wären für uns vor allem die Computer im Haus. Also auch ihrer und der von Kevin.«

Die Hausherrin schien keine Einwände zu haben: »Aber bitte, das ist für uns kein Problem. Wir haben nichts zu verbergen. Und wenn es um die Aufklärung von Mirjas Tod geht, können Sie unserer Unterstützung sicher sein.«

Kroll rief per Handy seine Kollegen an, damit die Geräte abgeholt werden konnten. Bis sie eintrafen, plauderte er mit Amelie über die Schmetterlingssammlung und die Glasmenagerie. Die Sammlerin schien froh zu sein, von ihren düsteren Gedanken abgelenkt zu werden und erklärte dem Kriminalbeamten jedes Detail.

Nachdem die Kollegen das Arbeitszimmer durchsucht und die Computer sichergestellt hatten, verschwanden sie schnell wieder. Dann trat Kroll vor die Verandascheibe und deutete in den Garten hinaus: »Und das alles wollen Sie aufgeben? Das schöne Lübeck, diese herrliche Lage an der Wakenitz, den schönen Garten mit eigenem Anlegesteg? All dem ein Ende machen, um sich in den Häuserschluchten der Großstadt Berlin zu verlieren? Und was wird aus Kevin?«

Amelie schien wieder neuen Mut gefasst zu haben. »Ach wissen Sie, das Leben geht weiter. Und wenn ich ehrlich bin, weine ich Verdinand keine Träne nach. Dazu haben wir uns in den letzten Jahren zu sehr auseinandergelebt. Und Kevin? Er wird seine Schule bald abgeschlossen haben. Vielleicht kommt er dann nach Berlin nach. Dort hat er mit seinen Fähigkeiten auf dem Gebiet der Ton- und Lichttechnik ohnehin mehr Chancen als hier in der Provinz.«

Das Wort *Provinz* hörte Kroll nicht gern, aber der Respekt vor der trauernden Witwe verbot ihm jegliche Widerrede. Mit wenigen höflichen Worten verabschiedete er sich. Sie tat ihm leid, auch wenn er in ihren letzten Worten eine gehörige Portion Überheblichkeit heraushörte, eine Eigenschaft, die er nicht besonders leiden konnte.

*

Hopfinger war es gelungen, den lästigen Routinejob mit der Überwachung von Müllers Baufirma fürs Erste einem untergeordneten Kollegen aufzubürden. Stattdessen konzentrierte er sich darauf, die Spur Grigorij Rosenholz' zu verfolgen. Er überlegte sich, dass es erst einmal besser war, sich an dessen frühere Geliebte Chantal Lafayette, Bratschistin im ›String Event International‹ und bis vor Kurzem Gefährtin des dahingeschiedenen Beton-Müller, heranzumachen.

Er wusste, dass die Musikerin im Städtischen Orchester spielte und zurzeit im Theater anzutreffen war, wo sie bei den Proben zum *Tristan* mitwirkte. Genauer gesagt war es Hopfingers neue Radsportfreundin Julia, die ihm diesen Tipp gegeben hatte. Seit ihrem gemeinsamen Mallorca-Radurlaub verstanden sich die beiden sehr gut. Und sie ergänzten sich perfekt. Julia war für das Kulturelle, Hopfinger für das Gesellige zuständig. Ihr Hobby war die klassische Richtung, seines die Popmusik.

Also entschloss sich Hopfinger, Julia zu dem kommunikativen Einsatz, wie er sich auszudrücken pflegte, mitzunehmen. Das ist ein Gespräch mit dem polizeilichen Gegenüber, das noch nicht den Charakter einer Vernehmung hatte, erklärte er ihr. Nicht nur, dass er hoffte, von ihren musikalischen Fachkenntnissen zu profitieren, auch wollte er sie stolz in seine spannende Arbeitswelt als Kriminalbeamter einführen.

Die beiden setzten sich in die Kantine des Theaters und warteten, bis der Dirigent eine Pause anberaumte. Als Chantal in Begleitung einiger Kollegen erschien, winkte Hopfinger sie sofort an seinen Tisch.

»Sie sind doch die charmante Bratschistin vom ›String Event International‹. Ich habe Sie neulich auf dem Radsportfest gesehen. Meine Freundin Julia und ich waren ganz hingerissen von der brillanten Show, und wir hätten gern ein Autogramm von Ihnen.«

Chantal lächelte verschmitzt. »Ja. Und auch ich erkenne Sie wieder. Sie sind doch einer von den beiden Bullen, die uns auf dem Fest überwacht haben. Mein Freund Verdinand hat mir das erzählt. Unsere Bodyguards, wie er es ausdrückte. Das fanden wir auch ganz nett, aber ich meinerseits kann durchaus auf ein Autogramm von Ihnen verzichten.«

Julia fand, dass sie mit ihrer weiblichen Vermittlungsgabe die etwas angespannte Situation entschärfen müsste. »Oh, das kann ich verstehen. Die Polizei tut ihre Pflicht, ohne an eine Belohnung zu denken. «

»Ach«, unterbrach sie Chantal. »Sind Sie auch bei der Polizei? So sehen Sie gar nicht aus. Aber ich kann mir denken, warum Sie hier sind. Nicht wegen des Autogramms.«

Hopfinger fand die Dame etwas zu direkt und wollte sich rechtfertigen, doch sie ließ ihm keine Gelegenheit dazu. »Sie sind wegen Verdinand hier, nicht wahr?«

Der Kommissar stutzte für einen kurzen Moment. Dann rettete er sich mit einer Gegenfrage, was er gern tat, wenn er sich provoziert fühlte. »Woher wissen Sie das mit Herrn Müller? Die Todesanzeige stand doch noch gar nicht in der Zeitung.«

»Ach wissen Sie, unter Musikern verbreiten sich manche Gerüchte viel schneller als eine Zeitungsmeldung.« Chantal senkte den Kopf und wischte sich theatralisch eine imaginäre Träne aus dem Augenwinkel. »Außerdem, eine Frau hat so ihre Intuitionen. Julia wird verstehen, was ich meine. Verdinand hat sich nun seit mehreren Tagen nicht bei mir gemeldet. Da ahnte ich, dass etwas geschehen war. Grigorij hat es mir vorhin per Handy bestätigt. Woher der das wusste, kann ich Ihnen allerdings nicht sagen.«

Jetzt fühlte Hopfinger sich wieder ganz als Kriminalist. »Gut, Frau Lafayette, dass wir gleich ohne Umschweife zur Sache kommen können. Zunächst muss ich klarstellen, dass es sich bei unserem Gespräch streng genommen nicht um ein Verhör handelt. Julia und ich wollen zunächst nur im kommunikativen Vorfeld mit Ihnen reden. Dennoch können Sie, wenn Sie mögen, jede Aussage verweigern. Das ist Ihr absolutes Recht.«

»Es läuft auch kein geheimes Mikrofon mit«, meinte Julia bekräftigen zu müssen, obwohl Hopfinger die Bemerkung unpassend fand, schließlich waren sie hier nicht in einem Dreh für einen Fernsehkrimi.

Chantal nahm die Angelegenheit locker. »Fragen Sie ruhig, was immer Sie wollen. Ich habe ja schließlich nichts zu verbergen. Allerdings frage ich mich, warum sich die Kripo in den Fall einschaltet. Grigorij sagte, Verdinand wäre eines natürlichen Todes gestorben. An Herzversagen.«

»Schon, das stimmt. Aber wir sind angehalten, die üblichen Routineuntersuchungen durchzuführen. Zumal es Hinweise darauf gibt, dass Herr Müller in Dinge verstrickt war, die die Kriminalpolizei sehr wohl etwas angehen.« Hopfinger beugte sich vor und fragte mit Nachdruck: »Und da müssen wir Sie als seine, wenn ich so sagen darf, letzte Geliebte ganz routinemäßig befragen, ob Sie etwas von diesen Aktivitäten mitbekommen haben.«

Chantal holte ihr Schminktäschchen hervor und begann, sich ihre Lippen umständlich nachzuziehen. Offenbar wollte sie Zeit gewinnen. »Ach, wissen Sie«, sagte sie nach einer Weile, »man hört vieles, jeder sagt dem anderen irgendetwas Schlechtes nach, und unter Musikern brodelt gern die Gerüchteküche. Gerade meine Kollegen aus dem Streichquartett, allen voran Grigorij, haben immer Gift und Galle gespuckt, wenn es um Verdinand ging.«

Sie klappte ihr Schminktäschchen zu und ergänzte: »Aber wenn man sich liebt, so wie Verdinand und ich, dann ist das alles egal. Da hat man nur noch Augen für den anderen, da ist es gleichgültig, was böse Zungen behaupten.«

Julia durchschaute ihren theatralischen Auftritt. »Ehrlich gesagt, Chantal, ich darf Sie doch so nennen?, Sie machen auf mich im Augenblick nicht gerade den Eindruck einer trauernden Witwe. Die würde wohl eher die Wangen pudern, um die Spuren der verweinten Augen zu verdecken, statt sich die Lippen rot zu färben.«

»Ich nehme eben das Leben, wie es ist«, entgegnete Chantal spitz. »Von meiner Musik kann ich nicht leben. Das ist für eine Bratschistin eine brotlose Kunst. Die Welt will die Geigenvirtuosen sehen, die Wunderkinder. Die Bratschenliteratur ist leider nicht aufregend genug dafür.«

Kroll konnte das nicht ganz nachvollziehen. Er wusste zwar, dass eine Bratsche – Julia hätte jetzt bestimmt den Fachausdruck *Viola* benutzt – so etwas wie eine größere Geige ist. Doch warum sollte eine Bratschistin nicht auch eine virtuose Geigerin sein können? Er wurde den Eindruck nicht los, dass die Musikerin eine recht oberflächliche und flatterhafte Person war.

Doch Chantal konnte ihre Ansicht gut begründen: »Meine Bratsche war schon teuer genug.« Mit ironischem Unterton fügte sie hinzu: »Wie sollte ich mir da auch noch eine Stradivari leisten können?«

Julia brachte es auf den Punkt: »Aber der reiche Bauunternehmer Müller hätte das doch locker geschafft, oder?«

»Ist ja wohl nichts Anstößiges dran, sich einen Millionär zu angeln, oder?«, konterte Chantal und brachte ihre Oberweite kokett in Pose. »Sie mit ihrer windschnittigen Sportlerfigur würden das wahrscheinlich nicht schaffen.«

Jetzt war es an Hopfinger, mit seiner männlichen Vermittlungsgabe die wieder etwas angespannte Situation zu entschärfen. »Die Gründe, warum Sie mit Müller liiert waren, interessieren uns nicht. Vielmehr wüsste ich gern, welche Rolle Grigorij in der ganzen Sache spielt.«

»Ach«, antwortete Chantal mit verächtlichem Ton, »der ist zwar als Geiger und Bandleader ein Ausnahmetalent. Aber als Mensch ist er eine Niete. Und mit diesem Idioten war ich mal intim! Ein Angeber, der sich seinen luxuriösen Lebensstil nur deswegen leisten kann, weil er dealt. Und zwar in großem Stil.«

Endlich kommen wir auf den Punkt, dachte Hopfinger und hakte sofort nach: »Was wollen Sie damit sagen?«

»Einfach nur das, was hier in Musikerkreisen ohnehin jeder weiß. Wenn man mal eine Dröhnung nötig hat, braucht man sich nur an den Zaren zu wenden. Vom Joint bis zum Koks. «

»Sie auch?«

»Ja, warum soll ich's leugnen. Ich hatte gute Zeiten und ich hatte schlechte Zeiten. Aber abhängig bin ich nicht und war ich auch nie. So wie Mateo, unser Cellist, dem die Müller-Witwe ja ständig den Kopf verdreht. Überhaupt, diese Schlampe. Spielt die biedere Hausfrau. Giftet mich an, weil ich ihr den Mann ausgespannt habe. Dabei ist sie alles andere als die keusche Adelstochter.«

Das war selbst für den nicht gerade zimperlichen Kommissar zuviel der Tratscherei. »Nun mal nicht gleich alle Fliegen mit einer Klatsche erschlagen. Immer der Reihenfolge nach. Sie sagten, Grigorij würde einen luxuriösen Lebensstil führen. Apropos fahren: Fährt der eigentlich einen schwarzen Bentley?«

Chantal schaute ihn etwas irritiert an. Diese Frage hatte sie nicht erwartet. »Nicht dass ich wüsste, jedenfalls nicht, solang er mein Bett geteilt hat.«

»Und was ist mit seinem Spitznamen? Warum heißt er der *Zarewitsch*?«, schob Hopfinger mit einem lauernden Blick hinterher, denn er hatte bewusst aus dem *Zar* einen *Zarewitsch* gemacht, um zu testen, ob es eventuell eine Querverbindung zum Hamburger Drogenclan gab, wo diese Schreibweise keine unbekannte war.

Aber Chantal schluckte diesen Köder nicht. »*Zarewitsch*? Grigorij ist doch kein Operettenbaron. Alle nennen ihn den

Zar, erstens, weil er aus Russland kommt, und zweitens, weil er so aussieht wie Peter der Große. Vielleicht auch, weil er denkt, die ganze Welt müsse ihm zu Füßen liegen.«

»Tut sie das nicht auch, wenn er, wie Sie behaupten, dealt? Welche Anhaltspunkte haben Sie eigentlich dafür, dass er mehr als nur ein Mitläufer ist, der mal hier und da eine Tüte Gras verteilt?«

Chantal scheint ihren Verflossenen nicht besonders zu mögen, fand Hopfinger. Warum liefert sie ihn der Polizei so freiwillig ans Messer? Oder benutzt sie ihn, um von jemand anderem abzulenken?

»Das kann man sich ja wohl an den fünf Fingern abzählen, wenn man unseren Tourneeplan kennt«, antwortete die Musikerin. »Petersburg, Hamburg, Nizza, Paris. Die klassische Drogenachse Ost-West. Und internationale Künstler haben immer eine Menge Gepäck dabei und werden an den Grenzen fast wie Diplomaten behandelt. Weiß man das bei der Polizei denn nicht?«

»Schon. Ging es da denn nur um Drogen, also um Opium und so weiter? Wenn Sie diese Ost-West-Achse ansprechen, könnte man doch auch den illegalen Handel mit Doping vermuten, was ja aktuell wegen der anstehenden Tour de France naheliegt.«

»Mit Doping kenne ich mich nicht aus«. Mit einem maliziösen Blick auf Julia fügte sie hinzu: »Ich bin Musikerin, keine Sportlerin. Die behandeln ihren Körper ja wie ein Fitnesslabor.«

Julia lag eine scharfe Erwiderung auf der Zunge, aber in diesem Moment erklang aus dem Kantinen-Lautsprecher die Ansage: »Die Damen und Herren des Orchesters werden wieder in den Probenraum gebeten.«

»Eine letzte Frage noch«, wollte Hopfinger noch nachlegen, aber Julia kam ihm zuvor: »Wann haben Sie Herrn Verdinand B. Müller das letzte Mal gesehen?«

Die Musikerin blieb die Antwort schuldig. »Tut mir leid, keine Zeit«. Sie raffte ihre Sachen zusammen und verschwand, ohne sich noch einmal umzudrehen.

10. KAPITEL – ÜBERRASCHUNGEN

Die Auswertung der Computer aus dem Müller'schen Haus brachte so manches ans Tagelicht. Weder in Amelies noch in Kevins Rechner konnte etwas Verdächtiges festgestellt werden. Amelie hatte nur legal erworbene Musiksoftware installiert. Vieles davon kannte Kroll, weil er sich privat mit digitaler Soundbearbeitung beschäftigte. Auf Kevins Rechner fand man eine Unzahl illegaler mp3-Downloads. Doch die interessierten die Beamten nicht besonders. Verdinand B. Müllers PC jedoch erwies sich als wahre Fundgrube.

Die Informatik-Spezialisten der Polizei wunderten sich zunächst über ein primitives Virus, welches in oberflächlicher Weise den Zugang zur Festplatte erschwerte. Die Auswertung der Ereignisanzeige in der Systemsteuerung zeigte, dass der Administrator, also Müller selber, wahrscheinlich davon nichts wusste. Das Virus musste jemand anderes aufgespielt haben.

Für die Spezialisten war es ein Kinderspiel, das Virus zu isolieren und Zugriff auf die Daten zu bekommen. Deren Auswertung belegte zweierlei. Erstens musste Müller in ein internationales Dealernetz verstrickt gewesen sein. Die Daten wurden sofort an das Hamburger Drogendezernat weitergeleitet. Dabei tauchte immer wieder das Kürzel FB 67/Q auf, Krolls Meinung nach ein Hinweis auf den Gendopingstoff AICAR. Auch war eine deutliche Parallele zu den Austragungsorten der bevorstehenden Tour de France zu erkennen.

Aber noch etwas offenbarte die digitale Welt des Verdinand B. Müller. Ohne Zweifel hatte er sich zusammen mit Mörtel zur Zeit des Mordes an Mirja in Landau aufgehalten. Kroll ahnte, dass diese Daten vor einem Untersuchungsrichter nicht für einen Haftbefehl wegen Mordes ausgereicht hätten. Für Müller war diese Frage ja nun durch dessen Ableben ohnehin obsolet. Für Mörtel wurde es allerdings eng.

Für die weitere Überwachung der Baufirma im Gewerbegebiet Roggenhorst hatte Kroll Verstärkung von der Bereitschaftspolizei angefordert. Außerdem waren jetzt zwei Kollegen vom Hamburger Drogendezernat mit von der Partie. Neben dem Betriebsgelände befand sich das leere Gebäude einer zum Verkauf anstehenden Speditionsfirma. Es diente der Polizei als Kommandozentrale. Von dort hatte man einen guten Einblick, wer in Müllers Büro aus und ein ging, und konnte auch den Hof und die Zugänge zur Lagerhalle kontrollieren.

Nach Müllers Tod übernahm ein Prokurist die Leitung der *Hoch und Tief Müller*, sodass der Betrieb wie gewohnt weiterging. Mit Kies beladene LKWs verließen den Hof, andere brachten Bauschutt, der sich auf dem Gelände zu riesigen Halden auftürmte. Ab und zu wurden schwere Maschinen und Bagger auf spezielle Ladeanhänger verfrachtet. In der Lagerhalle stapelten ein paar Arbeiter Zementsäcke oder schichteten Bauholz. Zwischen Halle und Müllers Büro befand sich ein kleiner Verwaltungstrakt, in dem die Fahrer und die Arbeiter ihre Lieferscheine, Aufträge und Anweisungen abholten.

Bislang war Mörtel, Müllers angeblicher Vorarbeiter, noch nicht aufgetaucht. Als einziges bemerkenswertes Ereignis notierte sich Kroll den Besuch von Amelie. Sie betrat das Büro ihres verstorbenen Mannes in der Zeit, in der der Prokurist zur Mittagspause außer Haus war. Offenbar war sie allein dort drinnen. Nach etwa zehn Minuten kam sie mit einer prall gefüllten Aktentasche wieder heraus und fuhr davon.

Persönliche Dinge waren das wohl eher nicht, dachte Kroll. Er hatte ja bei seiner ersten Visite bemerkt, dass Müller für Derartiges kein Interesse zeigte. Wahrscheinlich handelte es sich um Unterlagen für das Nachlassgericht. Bei dem Stichwort fiel ihm ein, dass er sich um die Erbschaftsfrage noch nicht gekümmert hatte. Auch wenn er davon überzeugt war, dass Amelie nichts mit dem Ableben ihres Mannes zu tun hatte, so sollte man doch auch diese Hintergründe besser kennen. Gab es ein Testament? Welche Rolle spielten sie und Müllers leiblicher Sohn Kevin dabei?

Der Rest des Arbeitstages verlief ohne besondere Ereignisse. Gegen 16 Uhr ebbte die Betriebsamkeit auf dem Gelände langsam ab. Nach und nach verschwanden die Arbeiter, Fahrer und Bürokräfte in den wohlverdienten Feierabend. Der Prokurist war der Letzte, der das Firmengelände verließ, nachdem er seinen Kontrollrundgang beendet hatte.

Kroll legte sich auf die provisorische Pritsche, um ein wenig auszuruhen. Hopfinger übernahm jetzt die Überwachung. Gelangweilt schaute er zum Bürohaus hinüber, doch dort tat sich nichts. Er begann von Julia zu träumen, von Mallorca, wo sie sich kennengelernt hatten, von dem Radsportfest in Bad Schwartau, von ihren Touren zu zweit durch die Holsteinische Schweiz.

Draußen fing es an zu dämmern. Plötzlich wurde Hopfinger hellwach. Ein Auto fuhr drüben vor und hielt direkt neben dem Büroeingang. Er weckte Kroll, und auch die anderen Kollegen wurden alarmiert.

Ein breitschultriger Mann mit einer Schiebermütze auf dem Kopf stieg aus. »Das ist er!«, rief Kroll, der Mörtel als Erster erkannte.

Der Mann verschwand im Büro. »Sollen wir zugreifen?«, fragte Hopfinger.

»Nein, noch nicht. Mal abwarten, was er macht. Aber wir bereiten uns darauf vor, zuzugreifen, sowie er das Gebäude verlässt. Es gibt nur diesen einen Zugang.«

Die Truppe wurde eingeteilt. Zwei Beamte sollten sich zwischen Baumaschinen verstecken, zwei im Schatten der Lagerhalle warten. Kroll und Hopfinger sollten von der Straße her operieren. Der Kollege aus Hamburg sollte in der Kommandozentrale die Stellung halten und das Ganze von dort überwachen.

Doch kaum waren die Befehle erteilt, stoppte Kroll die Aktion mit einer raschen Handbewegung. Draußen war ein weiteres Auto ganz langsam und ohne Licht herangerollt. Es hielt im Schatten eines Begrenzungszaunes, sodass es vom Baubüro aus nicht sofort zu sehen war.

Die Männer oben im Nachbargebäude jedoch konnten das Auto gut erkennen. »Das ist ein Bentley Continental!«, rief der Kollege vom Hamburger Drogendezernat. »Wenn das nicht unser *Zarewitsch* ist, fress' ich 'nen Besen.«

Auch Kroll erkannte den Wagen wieder. Das war die Limousine, die er am Abend des Radsportfestes am Straßenrand stehen gesehen hatte.

Zwei Männer stiegen aus der Luxuskarosse. Sie schauten sich nach allen Seiten um, um sicher zu sein, dass außer ihnen niemand anwesend war. Absolute Ruhe überall.

Weder auf dem Firmengelände noch auf der Straße tat sich was. Die beiden schlichen zum Büro hinüber. Der eine zog eine Pistole aus der Jackentasche und öffnete vorsichtig die Eingangstür einen Spalt, wobei er seine Waffe im Anschlag hielt. Der andere stellte sich mit dem Rücken zur Wand neben die Tür und beobachtete die Umgebung.

Kaum war der erste Mann im Gebäude verschwunden, kam Bewegung in die Polizeigruppe, die gegenüber auf dem verlassenen Speditionsgelände Stellung bezogen hatte. »Es sieht so aus, als könnten wir heute einen Volltreffer landen«, meinte Kroll. »Aber wir müssen überlegt vorgehen. Solang der Kerl da vor der Tür steht, ist ein Zugriff unmöglich. Erst einmal sollten wir Verstärkung anfordern, Hopfinger, aber möglichst unauffällig. In Zivilfahrzeugen und ohne Blaulicht. Und in gebührendem Abstand.«

Kroll schaute nochmals aus dem Fenster und überflog die Lage. »Das mit der Gruppeneinteilung kann bleiben«, entschied er. »Ihr beide bleibt bei den Baumaschinen. Da habt ihr den optimalen Zugriff auf Mörtels Auto, falls der sich aus dem Staub machen sollte. Ihr solltet allerdings nicht zur Lagerhalle gehen, sondern euch hinter dem Gebüsch dort vorn, gleich neben dem Bentley, verstecken. Und wir beide, Hopfinger und ich, werden uns in unser Auto setzen, vorsichtig die Einfahrt ansteuern und dann auf den Hof rasen, sowie die drei Verdächtigen das Gebäude verlassen haben. Wenn wir aus unserem Wagen springen, ist das das Zeichen für den sofortigen Zugriff.«

Die Vorbereitungen wurden präzise ausgeführt. Der Kerl, der vor der Türe Schmiere stand, bekam von all dem nichts mit. Gelangweilt steckte er sich eine Zigarette an. Kroll hatte inzwischen neben Hopfinger in dessen Auto

Platz genommen. Er bemerkte aus den Augenwinkeln, dass von beiden Seiten der Straße zwei Pkws heranrollten und in einiger Entfernung hielten. Die Verstärkung war also auch da. Nun konnte nichts mehr schiefgehen, da war sich Kroll sicher.

Nach qualvoll langen Minuten des angespannten Wartens öffnete sich die Bürotür. Mörtel trat als Erster heraus, hinter ihm der Zarewitsch mit vorgehaltener Pistole. Letzterer gab seinem Kumpel neben der Tür ein kurzes Zeichen, dann bewegten sich die drei auf den Bentley zu.

Kroll konnte ganz klar erkennen, dass Mörtel in die Hand der Drogenbanditen geraten war. Kurz bevor sie den Wagen erreichten, startete Hopfinger den Motor, preschte mit quietschenden Reifen in die Einfahrt und bremste erst kurz vor dem Bentley.

Hopfinger und Kroll sprangen aus dem Auto. »Hände hoch! Waffe fallen lassen! Das Gelände ist umstellt. Widerstand ist sinnlos!«

Sofort waren auch die anderen Beamten auf dem Plan. Die drei Ganoven waren so überrascht, dass sie keine Sekunde an Gegenwehr dachten. Hopfinger schnappte sich den Zarewitsch, schlug ihm die Pistole aus der Hand, drehte dessen Arme mit gekonntem Griff auf den Rücken und ließ die Handschellen zuschnappen. Kroll knöpfte sich Mörtel auf dieselbe Weise vor. Der dritte Ganove versuchte zu fliehen, lief jedoch den anderen Beamten direkt in die Arme.

Als Mörtel sich von seiner Überraschung erholt hatte, brüllte er Kroll an: »Verdammt, was soll das? Ich bin unschuldig. Ich bin überfallen worden. Die Kerle wollten die Firma ausrauben, und ich …«

»Schon gut«, entgegnete Kroll. »Das können wir ja alles in Ruhe auf dem Präsidium besprechen. Für heute ist für euch jedenfalls Zapfenstreich.«

*

Am nächsten Tag knöpfte sich der Kollege vom Hamburger Drogendezernat den Zarewitsch und seinen Kumpel vor, während Kroll Mörtel ins Verhör nahm. Noch während der Nacht war eine Hausdurchsuchung bei ihm durchgeführt worden. Die Adresse stand auf Mörtels Kfz-Schein.

Unter anderem fand man die Unterlagen vom Bauabschnitt Z 23, deren Verschwinden Müllers Sekretärin Mirja den Job gekostet hatte. Daraus ging einwandfrei hervor, dass Mörtel zur fraglichen Zeit, als die Frauenleiche unter dem Brüllbeton verschwand, auf der Baustelle federführend tätig war. Allein diese Dokumente hätten wahrscheinlich für eine Verurteilung Mörtels ausgereicht.

Doch Kroll ging es vorrangig zunächst darum, den Mord an Mirja aufzuklären. Nach der routinemäßigen Belehrung begann er das Verhör mit der Frage: »Was wollte eigentlich der Zarewitsch von Ihnen?«

Mörtel machte einen gesprächsbereiten Eindruck. Offensichtlich lag ihm daran, sich als Held und Retter der Firma aufzuspielen. »Die wollten die Firma ausrauben. Der Kerl stürzte rein, hielt mir die Knarre vor die Brust und wollte die Kasse haben.«

»Ich kann mir nicht vorstellen, dass es in einer Baufirma viel Bargeld gibt«, hakte Kroll nach.

»Das habe ich ihm auch gesagt. Aber was weiß ich, wie dumm die Verbrecher heutzutage sind. Er wollte sich über den Schreibtisch vom Chef hermachen. Aber der war verschlossen. Als ich ihm sagte, ich hätte keinen Schlüssel, befahl er mir, mich zum Chef zu führen. Deswegen sollte ich unter vorgehaltener Pistole in sein Auto einsteigen.«

»Aber Ihr Chef, der Herr Müller, ist doch tot.«

»Das wussten die wohl nicht. Und ich hab's ihnen nicht gesagt. Ich wollte Zeit gewinnen und sie an einen Ort führen, wo ich fliehen konnte.«

Kroll schaute sein Gegenüber etwas skeptisch an. »Wussten Sie, dass die beiden aus der Drogenszene stammen, ich meine, haben die irgendetwas über Drogen gesagt?«

»Nee. Das Wort ist nicht gefallen. Die wollten nur Kohle, kein Koks.« Mörtel schien das Wortspiel witzig zu finden, denn er stieß einen trockenen Lacher aus.

»Nun, die Kollegen nebenan verhören die beiden gerade. Mal sehen, was dabei herauskommt«, beendete Kroll den Vorspann, um auf das Wesentliche zu kommen. Er bückte sich, holte aus seinem Aktenkoffer einen gelb-rot gestreiften Schal heraus und legte ihn auf den Tisch. »Haben Sie diesen Schal schon mal gesehen?«

Mörtel reagierte abweisend. »Nee, keine Ahnung. Achte nicht auf so was. Mir jedenfalls gehört er nicht.«

»Schade«, antwortete Kroll. »Schade, dass Sie so wenig auf fremder Leute Schals achten.«

Mörtel schwieg und starrte den Kommissar verständnislos an. Worauf wollte der hinaus?

»Ich finde, man sollte wissen, was man anfasst«, fuhr Kroll in nüchternem Ton fort. »Besonders, wenn so ein Kleidungsstück zu einer Leiche gehört«.

Jetzt klingelten in Mörtels Kopf die Alarmglocken. »Mit Mord habe ich nichts zu schaffen, Herr Kriminalrat. Ich bin zwar ein grober Klotz, aber immerhin ein ehrlicher Arbeiter.«

»Mord? Wer hat denn hier von Mord gesprochen? Es war lediglich von einer Leiche die Rede. Und um auf den Punkt zu kommen: Es handelt sich um die am Drachenfels bei Landau tödlich verunglückte Sekretärin Ihres Chefs, um Frau Mirja Brandinger. Sie kennen sie doch, oder?«

»Nee, den Namen habe ich nie gehört. Das heißt, ich weiß wohl, dass Herr Müller eine Sekretärin hat. Aber ich war so gut wie nie in seinem Büro. Ich hatte mit ihm nur selten persönlichen Kontakt. Und wenn, dann habe ich nie auf seine Vorzimmerdame geachtet.«

Kroll versuchte es mit einem Bluff: »Und wieso kommen dann Ihre Fingerabdrücke und Ihre Haare auf eben diesen Schal der Frau Brandinger?«

Mörtel begann nervös zu werden. Kroll sah es seinem Gesichtsausdruck an, dass er offenbar ins Schwarze getroffen hatte. Der Vorarbeiter brauchte lang, bevor ihm eine Antwort einfiel. »Hm, das kann ich so ohne Weiteres nicht sagen. – Aber wenn Sie mich so fragen … Da fällt mir ein, Herr Müller hatte mich mal zu sich bestellt wegen dem Autobahnbau. Da war so eine Sekretärin im Vorzimmer. Und da lag der Schal auf dem Boden. Ich hab ihn aufgehoben und der Frau gegeben. Man ist ja Kavalier.«

»Nun, das klingt zwar einleuchtend, was Sie da sagen«, entgegnete Kroll, »das Problem ist nur, dass Frau Brandinger den Schal erst kurz vor ihrem Tod in Landau gekauft hat. Dafür haben wir eindeutige Beweise. Wenn da ihre DNA-Spuren drauf sind, kann das ja wohl nur bedeuten, dass auch Sie zur fraglichen Zeit in der Pfalz, genauer gesagt in Landau an der Südlichen Weinstraße waren. Stimmt das?«

Der Angesprochene wurde unsicher. »Landau in der Pfalz? Kenne ich nicht«, behauptete er mit lauter Stimme. Doch ziemlich schnell dämmerte es ihm, dass er sich um eine bessere Ausrede bemühen musste. »Ach ja, da fällt es mir ein. Ich war vor Kurzem dort, um Urlaub zu machen. Ich liebe Wein, müssen Sie wissen, besonders Branntwein.«

Wieder hielt er seine Bemerkung für witzig und lachte kurz auf. Doch Kroll ging darüber hinweg. »Haben Sie allein Urlaub gemacht?«

»Ja klar. Meine Freundin wollte nicht mit. Das sei ihr zu langweilig, sagte sie.«

»Haben Sie denn dort jemanden getroffen, den Sie kennen, oder hat Sie jemand angesprochen?«

»Nee, weder noch. Ich hatte mit niemandem Kontakt«

Der Kriminalkommissar öffnete seine Akte. Obenauf lagen die Fotos, die Alfred gemacht hatte. Kroll reichte sie Mörtel rüber und fragte: »Und wer ist die Frau dort neben Ihnen? Das sind Sie doch, oder?«

Der Angesprochene legte die Bilder vor sich auf den Tisch, beugte sich vor und schien sie intensiv zu studieren. Er brauchte eine geraume Zeit für seine Antwort. »Ja, das bin ich. Aber die Frau kenn' ich nicht. Muss wohl zufällig meinen Weg gekreuzt haben.«

Kroll ließ das nicht gelten. »Das wäre dann ein äußerst merkwürdiger Zufall. Erstens kann man, wenn man die Bilder in der richtigen Reihenfolge nebeneinanderlegt, erkennen, dass Sie der Frau ganz offensichtlich gefolgt sind. Oder anders ausgedrückt: Sie haben sie regelrecht beschattet. Das kann auch der Mann bestätigen, der die Fotos geschossen hat. Und zweitens handelt es sich bei der Frau um Mirja Brandinger, die Sekretärin Ihres Chefs. Und im Übrigen können Sie auch sehen, dass die Frau den bewussten gelbrot gestreiften Schal trägt.«

»Ja«, antwortete Mörtel in gedehntem Ton. »Jetzt, wo ich das alles zusammen sehe, fällt es mir wieder ein. Das, was ich da vorhin sagte wegen dem Schal und dem Aufheben, das war gar nicht im Baubüro. Das habe ich durcheinandergebracht. Das war ja in Landau. Da hatte eine Frau ihren Schal verloren. Ich habe das zufällig gesehen, hab' den Schal aufgehoben und bin ihr hinterhergelaufen, um ihn ihr wiederzugeben«.

»Ich sehe aber kein Foto, auf dem die Frau den Schal *nicht* trägt, beziehungsweise *Sie* ihn in der Hand halten.«

Mörtel mischte die Bilder zusammen und schob sie zu Kroll herüber. »Das kann ich Ihnen nicht erklären, Herr Kriminalrat. Da müssen Sie den Fotografen schon selber fragen.«

»Keine Angst, wir werden Sie beide noch einander gegenüberstellen. Dann wird sich das hoffentlich aufklären. Jetzt aber zurück zu meiner Frage, ob Sie sich in Landau mit jemandem getroffen haben. Wir wissen, dass Sie in einer kleinen Pension am Westring logiert haben.«

»Wenn Sie so gut über mich Bescheid wissen«, polterte Mörtel, »warum fragen Sie mich dann?«

»Weil wir alles noch genauer wissen möchten. Zum Beispiel, ob Sie Besucher in der Pension empfingen.«

Mörtel wurde es langsam ungemütlich. »Nee«, knurrte er. »Wie ich schon sagte. Ich war immer allein.

»Der Portier der Pension hat aber das Gegenteil behauptet. Und er hat Ihren Besucher sogar aufgrund von Fotos identifizieren können. Es handelte sich allem Anschein nach um Verdinand Müller.«

Jetzt begann Krolls Gegenüber, unruhig auf seinem Stuhl hin und her zu rutschen. »Müller?«, knirschte er mit zusammengebissenen Zähnen. »Mein Chef? – Ich sagte doch schon, dass ich persönlich nichts mit ihm zu tun hatte. Da muss sich der Portier wohl geirrt haben.«

»In Müllers Kalender haben wir für die fragliche Zeit einen Eintrag gefunden: ›Mit Mörtel nach LD‹. Wie können Sie sich das erklären?«

»Woher soll ich wissen, was der Chef da eingetragen hat?« Mörtel verlor langsam die Beherrschung. Er schlug mit der Faust auf den Tisch. »Diese blöde Fragerei! LD könnte ja auch Lübeck-Dänischenburg bedeuten. Da haben wir nämlich einen Bauhof.«

»Die Firma unterhält aber auch eine Lagerhalle in Landau. Darüber laufen die Materiallieferungen nach Frankreich für die Aufträge im Zusammenhang mit der Tour de France. Wussten Sie das?«

»Nein, verdammt!«

»Dort lagert vor allem auch FB 67. Sie wissen aber wenigstens, was das ist?«

»Wollen Sie mich verarschen? Als Vorarbeiter weiß ich das natürlich. Das ist die Bezeichnung für den Faserbeton, der die Firma so berühmt gemacht hat.«

»Und was ist, wenn hinter der Bezeichnung ein Querstrich Q steht?«

Mörtel war am Ende seiner Geduld. Er sprang wütend auf, sodass der protokollierende Beamte sofort hinter ihn hechtete und ihn festhielt. »Jetzt habe ich die Schnauze voll! Ich sag' nichts mehr ohne meinen Anwalt!«

Kroll entgegnete ruhig. »Das zeugt zwar nicht unbedingt von Bereitschaft, an der Aufklärung des Falles Brandinger mitzuwirken. Aber das ist ja auch Ihr gutes Recht. Wir haben es hier nämlich nicht mit einem tödlichen Unfall zu tun, wie es in der Presse stand. Ob es sich um Totschlag oder Mord handelt, wird ein Gericht zu klären haben.«

Der Kommissar klappte die Akte zu und befahl: »Abführen!«

11. KAPITEL – ZWISCHENTÖNE

Es war Zeit, Zwischenbilanz zu ziehen, meinte Kriminalhauptkommissar Kroll und bestellte seinen Assistenten Hopfinger zu einem Arbeitsfrühstück in das Café in der Wahmstraße, in dem vor ein paar Wochen die Arbeit an dem Fall *Brüllbeton* begonnen hatte. Der Kommissar belegte wie immer seinen Lieblingsplatz oben im ersten Stock, von wo aus er einen schönen Blick auf den Hof hatte.

Hopfinger kam mal wieder mit Verspätung, also hatte Kroll Zeit, sich die wichtigsten Ergebnisse der letzten Tage durch den Kopf gehen zu lassen. Er bestellte sich einen Cappuccino und eine Schnitte Obstkuchen und blätterte in der Akte herum.

Der als *Zarewitsch* bekannte Drogendealer war für die Kollegen vom Hamburger Drogendezernat ein wichtiger Fang. Endlich konnten sie ihm etwas Handfestes nachweisen. Versuchte Entführung mit Waffengewalt. Aber über seine Verbindungen zur Drogen- und Dopingszene schwieg er hartnäckig.

Für Kroll stand nun fest, dass jener *Zarewitsch* nicht identisch war mit Grigorij Rosenholz, dem ersten Geiger des ›String Event International‹, der seine Liste der Verdächtigen bisher angeführt hatte. Dennoch ließ er den Musiker und seine ehemalige Freundin Chantal weiterhin überwachen. Als Tatmotiv blieb ja immerhin noch eine mögliche Eifersucht Müller gegenüber.

Gestern landete der Obduktionsbericht über den toten Beton-Müller auf seinem Schreibtisch. Als Todesursache wurde eine letale Herzinsuffizienz attestiert. Weder Verdacht auf Suizid noch gewaltsame Fremdeinwirkung. Bei den merkwürdigen weißen Kapseln in Müllers Rachen handelte es sich um den Dopingstoff AICAR. Doch dieser musste Müller mehrere Stunden nach seinem Ableben von fremder Hand eingetrichtert worden sein. Keine der Kapseln war in die inneren Organe und damit in den Blutkreislauf eingedrungen. In Müllers Magen konnte die erhöhte Dosis von einem Medikament gegen Herzinsuffizienz nachgewiesen werden. Es handelte sich um Corasanol plus, die Substanz, deren leere Packung in der Ferienwohnung gefunden wurde. Müller musste diese Tabletten kurz vor seinem Tod eingenommen haben, wahrscheinlich im Bewusstsein, dass sich eine Herzattacke anbahnte. Doch auch dieser Stoff war in keiner Weise ursächlich für sein Ableben.

Außerdem bestätigte die Analyse von Müllers Schuhsohlen, dass er niemals eigenständig den Ferienbungalow betreten haben konnte. Nicht das kleinste Sandkorn der Dünen vom Priwall wurde an seinen Schuhen nachgewiesen, und Ersatzschuhe waren nicht im Haus. Er musste also dorthin getragen worden sein, mit hoher Sicherheit wohl bereits als Leiche.

Kroll wurde in seinen Gedanken unterbrochen, als er seinen Assistenten über den Hof eilen sah. Das war für Kroll ein Zeichen, dass es Neuigkeiten gab. Hopfinger stürmte die steile Holztreppe herauf, setzte sich und wedelte mit einem Dossier. »Hier, Chef, das wird Sie interessieren. Ich habe mich um die Erbschaftsfrage der Witwe Müller gekümmert, deswegen komme ich etwas verspätet.«

Der Kommissar ließ die Entschuldigung gelten. »Gut, Hopfinger. Aber meinen Sie nicht auch, dass es im Moment wichtiger ist, das Privatleben dieses Grigorij Rosenholz zu durchleuchten? Wir sollten nicht das Tatmotiv Eifersucht vernachlässigen. Das Privatleben von Amelie, ich meine von Frau Müller, scheint mir im Moment nebensächlich zu sein.«

»Ich kenne Ihre Ansicht in Bezug auf diese Person. Ich kann auch nicht verhehlen, dass sie einen viel zu seriösen und sensiblen Eindruck macht, als dass man ihr zutraut, ihrem toten Gatten Dopingkapseln in den Rachen zu stopfen. Aber wenn Sie vielleicht erst einmal zur Kenntnis nehmen würden, was ich herausgefunden habe, dann …«

»Gut, schießen Sie los. Aber machen Sie es kurz «, unterbrach ihn Kroll, als er sah, wie Hopfinger ansetzte, die Seiten des Dossiers kunstvoll auf dem Tisch auszubreiten.

Hopfinger raffte alles wieder zusammen und begann seinen Bericht. »Der selige Verdinand B. Müller hat ein Testament hinterlassen. Demnach erbt seine Witwe zwei Drittel seines gesamten Vermögens, das verbleibende Drittel bekommt sein Sohn. Allerdings erst nach Vollendung seines 21. Lebensjahres und unter der Bedingung einer abgeschlossenen Berufsausbildung. Vorher hat auch hier die Witwe die Verfügungsgewalt.«

Kroll fand diese Mitteilung nicht besonders aufregend. Genießerisch nahm er eine zweite Schnitte Obstkuchen in Angriff.

Hopfinger beachtete ihn nicht. Er war in seinem Element. »Und jetzt kommt's, Chef. Nach umfangreichen Recherchen habe ich in etwa das Gesamtvermögen des Verstorbenen ermitteln können, Kapital, Immobilien, Geschäftswert der Firma usw. Außerdem existiert eine sehr hohe Lebensversicherung, die im Falle des natürlichen Todes an die Ehefrau ausgezahlt wird. Es kommt eine mehrfache Millionensumme heraus. Das heißt, Müllers Erben, allen voran die Witwe, darf sich in die illustre Liga der Millionäre einreihen.«

»Ja, aber wie Sie sagten: Vorausgesetzt, er ist eines natürlichen Todes gestorben«, warf Kroll ein.

»Dem Obduktionsbericht nach zu urteilen, ist er das ja auch. Und es lässt sich nicht von der Hand weisen, dass die Witwe die Gewinnerin in dem tödlichen Spiel ist.«

»Solang diese merkwürdige Geschichte mit den eingetrichterten Dopingkapseln nicht geklärt ist, wäre ich da vorsichtig. Ich traue der Sache noch nicht so ganz. Vielleicht hat sich da jemand aus der Drogenszene dafür gerächt, dass ihm Müller in die Quere gekommen ist. Möglich wäre auch, dass sich jemand an Amelie rächen wollte, um ihr das Erbe zu vermasseln. Oder einfach nur Rache aus Eifersucht.«

Kroll naschte die letzten Krümel von seinem Kuchenteller und lehnte sich zurück. Wieder streifte sein Blick über den Hof. Er sah vor seinem geistigen Auge Mirja und Kevin dort unten sitzen. »Ich werde das Gefühl nicht los, dass der Fall *Brüllbeton* immer noch nicht abgeschlossen ist, mein lieber Hopfinger, auch wenn dieser Zarewitsch kaltgestellt ist und auch, wenn die Indizien gegen unseren Freund Mörtel erdrückend sind. Da liegt noch etwas in der Luft – die Dopingkapseln gehen mir ständig im Kopf herum. Ich habe den Eindruck, dass wir noch nicht alle Möglichkeiten ausgeschöpft haben. Grigorij ist für mich noch ein zu unbeschriebenes Blatt. Und Amelie? Schwer einzuschätzen, welche Rolle sie spielt, das gebe ich zu. Außerdem haben wir noch die anderen beiden Musiker vom Streichquartett, Chantal und Mateo.«

Der Kommissar schob seine Tasse und den Kuchenteller beiseite und winkte der Bedienung wegen der Rechnung zu. Da kam ihm eine Idee. »Wissen Sie was, Hopfinger? Ich werde morgen das Quartett im Tonstudio besuchen. Ich glaube, wenn ich ihnen bei ihren Proben zuschaue, kann ich mehr erfahren, als wenn Sie sich in Ihre Nachlassakten versenken.«

*

Das Tonstudio lag etwas abgelegen auf einem kleinen Hügel am nördlichen Stadtrand von Lübeck. Vom Büro aus hatte man einen schönen Blick in das ländliche Umland. Im Studiotrakt war davon nichts zu spüren. Fenster gab es nicht, und die Wände waren so schallisoliert, dass weder ein Geräusch nach innen noch ein Ton nach außen dringen konnte. Letzteres wäre zwar nicht so wichtig gewesen, weil sich ohnehin keine Wohnhäuser in der unmittelbaren Nachbarschaft befanden. Zweiteres war allerdings entscheidend, da die empfindlichen Mikrofone nur die reinen Musikklänge aufzeichnen sollten, nicht den Lärm der Trecker oder das Bimmeln der Kuhglocken.

Kriminalhauptkommissar Kroll kannte sich zwar mit Mischpulten und Verstärkeranlagen aus, da er früher hin und wieder bei Bands als Sound-Engineer ausgeholfen hatte. Was er hier allerdings erblickte, als er den Regieraum betrat, verschlug ihm die Sprache. Eigentlich hatte er ein meterlanges Mischpult erwartet mit vielen Reglern, Drehknöpfen und Leuchtdioden. Das gab es zwar auch, es stand jedoch am Rand und wurde nur als gelegentliches Zwischenglied im Aufnahmeweg benutzt.

In der Mitte vor den beiden wuchtigen Lautsprechern stand lediglich ein handelsüblicher PC, davor eine ganz schmale, kleine Keyboardtastatur. Das sollte die akustische Schaltzentrale für den Tonmeister sein? Kroll fragte ihn. Der erklärte, dass das riesige Mischpult noch aus dem längst ausgestorbenen analogen Zeitalter stammte. Heutzutage würde der gesamte Aufnahmeweg vom Mikrofon bis hin zum Lautsprecher nur auf digitaler Ebene ablaufen. Das Bild vom Tonmeister mit der Schere und den ›Schnürsenkelbändern‹ in der Hand gehörte der Vergangenheit an. Die mächtigen 24-Spur-Maschinen mit den teuren Zweizollbändern, die wie Wagenräder aussahen, hatten ausgedient. Das alles übernahm jetzt die digitale Elektronik, und da reichte ein Notebook mit einem Programm, in dem die 24 Spuren virtuell nachempfunden wurden. Der Tonmeister konnte jetzt viel feinfühliger in die Klänge eingreifen, viel präziser Schnitte tätigen und eine unendliche Vielzahl von Effekten integrieren. Kroll bekam den Eindruck, als würde die Musik heute an keine technischen Grenzen mehr stoßen.

Die Mitglieder vom ›String Event International‹ saßen bereits im Aufnahmeraum und probten das neue Stück. Der Tonmeister bat Kroll, sich möglichst unauffällig in eine Ecke des Regieraums zu setzen, damit er die Arbeit nicht störte. Dem Polizisten war das auch recht so, schließlich wollte er niemanden verhören, sondern lediglich die vier Musiker bei der Arbeit beobachten, ihr Verhältnis untereinander näher kennenlernen.

Kroll erkannte das Stück wieder, das die Gruppe damals bei ihrem Auftritt auf dem Radsportfest gespielt hatte, Mozarts *Dissonanzenquartett*. Über die Monitorboxen im Regieraum hörte sich die Musik jedoch viel direkter an, fast schon aggressiv nahe.

Jeder war in sein Spiel vertieft und achtete scheinbar nicht auf den anderen. Man hörte sich gegenseitig über Kopfhörer. Plötzlich unterbrach Grigorij das Spiel und stampfte auf. »Verdammt, Amelie, lernst du es eigentlich nie, dass du hier ein *fis* spielen musst, kein *f*? Ich möchte mal wissen, wo du Geige gelernt hast!«

»Reg dich nicht künstlich auf«, entgegnete Amelie gelassen. »Bei mir in den Noten steht ein *f*. Es ist *dein* Arrangement, nicht meins. Wenn *du* Fehler machst, musst du es nicht anderen vorwerfen.«

Der Widerspruch machte Grigorij noch wütender. »Ach Quatsch, Fehler. Hören muss man das. Und so eine will bei den Berliner Philharmonikern mitspielen? Verdammte Dilettantin!«

Amelie zuckte nur mit der Achsel. Dafür mischte Mateo sich ein: »Nun mach dich nicht wichtiger als du bist, Grigorij. An dieser Stelle kann d-Moll genauso erklingen wie D-Dur, das solltest du als Komponist wissen. Also wäre beides möglich, *fis* oder *f*.«

»Ach«, polterte der erste Geiger. »Was wisst ihr Spanier schon von klassischer Musik! D-Dur will ich hören, verdammt noch mal. Und außerdem wäre es ganz gut, wenn du dein Cello mal wieder nachstimmst. Das Katzengejaule kann ja kein Mensch ertragen.«

Mateo lag eine scharfe Antwort auf der Zunge, da sprang Chantal auf, legte ihr Instrument zur Seite und sagte in spitzem Ton: »Sind wir hier im Kindergarten? Entweder wir machen unsere Aufnahme wie Profis, oder ihr solltet euch einen neuen Job suchen.«

Jetzt verlor Amelie endlich die Beherrschung und giftete ihre Kollegin an: »Wenn du deine Jobs genauso schnell wechselst, wie deine Liebhaber, dann solltest du einen anderen Beruf wählen. Ich wüsste da schon was für dich …«

Chantal reagierte schnippisch: »Sieh an, die trauernde Witwe spielt den Moralapostel.« Sie machte sich an Mateo heran und streichelte ihm kokett übers Haar. »Hast doch auch einen Neuen! Aber der würde mir auch gefallen!«

Dem Tonmeister im Regieraum wurde es langsam zu viel. Er drückte den Knopf zur Gegensprechanlage und rief über das Mikrofon in den Aufnahmeraum hinein: »Liebe Leute, streiten könnt ihr euch in der Kneipe. Ich dachte, dieser Take soll heute noch fertig werden, da wäre es besser, wir setzen die Aufnahme fort. Übrigens wollte ich ohnehin schon abbrechen, denn was Grigorij gesagt hat, stimmt wirklich. Ihr solltet alle mal eure Instrumente nachstimmen. Und du, Amelie, warst in den letzten Takten zu weit weg vom Mikro. Es klingt dann zu dumpf. Das kann ich später nur schwer mit dem Equalizer ausgleichen. Mein Vorschlag: Ich lasse den Take zurücklaufen zu Buchstabe D. Ihr spielt einfach mit, sowie die Musik läuft. Und diesmal mit einem *fis*, Amelie. Ich steige dann an passender Stelle in die Aufnahme ein. Und noch eins: spielt einfach über die Stelle hinaus weiter, an der wir später das Schlagzeug und die anderen Instrumente drübersetzen. Bis hin zur Coda. Auch wenn ich das Überflüssige später lösche, so bekommen wir einen besseren Übergang vom Mozart zum Abba-Titel hin.«

Grigorij war einverstanden. »Guter Vorschlag, Mike. Also, Chantal, setz dich wieder hin. Es geht weiter. Ach so, noch was. Mateo, was meinst du, wenn du ab Buchstabe H die Töne abgesetzt spielst, statt legato? Das würde den Beat schon ein wenig vorausnehmen.«

Schnell kam wieder die richtige Arbeitsstimmung auf. Mateo blätterte in seinen Noten und schaute sich die Stelle an. »Ja, das ist eine brillante Idee. Ich werd' das so machen, dass der Übergang zum E-Bass sich klanglich angleicht.«

»Aufnahme läuft!«

Kaum waren die Vier wieder in ihrer Musik drin, schien aller Streit vergessen zu sein. Jeder reagierte musikalisch auf den anderen, ordnete sich unter, wenn es notwendig war oder trat in den Vordergrund, wenn es die Komposition erforderte. Auch aus ihren Gesichtern wichen Neid, Eifersucht und Groll. Jeder konzentrierte sich nur mehr auf das gemeinsame Musizieren.

Kroll war das ein Rätsel. Wie können sich Menschen so schlagartig ändern? Sind schon komische Leute, diese Musiker, sinnierte er. Besonders Amelies Verhalten erstaunte ihn. Mal konnte sie kaltblütig und berechnend sein, im nächsten Moment aufbrausen und dann wieder die zerbrechliche Edith Piaf abgeben.

Dieses Mal lief die Aufnahme ohne Unterbrechung durch. »Super!«, lobte Mike über die Gegensprechanlage. »Das hätten wir im Kasten. Kommt rüber und hört es euch an, ehe wir an die Overdubs gehen.«

Kroll kannte den Ausdruck und wusste, dass die Musiker dann parallel zu ihrer gerade eingespielten Musik auf anderen Spuren weitere Klänge hinzufügen sollten.

Als die Musiker den Regieraum betraten, war Grigorij der Erste, der Krolls Anwesenheit bemerkte. »Wer ist das denn, Mike?«, fragte er barsch. »Du weißt doch, dass Fremde bei Tonaufnahmen tabu sind. Die Konkurrenz schläft nicht.«

Amelie kam Mike zuvor: »Keine Angst, Grigorij, der ist nicht aus der Branche. Das ist Herr Kroll von der Kripo.

Ich kenne ihn, der wird dir bestimmt nicht deine Ideen abkupfern.«

Kroll glaubte, eine Erklärung schuldig zu sein. »Ja, das stimmt. Ich bin mit der Untersuchung des tragischen Ablebens von Frau Müllers Ehemann befasst. Solang noch nicht alle Details geklärt sind, bin ich gehalten, in alle Richtungen zu recherchieren, und wir wissen, dass einige von Ihnen näheren Kontakt mit dem Verstorbenen hatten. Aber Sie müssen sich keine Sorgen machen, es ist reine Routinearbeit. Im Übrigen bin ich ein Fan Ihrer Musik, und ich war neugierig, Ihnen bei Ihrer Arbeit ein wenig über die Schultern zu schauen.«

»Außerdem haben wir nichts zu verbergen«, stichelte Chantal. »Oder hast du ein schlechtes Gewissen, weil du mit Joints handelst?«

Grigorij wollte aufbrausen, aber Mike kam ihm zuvor. »Jetzt nicht schon wieder diese Streitereien! Wenn es für euch okay ist, dass er bleibt, dann bleibt er. Wenn nicht, dann kann ich ihn als Hausherr jederzeit vor die Tür setzen.«

»Schon recht«, lenkte Grigorij ein. »Soll er machen, was er will. Hauptsache, er mischt sich nicht in unsere Musik ein.«

»Denk ich nicht dran«, gab ihm Kroll zur Antwort. »Sie gefällt mir so, wie sie ist. Und außerdem interessiert sich die Kripo nicht für Joints, wenn Sie verstehen, was ich meine.«

Kroll setzte sich in die hinterste Ecke und verfolgte gespannt, wie die vier Musiker ihre Aufnahme abhörten. Grigorij betonte seine Rolle als musikalischer Chef dadurch, dass er sich in die Mitte neben den Tonmeister setzte. Die anderen standen hinter den beiden. Mateo legte seinen Arm um Amelie. Chantal stand etwas abseits und träumte vor sich hin. Offenbar war sie mit ihren Gedanken woanders.

»Gut«, meinte Grigorij, nachdem Mike den Take gestoppt hatte. »Das kann so bleiben. Fangen wir jetzt mit den Overdubs an. Mateo, du beginnst mit den Drums. Ich denke, da müssen wir nicht dabei sein.«

»Ja«, meinte Mike. »Das Weitere sollten wir in Ruhe vorbereiten. Bis auf Mateo ist für die anderen jetzt Schicht.«

Grigorij und Chantal verschwanden, ohne sich um Kroll zu kümmern. Amelie wagte einen kurzen Seitenblick auf ihn, ging aber ebenfalls wortlos. Dem Beamten entging nicht, dass in ihrem Blick eine gehörige Portion Besorgnis steckte.

»Ich habe das zu Hause vorbereitet«, sagte Mateo zum Tonmeister und packte seinen Laptop aus. Mike schloss ihn per USB-Kabel an sein Mischpult an und überspielte die digitalen Drumpattern. »Wir müssen daraus passende Loops machen. Besonders im Mittelteil wäre es angebracht, wenn sich die einzelnen Taktpaare zu einer Schleife verdichten.«

Während der Arbeit kam es Kroll vor, als würde Mateo ein ganz anderer Mensch sein. Der sensible Cellospieler verwandelte sich in einen präzise kalkulierenden Techniker, der jeden Ton millimetergenau platzierte. Es dauerte über eine Stunde, bis Mike und er mit ihrer Puzzelei zufrieden waren. Die monotonen Pattern und die rhythmischen Einzelphrasen fügten sich zu einer abwechslungsreichen Schlagzeugspur zusammen. In Krolls Ohren klang es jetzt so, als hätte ein wirklicher Schlagzeuger an einem echten Schlagzeug gespielt.

Schon faszinierend, was man heutzutage mithilfe der Technik alles machen kann, grübelte der Kommissar. Und interessant, wie die Musik den Menschen verändert. Mateo schien einen Hang zur Perfektion zu haben, der Kroll bislang entgangen war. Fast wie ein Uhrmacher. Sollte ich ihn unterschätzt haben?, sinnierte Kroll.

*

Mörtels Lage hatte sich drastisch verschlechtert. Die Gegenüberstellung mit dem Landauer Portier bestätigte zweifelsfrei, dass sowohl Mörtel als auch sein Chef, Beton-Müller, dort anwesend gewesen waren. Auch ein paar Arbeiter der Lagerhalle hatten beide gesehen.

Außerdem behauptete der festgenommene Zarewitsch, die beiden Lübecker wären tief im Dopinghandel verstrickt gewesen. In die Enge getrieben, steigerte sich Mörtel in die Behauptung, nicht er, sondern Müllers Sohn Kevin wäre für den Transport der *FB 67/Q*-Beutel verantwortlich gewesen. Er selber, Mörtel, hätte Kevin mit dem Zeug in der Tasche im Büro seines Vaters kurz vor dessen Tod überrascht.

Doch es sollte noch schlimmer für Mörtel kommen. Ein DNA-Test bewies, dass er an Mirjas Schal und unter ihren Fingernägeln tatsächlich Spuren hinterlassen hatte. Mit dieser Tatsache konfrontiert, versuchte Mörtel die Begebenheit auf dem Drachenfels als tragischen Unfall hinzustellen. Angeblich hätte Mirja ihm die Schuld am Tod ihrer Schwester in die Schuhe geschoben und ihn erpresst. Daraufhin wäre es zu einer unkontrollierten Rangelei auf der Burgruine gekommen, in deren Verlauf Mirja vom Felsen stürzte.

Damit war für ihn die Falle jedoch erst richtig zugeschnappt. Kroll zeigte ihm den Bericht der Spurensicherung, der belegte, dass die Frau bereits mindestens 24 Stunden vorher tot war, ehe sie vom Felsen herabstürzte.

Nun gestand Mörtel seine Beteiligung an der Tat, schob jedoch seinen toten Chef als Drahtzieher vor, denn er wusste, dass der sich nicht mehr rechtfertigen konnte. Angeblich soll Mirja ihn erpresst haben, woraufhin er sie getötet habe. Wann, wo und wie, das könnte er nicht sagen, weil er bei der Tat nicht zugegen gewesen wäre. Müller hätte ihm die Leiche überlassen, damit er das Schauspiel auf der Burgruine so inszenieren sollte, dass Müller ein einwandfreies Alibi aufweisen könnte.

Kroll nahm Mörtels Aussagen zur Kenntnis, glaubte ihm jedoch kein Wort. Alles Weitere blieb nun dem Staatsanwalt im Ermittlungsverfahren überlassen.

Der Fall der Leiche unter dem Brüllbeton und der Fall Mirja Brandinger schienen nun weitgehend geklärt zu sein. Aber Müllers Tod gab Kriminalhauptkommissar Kroll noch einige Rätsel auf. Er beschloss, den Hausarzt des Verstorbenen aufzusuchen. Die Adresse hatte er von Amelie während seines Kondolenzbesuchs erhalten.

»Ja«, bestätigte ihm der Arzt, als er die Packung Corasanol plus sah, die bei Müllers Leiche gefunden worden war. »Ich habe ihm das Medikament verordnet. Einen Moment bitte, ich hole mal seine Akte hervor.«

Schnell war sie gefunden. Der Arzt zeigte sie Kroll mit den Worten: »Er nahm es noch nicht lang. Hier können Sie es ablesen. Vorher reichte die schwächere Variante. Doch die Herzinsuffizienz hatte sich im letzten Jahr ziemlich verstärkt. Und zwar unregelmäßig, mal ging es ihm besser, mal schlechter. Dass es allerdings so rasch letal enden sollte, hat mich ehrlich gesagt überrascht. Wenn Sie wollen, kann ich Ihnen eine Kopie von der Patientenkarteikarte mitgeben.«

»Ja, gern. Geht denn daraus hervor, welche Krankheiten Herr Müller noch hatte?«

Der Arzt überflog die Blätter. »Ja. Das ist aber alles nur das Übliche. Mal eine Quetschung, mal ein Zeckenbiss und so weiter. Körperlich hatte er keine weiteren Gebrechen. Ich weiß aber, dass er regelmäßig von einem Psychologen betreut wurde.«

»Einem Psychologen?«, rief Kroll überrascht. »Wissen Sie Näheres darüber?«

»Nein. Herr Müller hatte mir nur seinen Namen genannt. Herr Dr. Liebinger in der Königstraße. Hat Ihnen Frau Müller das nicht erzählt? Ich weiß, dass sie davon Kenntnis hatte.«

»Nein, das ist für mich neu. Das könnte allerdings bedeutend sein. Vielen Dank für den Hinweis. Ich werde der Sache nachgehen.«

*

Um zur Praxis von Herrn Dr. Liebinger zu gelangen, musste Kroll durch das geräumige Treppenhaus eines prächtigen Kaufmannshauses gehen. Er kam in einen Garten, in dem die Hektik der Stadt nicht mehr zu spüren war. In einem denkmalgeschützten Quergebäude hatte der Psychologe eine eigene Welt aufgebaut. Im ansonsten karg eingerichteten Wartezimmer standen Vitrinen, die eine beeindruckende Käfersammlung beherbergten. Die Ansammlung toter, fein säuberlich mit Stecknadeln aufgespießter Tiere erinnerte Kroll an Amelies Schmetterlingssammlung, nur war diese hier noch viel umfangreicher.

Der Kommissar hatte keine Zeit, sie im Detail zu studieren, denn der Herr Doktor ließ ihn in sein Arbeitszimmer bitten. Hier sah es weniger nach einer Arztpraxis als nach einem Künstleratelier aus. An den Wänden hingen Acrylgemälde, meist mit Motiven von Segelbooten. Der Signatur nach zu schließen, waren es alles eigene Werke. In einer Ecke stand eine Staffelei, auf der ein halb fertiges Bild ruhte. Daneben lagen frisch benutzte Malutensilien.

»Sie kommen wegen meines verstorbenen Patienten, Herrn Müller, nicht wahr?«, begann Liebinger die Unterredung. »Allerdings wundert es mich, dass sich die Kriminalpolizei mit dem Fall beschäftigt. Soviel ich weiß, ist er an akuter Herzinsuffizienz verstorben.«

»Ich kann Ihr Befremden verstehen«, antwortete Kroll. »Aber es ist der Regelfall, dass sich die Kripo einschaltet, wenn das Umfeld eines Todesfalles offene Fragen hinterlässt.«

»Und welche Fragen wären das?«

»Nun, Sie werden verstehen, dass ich über laufende Ermittlungen keine Angaben machen kann. Und eigentlich bin ich hergekommen, um *Ihnen* Fragen zu stellen, nicht umgekehrt.«

Der Psychologe reagierte gelassen auf Krolls leicht provokanten Ton: »Was macht Sie denn so sicher zu meinen, ich könnte Ihnen helfen?«

Wieder eine Frage, dachte Kroll, sprach es aber nicht aus. Wahrscheinlich sind es Psychologen von Beruf aus gewöhnt, Fragen zu stellen. »Ich würde gern das Krankheitsbild von Herrn Müller und die näheren Umstände erfahren, die dazu geführt haben, dass er sich in Ihre Behandlung begeben hat.«

»Herr Müller litt unter der schweren Ausformung einer speziellen Phobie. Sie werden wissen, dass manche Menschen eine panische Angst vor Mäusen haben oder eine Psychose entwickeln, wenn sie in enge Räume eingeschlossen werden. Bei Herrn Müller handelte es sich um eine recht seltene Angststörung, die wir Melophobie nennen. Das Hören bestimmter Töne oder Melodien versetzt diese Menschen in Panik, oft, weil die Klänge mit traumatischen Erlebnissen – meist in der frühen Kindheit – verbunden waren.«

»Welche Auswirkungen kann das denn haben?«

»Das ist sehr unterschiedlich. Normalerweise reagiert der Kranke spontan aggressiv und schaltet die Musik ab. Im fortgeschrittenen Stadium kann es dazu kommen, dass er, sobald diese Melodie erklingt, anfängt, Gegenstände in seiner Reichweite zerstört, beispielsweise den Radioapparat zertrümmert. Auch kennen wir Fälle von Selbstverletzung. Es kommt immer auf die konkreten Begleitumstände an.«

»Kann das auch tödlich enden?«

»Die Selbstverletzung wohl eher nicht. Wohl aber führt der Angstzustand zu einer erhöhten Belastung des Herzens, und bei Menschen mit ausgeprägter Herzinsuffizienz kann eine Angstattacke zum Tode führen.«

»Dann kann Musik also töten?« Das hatte Kroll eigentlich eher für sich selber gesagt, denn er erinnerte sich an diese Frage, die ihm sein Nachbar vor einiger Zeit gestellt hatte.

Doch der Psychologe hielt die Frage durchaus einer Antwort wert. »Wenn Sie so wollen, ja. Allerdings setzt das voraus, dass sich der Betreffende nicht wehren kann. Denn in der Regel hat er gelernt, Abwehrmechanismen aufzubauen, die ihn vor dem Schlimmsten bewahren. Wie gesagt, aggressives Verhalten bis hin zur partiellen Selbstzerstörung. Fälle von Suizid kennen wir in diesem Zusammenhang bislang allerdings nicht.«

»Wie war das denn konkret bei Herrn Müller? Ich meine, welche Musik löste bei ihm Panik aus, und worin war das begründet?«

»Ich hatte mit ihm lange therapeutische Gespräche, bei denen ein-, zweimal auch seine Ehefrau anwesend war. Aus den Gesprächen schälte sich folgender Sachverhalt heraus. In seiner frühen Kindheit – er muss höchstens vier oder fünf Jahre alt gewesen sein – kamen seine Eltern bei einem schweren Autounfall ums Leben. Kurz vor dem Unglück spielte im Radio eine Musik, die das Kind wohl sehr beeindruckt haben musste, denn es hat sie zeitlebens nie vergessen können. Später, auch noch als Erwachsener, drehte er durch, wie man das salopp ausdrückt, sobald er diese Musik hörte. Seine Frau hatte sie mal als CD aufgelegt, da bekam er eine schlimme Panikattacke. Ich brauchte lang, um ihn wieder ins Lot zu bringen.«

»Was für eine Musik war das denn?«, wollte Kroll wissen.

»*Les Préludes* von Franz Liszt. Die Hauptmelodie wurde zur Untermalung von Hitlers Wehrmachtsberichten missbraucht. Pompöse, gewaltige, heroische Orchesterklänge mit viel Trompeten und Posaunen. Vielleicht kennen Sie das?«

In Krolls Kopf wirbelten die Gedanken durcheinander. Franz Liszt. In welchem Zusammenhang hatte er den Namen des Komponisten in jüngster Zeit gehört?

Etwas geistesabwesend antwortete er mit einer Gegenfrage. »Sagen Sie mal, gehört Frau Müller auch zu Ihren Patienten?«

Der Psychologe reagierte leicht befremdet, weil die Frage in keinem Zusammenhang mit dem eben Gesagten zu stehen schien. »Nein, wieso fragen Sie mich das?«

»Ich meine wegen Ihrer beider Vorliebe für ausgestopfte Tiere.«

Jetzt hatte Kroll gänzlich bei dem Doktor ausgespielt. Pikiert antwortete er: »Wenn Sie damit meine Käfersammlung meinen, so möchte ich Sie darauf hinweisen, dass die Tiere keineswegs *ausgestopft* wurden. Und was Frau Müller betrifft: Ich weiß zwar, dass sie eine Schmetterlingssammlung hat, aber das ist noch lang kein Grund, einen Psychologen aufzusuchen.«

Der Kommissar verabschiedete sich, ohne weitere Fragen zu stellen. In seinen Gedanken war er jetzt ganz woanders.

12. KAPITEL – FILMRISS

Den nächsten Tag verbrachte Kroll im Büro. Er mochte das nüchtern-moderne Behördenhochhaus am Berliner Platz nicht besonders. Viel lieber saß er in historischer Umgebung wie dem gemütlichen Hofcafé in der Wahmstraße. Aber das ging im Moment nicht, weil er dorthin nicht die gesamten Akten des Falls *Brüllbeton* mitschleppen konnte. Wenigstens hatte er von hier oben einen schönen Ausblick auf die Wallanlagen und den Wassergürtel, auf dem kleine Sportboote dahinglitten. Von weiter hinten grüßten die Kirchturmspitzen der Sieben-Türme-Stadt.

Seinen Assistenten Hopfinger hatte Kroll heute auf Grigorij und Chantal angesetzt, so musste er sich seine Sachen selber zusammensuchen. Er stellte die beiden Schreibtische zusammen und baute alles auf, was sich inzwischen angesammelt hatte. Die beschlagnahmten PCs der Familie Müller; Mirjas gelb-rot gestreiften Schal, den sie auf dem Pfälzer Drachenfels das letzte Mal trug; die leere Packung Corasanol plus aus dem Ferienhaus auf dem Priwall; eine mit AICAR-Kapseln gefüllte Plastiktüte, die dem toten Müller aus dem Mund gefallen waren; die Fotos von der entstellten Leiche unter dem Beton, zusammen mit der Zeichnung, die Kroll für die Fahndung extra hatte anfertigen lassen; das Programmheft der Gruppe ›String Event International‹ mit dem Autogramm von Mateo; der bei Mörtel gefundene Arbeitsplan vom Bauabschnitt Z 23, wo die Leiche vergraben worden war; die Fotos des Portiers Alfred aus Landau, die Mirja gemeinsam mit Mörtel zeigten; ein leerer, aufgeschlitzter Zementsack mit der Aufschrift FB

67/Q, den Krolls Kollege und Freund Arnsberg in der Landauer Lagerhalle sichergestellt hatte; die Patientenkarteikarte von Müllers Hausarzt, die dessen Herzinsuffizienz dokumentierte; Mirjas Notizen über Müllers Geschäftsbeziehungen zwischen Petersburg und Südfrankreich; und natürlich Unmengen von Notizzetteln, Aktenordnern und Zeitungsausschnitten. Wo da anfangen?

Als Erstes nahm sich Kroll Alfreds Fotos von Mirja vor. War eine charmante Frau mit einer starken sinnlichen Ausstrahlungskraft, dachte er. Der Kommissar gab sich für einen Moment seinen Erinnerungen hin. Das Treffen auf dem Rathausplatz Landau. Das gespielte Techtelmechtel vor der Lagerhalle. Dass so eine sympathische Frau auf derart brutale Weise ums Leben kommen musste. Wenigstens hatte er dieser Fall gelöst, das war Kroll ihrem Andenken gegenüber schuldig.

Dann griff er zum Plastikbeutel mit den weißen Doping-Kapseln. Deren Vorhandensein in dem Rachen einer Leiche war für Kroll das immer noch ungelöste Rätsel. Dass der tote Müller alles andere als ein Engel war, und dass er mit hoher Wahrscheinlichkeit am Tode Mirjas beteiligt war, stand für ihn außer Frage.

Was für ein Mensch war Beton-Müller? Skrupellos und gleichzeitig sensibel, ehrgeizig und großzügig, von Frauen umschwärmt und dennoch einsam. Und ein kranker Mensch mit fortgeschrittener Herzschwäche und einer seltenen Phobie, der Angst vor bestimmter Musik.

Franz Liszts *Les Préludes*. Kroll war immer noch nicht eingefallen, in welchem Zusammenhang er den Namen des Komponisten schon einmal gehört hatte. Aufs Geratewohl nahm er sich Amelies Notebook vor, denn er erinnerte sich, dass er dort Musiksoftware gefunden hatte, die ihm geläufig war.

Er startete den PC und öffnete das Programm *MusicMagic*. Er kannte sich darin aus, auch wenn er zu Hause nur eine Demo- statt der Profiversion hatte. Die Grundelemente der Bedienung und die wichtigsten Effektmodule waren die gleichen. Mit diesem Programm konnte man Musik von der CD kopieren, zerlegen, mit anderen Klängen mischen oder nach Belieben Schleifen anlegen. Sogar Musik rückwärts zu spielen, erlaubte das Programm.

Kopierte und bearbeitete Stücke befanden sich übersichtlich zusammengefasst in Ordnern. Einer hieß ›String Event International‹. Kroll öffnete ihn, lud ein paar Files und hörte eine Arbeitsfassung der Produktion, die Amelie mit ihrer Gruppe gerade im Tonstudio aufzeichnete. Das klang alles noch sehr grob und holprig, fand Kroll. Sicherlich war es das Verdienst des Tonmeisters Mike, dass die Musik neulich so ansprechend klang.

Kroll stoppte die Musik und machte sich auf die Suche in einem anderen Ordner. Plötzlich stutzte er. Einer hieß ›Franz Liszt‹. Sofort öffnete er ihn. *Les Préludes* in allen möglichen Varianten. Eine davon trug den Titel *Liszt-Special*. Kroll lud ihn in das Programm und spielte das File ab.

Die berühmte Hauptmelodie war aus dem sinfonischen Werk herausgeschnitten, klanglich durch Mittenbetonung aggressiver gemacht und zu einer Endlosschleife zusammengefügt worden.

Wie das wohl wirkt, wenn man es über eine professionelle Wiedergabeanlage hört? Das muss ich Mike vorspielen, nahm sich Kroll vor. Vielleicht kann er mir weiterhelfen. Er rief im Tonstudio an. Mike saß gerade allein vor einem Zwischenmix und hatte nichts dagegen, dass Kroll gleich vorbeikommen wollte.

Der Tonmeister schloss Amelies PC an sein Mischpult und ließ das *Liszt-Special* über die kraftvollen Studiolautsprecher im Regieraum laufen. Bei voller Lautstärke erklang die Musikschleife wirklich angsterregend, fand Kroll. »Kann man das auch in den Aufnahmeraum einspielen?«, wollte er wissen.

»Klar, kein Problem.« Kroll begab sich in den Aufnahmeraum. Die Klangwelle erdrückte ihn fast. Das war nicht auszuhalten, vor allem, weil sich die Melodie wegen der Schleifenbildung unerbittlich wiederholte.

In Krolls Kopf jagten sich die Gedanken. Als er wieder bei Mike im Regieraum war, fragte er: »Gibt es eigentlich einen Belegungsplan für das Studio, ich meine, wann wer wie lang die Einrichtung gebucht hat?«

Wieder kam Mikes gelassenes »Klar, kein Problem«. Er holte den Plan hervor.

Für den Tag vor dem Fund von Müllers Leiche war das ›String Event International‹ eingetragen, allerdings ohne Angabe eines Technikers.

Jetzt erinnerte sich Mike. »Das war noch am Anfang der Produktion. Da kam es vor, dass die Musiker auch mal allein probten. Amelie hatte den Schlüssel und kannte sich aus. Meistens saß dann ihr Sohn Kevin in der Regie. Der ist ganz stolz darauf, die Technik zu beherrschen. Wir vertrauen ihm, deswegen dürfen sie auch ruhig mal allein bei mir im Studio proben. Sie bezahlen dann auch nicht den vollen Stundensatz.«

Kroll packte seine Sachen wieder zusammen und verabschiedete sich von Mike: »Danke, Sie haben mir sehr geholfen. Ist schon ein toller Job, den Sie da haben. Würde gern mit Ihnen tauschen.«

»Na ja, das reine Zuckerschlecken ist es auch nicht gerade. Ewig parat zu sein, egal ob gutes Wetter ist oder ein Feiertag, und immer den Musikern das Unmögliche möglich machen. Aber Spaß macht es trotzdem. Ich meinerseits würde jedenfalls nicht gern mit Ihnen tauschen.«

*

Der Tag begann grau in grau. Die Sonne ließ sich nicht blicken. Seit dem frühen Morgen lag ein dichter Nebel über der Stadt. Von seinem Büro im siebten Stock des Behördenhochhauses am Berliner Platz konnte Kriminalhauptkommissar Kroll nichts mehr von der ansonsten so schönen Altstadtkulisse Lübecks erkennen. Verschwunden war auch die Wallanlage, und Sportboote blieben bei dem Wetter sowieso im Hafen.

Hopfinger kam mit schlechter Laune ins Büro, denn seine Überwachung von Grigorij und Chantal hatte sich als Reinfall erwiesen. Außer ein paar Haschischdeals war nichts Besonderes vorgefallen. Jetzt sollte er auch noch die langweilige Aufgabe übernehmen, beim bevorstehenden Verhör den Protokollanten zu spielen. Sein Chef hatte nämlich Amelie Müller und ihren Stiefsohn Kevin zu sich ins Büro gebeten. In Sachen Todesfall Verdinand B. Müller.

Die beiden Schreibtische standen nach wie vor nebeneinander und waren mit den für den Fall *Brüllbeton* wichtigen Akten und Gegenständen vollgeladen. Kroll hatte im Hintergrund des Raums eine bescheidene Sitzgruppe aufstellen lassen, auf der die beiden geladenen Gäste Platz nahmen.

Amelie rutschte nervös auf der Stuhlkante herum und ließ ihren Blick ständig über die Gegenstände auf den Schreibtischen gleiten. Sie sah blass und übernächtigt aus. Kevin machte einen abgestumpften Eindruck, als stände er unter Drogeneinfluss. Zusammengekrümmt versuchte er, sich in seinem Stuhl so klein wie möglich zu machen. Das Gesicht versteckte er unter seinen langen und wirren, ungewaschenen Haaren.

Kroll ließ von Anfang an keinen Zweifel aufkommen, dass es heute ernst werden würde. Er belehrte die beiden, wie es die Vorschrift verlangte, über ihre Rechte und kam sofort auf den Punkt.

»Ich bedaure es sehr, Ihnen mitteilen zu müssen, dass wir inzwischen klare Hinweise dafür gefunden haben, dass Ihr Ehemann, respektive Ihr Vater, keines natürlichen Todes gestorben ist.«

Er machte eine Kunstpause, um zu sehen, wie die beiden auf seine Ankündigung reagierten. Kevin reagierte überhaupt nicht. Amelie riss die Augen weit auf und starrte den Kommissar verständnislos an. »Aber …« Mehr brachte sie nicht hervor.

»Ich weiß, was Sie sagen wollen, gnädige Frau. Auch für mich war das eine überraschende Wendung. Aber was der Bericht der Spurensicherung und insbesondere das Obduktionsergebnis aussagen, ist eindeutig.«

Wieder eine Kunstpause, die Amelies Nervosität steigerte und Kevins Apathie umso deutlicher machte. Kroll stand auf, holte den Plastikbeutel mit den weißen Kapseln vom Schreibtisch und legte ihn auf den Tisch vor sich. Dann entschloss er sich zu seinem entscheidenden Satz: »Herr Müller ist an einer Überdosis eines Dopingstoffes verstorben, den die Fachleute AICAR nennen. Wenn übermäßige Mengen davon in den Blutkreislauf gelangen, kann es tödliche Folgen haben. Zumal, wenn es sich um eine Person mit Herzinsuffizienz handelt. Und da die Substanz Herrn Müller ohne sein Zutun – wie auch immer – in den Mund getrichtert wurde, müssen wir von einem bewussten Tötungsdelikt, also von Mord, ausgehen.«

Eisige Stille herrschte plötzlich in dem Raum. Amelie hörte schlagartig mit ihrem nervösen Rutschen auf dem Stuhl auf. Kevin gab immer noch kein Lebenszeichen von sich. Es schien, als würde er nicht einmal mehr atmen. Von draußen aus dem ansonsten wie ein Bienenhaus schwirrenden Hochhaus drang kein Laut herein, als hätte der Nebel sämtliche Lebensadern gelähmt.

Kroll schwieg. Es dauerte Minuten, ehe sich etwas regte. Kevin war der Erste. Er richtete sich ganz langsam auf und strich sich die Haare aus dem Gesicht. Als Kroll in sein Gesicht blickte, hatte er den Eindruck, der junge Mann wäre um Jahrzehnte gealtert. Wässrige Tropfen liefen über seine Wangen. Waren es Tränen, oder war es Angstschweiß?

Kevin drehte sich langsam zu seiner Stiefmutter um. »Verzeih' mir, Amelie. Aber ich muss ein Geständnis machen.«

*

Drehbuchskizze zu einer Filmszene

(keine Musik im Hintergrund, jedoch deutliche Überzeichnung der realen Geräusche)

1. Einstellung – Groß, Vogelperspektive
Kevin sitzt vor dem Computer seines Vaters. Blick über seine Schulter auf den Bildschirm. Die Startseite eines Personal Planners ist deutlich zu sehen. Eintragungen: Porto Vecchio/Korsika, Nizza, Paris. – Dr. J. K. – 3 x Q über LD – Dienstag 16 Uhr Ch. Timmendorfer Strand; 20 Uhr Konzert im Kolosseum Streichquartett – Mit Mörtel nach LD.
2. Einstellung – Detail
Kevins Auge: In ihm spiegeln sich ineinanderfließende Erinnerungen: mit Mirja auf der Jolle – Mirjas Schreibtisch im Baubüro – Kevin entdeckt im Schreibtisch des Vaters die Dopingkapseln – Kevins anschließende Begegnung mit Mörtel.
3. Einstellung – Halbnah, Froschperspektive
Kevin radelt auf einer Landstraße in der Abenddämmerung. Darüber werden halbtransparente Einblendungen von Erinnerungsbildern gelegt: Kevin als Kind, der Vater schenkt ihm sein erstes Fahrrad – Kevin beobachtet einen Wutausbruch seines Vaters – der Vater verschwindet Arm in Arm mit Chantal vom Radsportfest – Kevin zeigt ihm am nächsten Morgen die Kapseln, wird aber nur höhnisch ausgelacht und allein gelassen – mit Mirja im Bett im Travemünder Ferienhaus.
4. Einstellung – Total
Kevin nähert sich dem Ferienhaus und stellt sein Rad an der Hecke ab.

5. Einstellung – Detail, starke Vogelperspektive auf Kevins Füße
Seine Schritte über den Sandweg; dann holt seine Hand den Schlüssel aus der Tasche. Dabei erkennt man, dass er die Plastikbeutel mit dem Dopingstoff in der Tasche hat. Die Tür wird aufgeschlossen und weit aufgestoßen.
6. Einstellung – Halbtotal
Blick durch die Tür in das Wohnzimmer, schummriges Abendlicht: der Vater liegt – schräg von hinten gesehen – regungslos mit ausgestreckten Beinen in einem Sessel, den Kopf im Nacken, die Arme nach unten hängend.
7. Einstellung – Halbnah, leichte Vogelperspektive
Kevin tritt vorsichtig von hinten heran, bemerkt die leere Packung Corasanol, hebt sie auf und betrachtet sie, dann wirft er sie mit einer verächtlichen Bewegung in die Ecke.
8. Einstellung – Groß, Vogelperspektive
Voller Blick auf Müllers Gesicht: leblos, als wäre er ohnmächtig, der Mund weit geöffnet, die Augen geschlossen. Nach einem kurzen Augenblick erscheint eine halbtransparente Einblendung von Müller, wie er Kevin hämisch auslacht.
9. Einstellung – Detail, Vogelperspektive
Nur Kevins Hand und Müllers Gesicht: Kevin hat einen Beutel weißer Dopingkapseln in der Hand und trichtert sie ihm in den Rachen. Einige fallen zur Seite. Kevin lacht wie irre auf.

Blackout

*

Während Kevin seine Geschichte erzählte, bewegte er sich nicht. Er schaute mit starrem Blick auf den Boden. Amelie rückte, je länger er sprach, mit ihrem ganzen Oberkörper nach vorn und blickte ihn immer fassungsloser an. Am Schluss saß sie angespannt auf der Stuhlkante und schien ihn mit den Augen verschlingen zu wollen.

Dann herrschte sekundenlanges Schweigen. Plötzlich brach es aus Amelie heraus. Sie beugte sich zu ihm hinüber und nahm seinen Kopf tröstend in die Arme. »Du dummer, großer Junge! Ich fasse es nicht!« Sie strich ihm mit einer Hand über das Haar. »Das darf doch nicht wahr sein! Du weißt doch absolut gar nichts, du dummer, lieber Kerl! Wieso musstest du alles kaputtmachen? Meine ganzen Pläne sind im Eimer, meine und auch deine Zukunft. Alles futsch, die Lebensversicherung, die Erbschaft. Einfach alles wegen so einem Dummejungenstreich!«

Amelie schob Kevin mit einer sanften Bewegung zur Seite. Dann stand sie auf, ging zum Fenster und schaute verloren in den Nebel.

Kroll fand es an der Zeit, das Wort zu ergreifen. »Nun, Kevin, ich glaube dir alles, was du gesagt hast. Es stimmt mit unseren Recherchen überein. Jetzt klärt sich der Fall. Ich fürchte nur, du wirst da nicht mit einem blauen Auge davonkommen. Das bleibt dem Staatsanwalt überlassen.«

Plötzlich drehte sich Amelie um. In ihren Augen standen Tränen. Sie ging zum Tisch zurück und setzte sich betont aufrecht hin. »Nein, Herr Kommissar, ich könnte nicht mehr in Ruhe leben mit dem Wissen, einen Unschuldigen an den Strick geliefert zu haben. Kevin ist unschuldig. Er hat meinen Mann nicht auf dem Gewissen. – Verzeih mir, Kevin. Jetzt ist es an mir, eine Geschichte zu erzählen. Und zwar die wahre Geschichte.«

*

Drehbuchskizze zu einer zweiten Filmszene

(Im ersten Teil spielt im Hintergrund die ›Melodia – Adagio‹ aus der Sonate für Solovioline von Bela Bartok; darüber die realen Geräusche deutlich überzeichnet.)

1. Einstellung – Total, starke Vogelperspektive
Im Salon einer verarmten Adelsfamilie: trübes Licht, karge antike Möbelausstattung, an den Wänden nur die dunklen Stellen auf den verblassten Tapeten, an denen früher die Gemälde der Ahnengalerie hingen. Amelie, als Kind, spielt in dem trostlosen Saal mit einer Katze.
2. Einstellung – Halbtotal, Vogelperspektive von einem Theaterrang aus
In einem zwielichtigen Varietétheater: bunte, grelle Scheinwerferspots, viel abgegriffener Plüsch. Das Publikum sitzt an Einzeltischen. Es schenkt dem Bühnengeschehen nur wenig Beachtung. Darunter auch Beton-Müller in Begleitung einer zweifelhaften Dame. Auf der Bühne steht Amelie, die sich als Musikstudentin in diesem Milieu ihr Studium finanziert. Sie spielt, in erotischer Showkleidung, Solovioline. Vor der Bühne lümmeln ein paar Burschen, die sich mehr für ihre Beine als für die Musik interessieren.
3. Einstellung – Amerikanisch
Hinter der Bühne in Amelies Künstlergarderobe: Beton-Müller macht sich an Amelie heran, er steckt ihr Geldscheine in den Ausschnitt und streicht ihr lüstern über die Oberschenkel. Sie wehrt ihn nur halbherzig ab und legt ihre Geige auf den Schminktisch. Dann gibt sie sich ihm hin.

4. Einstellung – Halbtotal
In Müllers Villa, im Wohnzimmer mit Blick auf die Wakenitz: heller Sommertag: Auf dem Wohnzimmertisch im Vordergrund liegt die Geige. Im Hintergrund (draußen) hantiert Kevin an seinem Segelboot. Amelie steht mit dem Rücken zum Zuschauer in eleganter, teurer Kleidung vor der Fensterfront und beobachtet Kevin. Beton-Müller nähert sich, zieht eine kostbare Perlenkette aus seiner Hosentasche, tritt hinter sie und hängt sie ihr um den Hals. Sie dreht sich freudig überrascht um und fällt ihm um den Hals. Langer Kuss.
5. Einstellung – Halbnah, leichte Vogelperspektive
Wieder das Wohnzimmer, Nacht: Amelie legt eine CD in die Stereoanlage und spielt zur Musik auf ihrer Geige. Beton-Müller stürmt ins Bild und fegt die Stereoanlage mit wütendem Tritt vom Beistelltisch. Amelie reißt ihre Geige mit beiden Händen schützend vor ihre Brust und schaut versteinert dem Wutausbruch zu.
6. Einstellung – Halbtotal, übertriebene Vogelperspektive, direkt von oben
Im Behandlungsraum des Psychologen, seitliches Licht mit starker Kontrastbildung: Müller liegt auf einer Couch, sein Gesicht ist voll zu sehen, weit geöffnete Augen: Amelie und der Psychologe sitzen auf Stühlen daneben. Ihre Gesichter sind nicht zu erkennen. Halbtransparente Einblendungen huschen über Müllers Gesicht: sich gegenseitig hetzende Bilder von einem schweren Autounfall, an dem ein Ehepaar und ein kleiner Junge beteiligt sind. Aus dem Autoradio ertönen Fetzen von Liszts *Les Préludes*.
7. Einstellung – Halbtotal
In einem Konzertsaal nach dem Konzert: Auf der Bühne packen Grigorij, Mateo und Amelie ihre Instrumente

zusammen. In einer dunklen Ecke küssen sich Beton-Müller und Chantal. Amelie beobachtet die beiden voller Hass.

8. Einstellung – Groß, Vogelperspektive
   Amelie und Kevin sitzen vor Müllers Computer: Blick über Amelies Schulter auf den Bildschirm. Deutlich zu sehen ist die Startseite eines Personal Planners mit den Eintragungen: Porto Vecchio/Korsika, Nizza, Paris. – Dr. J. K. – 3 x Q über LD – Dienstag 16 Uhr Ch. Timmendorfer Strand; 20 Uhr Konzert im Kolosseum Streichquartett – Mit Mörtel nach LD.
9. Einstellung – Amerikanisch, starke Vogelperspektive
   Wohnzimmer in Müllers Villa, Dämmerung: Müller und Amelie sitzen an einem Tisch, auf dem ein Blatt Papier liegt. Sie streiten sich heftig, Müller sehr wütend, Amelie kühl und berechnend.
10. Einstellung – Detail, von oben
    Blick auf das Blatt Papier: Man erkennt einen Ausdruck von den Eintragungen in Müllers Personal Planner. Um anzudeuten, dass Amelie ihren Mann erpresst, sieht man Müllers Hand Geldscheine auf das Blatt werfen.
    Die Hintergrundmusik verstummt, die Geräusche bleiben nach wie vor überzeichnet.
11. Einstellung – Halbnah, Froschperspektive
    Ausschnitt aus einer Videoaufnahme vom Konzert der Gruppe ›String Event International‹ auf dem Radsportfest in Bad Schwartau: die Musiker spielen den Anfang von Mozarts *Dissonanzenquartett (Originalton vom Konzert).*
12. Einstellung – Halbnah, leichte Vogelperspektive *(keine Hintergrundmusik)*

Nachts auf dem Parkplatz nach dem Radsportfest: Beton-Müller und Chantal sitzen auf dem Rücksitz in Müllers Auto, beleuchtet durch eine Straßenlaterne. Er greift ihr unter die Bluse und küsst ihren Hals. Sein Gesicht ist nicht zu erkennen. Sie krault ihm zärtlich das Haar. Amelie nähert sich mit dem Rücken schräg von hinten zur Kamera und wird Zeuge der erotischen Szene. Als Chantal ihre Anwesenheit bemerkt, lacht sie kokett und provozierend auf. Amelie fest in die Augen blickend, öffnet sie die Knöpfe ihrer Bluse und entblößt ihren Busen, in den sich Müllers Hand vergraben hat. Um ihren Hals hängt die Perlenkette, die Müller damals Amelie geschenkt hatte. Dann schließt Chantal die Augen, um sich genüsslich dem Sexspiel hinzugeben.

13. Einstellung – Nah, starke Vogelperspektive *(keine Hintergrundmusik)*
In Amelies Arbeitszimmer des Nachts: Sie hat einen Kopfhörer auf. Blick über ihre Schulter auf ihren Computer mit dem Programm *MusicMagic*. Man erkennt, dass sie mit geschickten Mausbewegungen und Tastaturbefehlen eine Musikschleife zusammenbastelt. *Man hört die leisen, nicht näher bestimmbaren Klangfetzen, die aus Amelies Kopfhörer dringen.*

14. Einstellung – Amerikanisch *(keine Hintergrundmusik)*
Amelie allein im Regieraum des Tonstudios: Sie stellt ihr Notebook auf den Tonmeistertisch und schließt es an das Mischpult an. Dann holt sie ihr Handy hervor, wählt und spricht nach einer Weile hinein:
»Ich bin's, Verdinand. Komm' sofort ins Tonstudio. Es geht um ›FB 67/Q‹. – Bitte jetzt keine Diskussion.

Entweder du bist in spätestens einer Stunde hier und erfüllst meine Forderungen, oder ich wende mich an die Polizei.«

15. Einstellung – Total, starke Vogelperspektive *(absolute, beklemmende Stille, keine Hintergrundmusik, kein Geräusch)*
Weiter im Tonstudio: Blick durchs Trennfenster vom Regieraum runter in den Aufnahmeraum, der hell erleuchtet ist. Der Raum ist nahezu leer, keine Mikrofonständer, nichts Tragbares, nur der Flügel und die schweren Stellwände. Auf der gegenüberliegenden Seite wird eine Tür geöffnet, Beton-Müller tritt ein, misstrauisch um sich blickend.

16. Einstellung – Detail
Man sieht eine Hand, die von außen vorsichtig einen Schlüssel in die Außentür zum Aufnahmeraum steckt und ihn umdreht *(absolute Stille)*.

17. Einstellung – Total, starke Vogelperspektive; wieder aus der Sicht vom Regieraum auf den Aufnahmeraum: Beton-Müller läuft hin und her, man sieht ihn rufen. Er blickt nach oben, offenbar ohne etwas hinter dem Trennglas erkennen zu können. Dann probiert er die Tür, die hoch zum Tonstudio führt. Sie ist verschlossen. Er läuft gehetzt rüber zur Außentür, aber auch diese ist verschlossen. Wieder blickt er nach oben in die Kamera und versucht etwas zu erkennen.

18. Einstellung – Detail *(absolute Stille)*
Amelies Finger über dem Notebook. Sie betätigt den Play-Button.

19. Einstellung – Total, starke Vogelperspektive; wieder aus der Sicht vom Regieraum auf den Aufnahmeraum, *plötz-*

lich extrem laute Musik: Das Hauptthema aus Liszts ›Les Préludes‹ als Klangschleife.
Beton-Müller erstarrt für einen Moment. Dann hält er sich verzweifelt die Ohren zu. Seine Blicke suchen vergeblich die Schallquelle. Er beginnt, wie ein Wilder herumzurennen, hämmert mit den Fäusten gegen die Tür, blickt verzweifelt nach oben. Dann krümmt er sich und hält eine Hand ans Herz.

20. Einstellung – Amerikanisch *(die Musik läuft weiter)*
Mit schmerzverzerrtem Gesicht holt Müller die Packung Corasanol plus aus seiner Jacke. Er reißt sie nervös auf und drückt zwei Tabletten durch die Alufolie. Er würgt die Tabletten trocken hinunter. Wieder ein Blick nach oben. Jetzt greift er zur dritten Tablette, dann noch einer und noch einer. In kurzer Zeit ist die Packung leer. Er zerknüllt sie und wirft sie verächtlich in Richtung Regieraum.

21. Einstellung – Halbnah *(absolute Stille!)*
Oben im Regieraum: Man sieht Amelie, die vor dem Trennfenster steht. Sie schaltet eine Lampe an, die ihr Gesicht so beleuchtet, dass Müller sie von unten jetzt erkennen kann. Ihr Gesichtsausdruck ist voller Hass und Verachtung.

22. Einstellung – Total, starke Vogelperspektive; aus der Sicht vom Regieraum auf den Aufnahmeraum; *die Musik wieder in voller Lautstärke*
Müller schaut mit schmerzverzerrtem Gesicht und Schweißperlen auf der Stirn nach oben. Jetzt erkennt er Amelie. Er ruft etwas, was nicht zu verstehen ist. Dann läuft er nach hinten zur Außentür, die nach wie vor verschlossen ist, und schlägt mit den Fäusten dage-

gen. Schließlich hetzt er zum Flügel, traktiert ihn mit den Füßen und hämmert sinnlos auf der Tastatur herum. Plötzlich bricht er zusammen und regt sich nicht mehr. Nach einer Weile verstummt die Musik schlagartig. Nichts rührt sich, absolute Stille *(lange Kameraeinstellung)*. – Müller ist tot.

23. Einstellung – Detail *(keine Hintergrundmusik, jedoch wieder reale, überzeichnete Geräusche)*
Man sieht nur Amelies Mund an ihrem Handy.
»Mateo? Ich bin's, Amelie. Ich habe ein Problem. Bitte komm' sofort ins Tonstudio und hilf mir. – Das erkläre ich dir, wenn du hier bist. Bitte, wenn du mich wirklich liebst, dann komm' sofort. Es ist dringend!«

24. Einstellung – Halbnah
Draußen vor dem Tonstudio. Es ist Nacht. Die Außentür steht offen, und das helle Licht flutet nach außen. Ein Auto steht vor der Tür, die Kofferraumhaube ist nach oben geklappt. Man sieht, wie Amelie und Mateo ein schweres längliches Bündel in den Kofferraum wuchten.

25. Einstellung – Total
Das Auto fährt mit abgeblendeten Scheinwerfern auf dem Strandweg zu Müllers Travemünder Ferienhaus. Es stoppt vor der Einfahrt. Das Haus sieht verlassen aus. Amelie und Mateo steigen aus und schauen sich prüfend um. Sie sind allein, niemand beobachtet sie. Dann geht Amelie zum Haus, während Mateo der Kofferraumdeckel des Wagens öffnet.

26. Einstellung – Halbtotal, starke Vogelperspektive
Im Wohnzimmer des Ferienhauses: Amelie und Mateo schleppen den toten Müller zum Sessel und legen ihn dort ab. Amelie drapiert die leere Schachtel des Herz-

medikaments so, dass alles wie ein natürliches Herzversagen aussieht. Dann fallen sich beide kurz in die Arme und verlassen die Wohnung.

Filmriss

NACHSPIEL – RUNDFUNKREPORTAGE

Ein traumhafter Tag ist es heute für den Radsport. Wir stehen vor der interessantesten Etappe der diesjährigen Tour de France, der klassischen Pyrenäen-Etappe mit ihren Gipfeln der höchsten Schwierigkeitsgrade. Wir sind in diesem Augenblick beim Anstieg zum Col du Tourmalet, dem Gipfel der Bergkategorie Hors Catégorie, also sehr schwer. 2113 Meter hoch und ein Steigungsgrad von 7,3 Prozent.

Cadel Evans und Bradley Wiggins passierten den Col mit einem Vorsprung von fast einer Minute vor Vincenzo Nibali, Thibaut Pinot, André Greipel und auch Rudi Schumacher. Thomas Voeckler, der auf der letzten Etappe so viel Pech hatte und sich verletzte, lag an diesem Berg bereits weit zurück. Bei der Gemeinde Arreau betrug der Rückstand für das Peloton mehr als zwei Minuten.

Im Gegensatz dazu hat sich Cadel Evans weiter absetzen können und konnte den Vorsprung beim Anstieg zum Col d'Aspin sogar noch ausbauen. 13 Kilometer ging es bergauf. Cadel Evans und Bradley Wiggins waren als Erste oben, Evans mit einem Vorsprung von etwa drei Minuten.

Tausende von Zuschauern säumen die Straße und erwarten die beiden hier oben auf dem Col du Tourmalet. 1300 Höhenmeter waren zu bewältigen, und jetzt wird gespurtet. Wer kommt als Erster? Das Grüne Trikot könnte es sein. Noch können wir nichts Genaues erkennen, aber jetzt müssten sie kommen. Und da sind sie: Cadel Evans vor Bradley Wiggins.

Aber schnell noch eine nachträgliche Bemerkung zum Col d'Aspin. Wieder war Vincenzo Nibali als Dritter oben.

Dann kam Chris Froome, dann Thibaut Pinot und in seiner Begleitung auch Rudi Schumacher.

Zurück zum Col du Tourmalet. Fünf Minuten sind vergangen, bevor die Verfolgergruppe erscheint. Erster von ihnen ist Thibaut Pinot. Dann kommen Pierre Rolland, Jurgen Van den Broeck und André Greipel, der einen tadellosen Eindruck macht.

Dann Rudi Schumacher. Der war zeitweilig zurückgefallen, hat den Anschluss aber wieder gefunden. Wieder einmal eine hervorragende Leistung. Mit fast 14 Minuten Rückstand auf die führenden Cadel Evans und Bradley Wiggins passierte Thomas Voeckler diesen Col.

Doch machen wir uns jetzt mit unserem Reporter-Motorrad auf den Weg zum Col d'Aubisque. In der Zwischenzeit können wir Ihnen ein Interview einblenden, das wir mit Rudi Schumacher kurz vor dem Start gemacht haben.

Reporter: Rudi, Sie sind ein Neuling in Ihrem Team. Wie haben Sie sich eingespielt? Klappt alles so, wie Sie sich das vorgestellt hatten?

Rudi: Ja, es sind wunderbare Teamkollegen. Wir verstehen uns prächtig. Jeder weiß, wo die Stärken und Schwächen des anderen stecken, und jeder spielt sich nicht selber in den Vordergrund, sondern hat immer das gemeinsame Ziel vor Augen. Es macht sehr viel Spaß, dabei zu sein, gerade bei so einem herausragenden Ereignis wie der Tour de France.

Reporter: Was sind denn Ihre Ziele?

Rudi: Wichtig ist, dass wir es als Gesamtteam auf die vordersten Plätze schaffen. Jeder will dazu sein Bestes beitragen, aber keiner wird als Star gehandelt. Bei uns gibt es nicht das übliche Spitzenreiter–Wasserträger–System, wie das bei den anderen Teams ja oft der Fall ist.

Reporter: Das heißt, die Mannschaft spielt nicht den Windschatten, damit nicht einer im letzten Moment ausbricht, um die Lorbeeren an sich zu reißen?

Rudi: Ja, das heißt, nicht ganz. Das Wichtigste bei so einem Langstreckenrennen ist die Taktik der Mannschaft, weniger das Stehvermögen eines Einzelnen. Wir haben einen super Trainer, der das mit uns plant. Je nach Strecke, Wetter und sonstigen Bedingungen wird möglichst genau festgelegt, wer wo und wann die Führung übernimmt und wer für den Windschatten eines Kollegen sorgt. Das geschieht mit einer kalkulierten Abwechslung. Ich vergleiche das gern mit dem Flug der Zugvögel. Die bilden ihre V-förmige Formation ja auch nach energetischen Gesichtspunkten. Der Unterschied ist, die machen das instinktiv, wir planen das. Das Team ist also das A und O bei uns. Das wird den Erfolg garantieren.

Reporter: Rudi, Sie sind ja schon seit Längerem als scharfer Kritiker des Dopens bekannt. Was sagen Sie zu dem jüngsten Fall, der jetzt durch die Presse geht?

Rudi: Also, zuerst will ich einmal ganz klarstellen, dass Joaquin Grosz Zapatero ein absolut begnadeter Radsportler ist. Für mich ein Ausnahmetalent vom Niveau eines Eddy Merckx. Bei ihm stimmt einfach alles: sein idealer Körperbau, seine Technik, seine Trainingsmethoden, seine mentale Stärke, seine Erfahrung. Ehe wir ihm Dopingvorwürfe machen, sollten wir das mal ganz klar so sagen. Ich bewundere ihn. Ich kenne ihn auch persönlich. Er ist ein wunderbarer Mensch. Was nun an diesen Dopingvorwürfen dran ist, will ich weder beurteilen noch kommentieren. Das sollen andere tun.

Reporter: Wie man hört, war da Gendoping im Spiel. Was meinen Sie, wird sich das im Radsport durchsetzen?

Rudi: Wie ich schon sagte, so was will und kann ich nicht kommentieren. Ich selber bin jedenfalls absolut clean. Damit will ich auch nichts zu tun haben. Ich konzentriere mich lieber auf die Verbesserung meiner Technik und auf das Zusammenspiel mit meinen Teamkollegen.

Reporter: Vielen Dank, Rudi, für diese offenen Worte. Wir wünschen Ihnen und Ihrem Team viel Erfolg und drücken alle Daumen.

Rudi: Danke.

Zurück zur Liveübertragung. Wir sind jetzt auf dem Col d'Aubisque. (Jubel im Hintergrund) Dieser Jubel gilt Bradley Wiggins, der sich gleich zu Beginn des Aufstiegs zum Col d'Aubisque, dem schwierigsten Col des heutigen Tages, von seinem größten Widersacher, von Cadel Evans, absetzen konnte und seit über 20 Kilometern im Alleingang hier herauf geradelt ist. Zehntausende von Zuschauern applaudieren Bradley Wiggins zu, dem jetzt die rasante Abfahrt winkt. Es sind noch 60 km bis zum Etappenziel. Wird er das kräftemäßig durchhalten können? Die Konkurrenz schläft nicht. Es steht außer Zweifel, dass das Peloton ihn erbarmungslos jagen wird.

Was Bradley Wiggins auf diesen 25 km bis zur Bergspitze des Col d'Aubisque bewältigt hat, das zeigte sich erst, als Cadel Evans als Zweiter hier oben ankam und schon einen Rückstand von 3:35 hatte. Der Dritte war Rudi Schumacher mit einem Abstand von 6:12, verfolgt von einer mehrköpfigen Gruppe u.a. mit Thibaut Pinot und mit Matthew Goss.

Wir passieren gerade eine einigermaßen ebene Strecke und schleichen uns mit unserem Motorrad vorsichtig an Rudi Schumacher heran, der den Anschluss nach vorn verloren hat, aber auch noch gut 500 Meter vor der Verfolgergruppe liegt. Die Asphaltdecke riecht noch frisch, aber es ist ein merkwürdiges Gefühl, darauf zu fahren. Sie wurde vor wenigen Tagen von einer Lübecker Baufirma fertiggestellt und hat bei der örtlichen Bevölkerung gleich für Unmut gesorgt. Nicht nur, weil der Bauauftrag an eine deutsche statt an eine französische Firma ging. Sondern auch, weil die Räder der Autos und LKWs auf dieser Decke einen erheblichen Lärmpegel verursachen. ›Deutsche Lärmpiste‹ haben die Franzosen sie genannt. Aber jetzt ist das alles vergessen. Jetzt sind sie froh, dass die Tour ihnen so viel Geld in die Kassen spült.

Jetzt sind wir gleich auf mit Rudi und können ein kleines Interview wagen. Die Anfeuerungsrufe, die Sie hören können, gelten ihm. Nach seinen tollen Leistungen in den beiden letzten Etappen ist er als Newcomer auch bei den vielen Franzosen beliebt, die hier den Straßenrand säumen.

»Rudi, wie kam es? Bis zum dritten Col sah es so gut aus.«

»Ja, bis zum dritten Col war ich gut drauf, aber der letzte Col, der hat mich geschafft.«

»Man kann sich vorstellen, dass das in die Beine ging. War nichts mehr zu machen?«

»Ich hatte einen ziemlichen Tiefpunkt und ich war froh, als ich oben ankam, allerdings weit von der Spitze abgeschlagen. Jetzt ist es meine Taktik, so zu fahren, dass die anderen hinter mir aufschließen, um nicht allein bis ins Ziel fahren zu müssen.«

»Rudi Schumacher, recht schönen Dank, und wir hoffen, dass die restlichen 40 Kilometer, die noch bis Pau zu fahren sind, Ihnen nicht allzu sehr in die Beine gehen.«

»Das kriegen wir schon hin. – Auch ohne Gendoping …«

Wir machen einen Schnitt und befinden uns jetzt in Pau. Wir warten nunmehr auf das Finish. Es ist schwül, und die Sonne brennt auf die gebückten Rücken der Radfahrer. Über 20.000 Zuschauer sitzen auf den lang gezogenen Tribünen oder stehen dicht gedrängt am Rand der abgesteckten Piste.

Alle warten auf Bradley Wiggins. Jetzt hört man Applaus von hinter der Kurve. Der müsste Bradley Wiggins gelten.

Und da kommt er, Begleitfahrzeuge hinter sich. Wie lang wird es dauern, bis die Verfolgergruppe auftaucht? Zwei Minuten, dann kommt wieder Bewegung drüben in die Zuschauer. Jetzt erscheint die Verfolgergruppe. Das Gelbe Trikot ist vorn. Matthew Goss, André Greipel und Rudi Schumacher. Das Grüne Trikot leuchtet ebenfalls auf. Sie fahren jetzt Relais. Das Grüne Trikot ist vorn. Es gewinnt den Spurt. Vor Matthew Goss, André Greipel und Rudi Schumacher.

Hinter Bradley Wiggins, Cadel Evans wird Thibaut Pinot knapp Dritter. Rudi Schumacher kommt auf Platz 7. Eine fantastische Leistung für dieses junge Nachwuchstalent aus Bad Schwartau bei Lübeck und sein Team Universal.

*

Julia stimmte in den aus dem Lautsprecher brandenden Applaus der fernen Zuschauer ein. »Unser Junge! Einer aus unserem Verein! Das wird eine Feier geben, wenn der wieder zu Hause ist!«

Jan Hopfinger ging in die Küche und mixte für Julia und sich einen neuen Mojito. Er fühlte sich sichtlich wohl in der Wohnung seiner neuen Eroberung. »Jetzt reicht's, Julia. Schalt doch mal das Radio ab. Ich würde lieber Musik hören«.

»Aber nur, Jan, wenn du dich so langsam mal an meinen Musikgeschmack gewöhnst!«, rief ihm Julia zu. Sie hatte sich vorgenommen, ihn von seiner Middle-of-the-road Popmusik herunterzubringen, ihn kulturell sozusagen ein wenig zu liften.

Hopfinger kam aus der Küche zurück und reichte Julia mit einem verschmitzt zustimmenden Lächeln ihr Glas. »Mozart und Beethoven meinetwegen. Aber auf keinen Fall Franz Liszt. Du weißt doch: Musik kann töten.«

ENDE

Unsere Lesermagazine

2 x jährlich das Neueste aus der Gmeiner-Bibliothek

24 x 35 cm, 32 S., farbig; inkl. Büchermagazin »nicht nur« für Frauen

10 x 18 cm, 16 S., farbig

Alle Lesermagazine erhalten Sie in Ihrer Buchhandlung oder unter www.gmeiner-verlag.de.

GmeinerNewsletter

Neues aus der Welt der Gmeiner-Romane

Haben Sie schon unsere GmeinerNewsletter abonniert?

Monatlich erhalten Sie per E-Mail aktuelle Informationen aus der Welt der Krimis, der historischen Romane und der Frauenromane: Buchtipps, Berichte über Autoren und ihre Arbeit, Veranstaltungshinweise, neue Literaturseiten im Internet und interessante Neuigkeiten.

Die Anmeldung zu den GmeinerNewslettern ist ganz einfach. Direkt auf der Homepage des Gmeiner-Verlags (www.gmeiner-verlag.de) finden Sie das entsprechende Anmeldeformular.

Ihre Meinung ist gefragt!

Mitmachen und gewinnen

Wir möchten Ihnen mit unseren Romanen immer beste Unterhaltung bieten. Sie können uns dabei unterstützen, indem Sie uns Ihre Meinung zu den Gmeiner-Romanen sagen! Senden Sie eine E-Mail an gewinnspiel@gmeiner-verlag.de und teilen Sie uns mit, welches Buch Sie gelesen haben und wie es Ihnen gefallen hat. Alle Einsendungen nehmen automatisch am großen Jahresgewinnspiel mit attraktiven Buchpreisen teil.

GMEINER

Wir machen's spannend